I0694243

JULIA LONDON

PLACER PROHIBIDO

Editado por Harlequin Ibérica.
Una división de HarperCollins Ibérica, S.A.
Núñez de Balboa, 56
28001 Madrid

© 2015 Dinah Dinwiddie
© 2017 Harlequin Ibérica, una división de HarperCollins Ibérica, S.A.
Placer prohibido, n.º 124 - 26.4.17
Título original: The Scoundrel and the Debutante
Publicada originalmente por HQN™ Books

I.S.B.N.: 978-84-687-9486-0
Depósito legal: M-1193-2017

Capítulo 1

Blackwood Hall, 1816

Nadie lo decía en voz alta, pero se daba por sentado que, cuando una mujer llegaba a su vigésimo segundo cumpleaños sin haber conseguido que un solo caballero considerara la posibilidad de casarse con ella, estaba condenada a ser una solterona. Y ser una solterona consistía esencialmente en el tedio de ejercer de acompañante de viudas entradas en años durante sus paseos por el campo.

La alta sociedad desconfiaba de todas las mujeres sin perspectivas que hubieran cumplido los veintidós. Tenía que haber algo malo en ella. No podían pensar otra cosa, porque ¿cómo era posible que una mujer con dote, contactos y presentada debidamente en sociedad fuera incapaz de atraer pretendientes?

Solo podía ser por tres motivos: Era imperdonablemente sosa, estaba espantosamente enferma o tenía hermanas mayores cuyos escándalos pasados habían destrozado completamente la reputación de su familia.

Prudence Cabot estaba convencida de que se encontraba en el tercer caso y, pocos días después de cumplir los veintidós, se lo hizo saber a sus hermanas mayores, la señora Honor Easton y Grace, lady Merryton. Por supuesto, sus hermanas pusieron el grito en el cielo, y lo pusieron con tanto ahínco y sonoridad que Mercy, la más pequeña de las cuatro hermanas Cabot, les silbó como si fueran perritos que se peleaban a los pies de lord Merryton.

Sin embargo, las vehementes protestas de Honor y Grace no sirvieron para que Prudence cambiara de opinión. A fin de cuentas, sus dos hermanas mayores se habían dedicado a escandalizar a todo el mundo desde la muerte de su padrastro, que había fallecido cuatro años antes.

Honor le había propuesto el matrimonio a un rufián que, además, era bastardo de un duque y, para empeorar las cosas, se lo habría propuesto en un lugar tan público como un antro donde se jugaba a las cartas. Y Grace se había convertido en la comidilla de todo Londres cuando, decidida a salvar a las cuatro de la ruina económica, tendió una trampa a un aristócrata y atrapó a otro.

Prudence no tenía nada contra sus maridos. Adoraba a George y a lord Merryton, esposos respectivamente de Honor y Grace. Pero los dos escándalos habían dañado la reputación de las Cabot, un problema al que también contribuía su hermana pequeña, Mercy, cuyo carácter era tan rebelde e irreverente que habían llegado a sopesar la posibilidad de meterla en un internado para domar a la bestia que llevaba dentro.

Además, la situación familiar de Prudence no era precisamente envidiable. Siempre había sido la educada, obediente, aburrida y explotada hermanita de en medio. Era una mujer práctica en un grupo de mujeres irreflexivas. Era la chica responsable que había estudiado música con tanta dedicación como la que había dedicado al cuidado de su madre y su padrastro mientras las demás se divertían por ahí.

¿Y adónde le había llevado su buen comportamiento? Había hecho todo lo que se esperaba de una debutante; no había causado el menor problema y, en más de un sentido, era la quintaesencia de la buena educación. Sin embargo, era la única con quien nadie se quería casar. O casi la única, porque Mercy tampoco era precisamente casable. Pero a Mercy no le importaba en absoluto.

—La palabra *casable* no existe y, por mucho que te empeñes, tampoco existe su contraria, *incasable* —dijo Mercy cuando Prudence terminó su disertación.

—Por no mencionar que estás diciendo tonterías —intervino Grace, irritada—. ¿Se puede saber qué te pasa, Pru? ¿Tanto te disgusta la vida de Blackwood Hall? ¿No te divertiste el otro día, en el festival que organizamos?

Prudence respondió a sus comentarios con unas notas de piano tan fuertes que hasta el perro de Grace, un chucho de tres patas al que había rescatado de una muerte segura, pegó un salto. Y luego, interpretó una pieza de un modo tan hábil y ruidoso que ahogó todo lo que dijeron con posterioridad.

Días más tarde, Honor se presentó en Blackwood Hall en compañía de su gallardo esposo y sus tres hijos. Cuando la mayor de las Cabot se enteró de la discusión que habían mantenido, intentó convencer a Prudence de que su situación no se debía al comportamiento de las demás, y de que la ausencia de ofertas matrimoniales no significaba en modo alguno que la suya fuera una causa perdida.

–Fíjate en Mercy –dijo como conclusión–. ¿Quién iba a imaginar que la aceptarían en la prestigiosa Escuela de Bellas Artes de Lisson Grove?

–Yo –respondió Mercy–. Es lógico que me hayan aceptado. Tengo mucho talento.

–Si no recuerdo mal, lord Merryton pagó una importante suma de dinero para que la aceptaran –puntualizó Prudence.

–Recuerdas bien –dijo Grace–. Pero si fuera verdad que nuestros escándalos os han dejado marcadas, no la habrían aceptado en ningún caso.

Prudence rompió a reír.

–Oh, vamos, habrían aceptado lo que fuera a cambio del dinero de lord Merryton. A fin de cuentas, no se tenían que casar con ella.

–¡Cómo os atrevéis a decir eso! –protestó Mercy–. ¡Me han aceptado por mi talento!

–Cállate –dijeron Grace y Prudence al unísono.

Mercy se puso bien las gafas y salió de la habitación, ofendida; pero sus hermanas no le hicieron ningún caso.

El debate siguió durante días, para horror de la propia Prudence. Y una mañana, durante el desayuno, Honor se puso particularmente condescendiente:

—Tienes que confiar en tu suerte, querida. Más tarde o más temprano, algún caballero te pedirá en matrimonio. Y te reirás de ti misma por haberte preocupado tanto.

—Honor, te ruego… no, no te lo ruego, te imploro que cierres la boca —replicó Prudence.

Honor soltó un grito ahogado y, tras levantarse repentinamente, pasó junto a Prudence tan deprisa que le dio un golpe en el hombro.

—¡Ay!

—Honor solo te quiere ayudar —intervino Grace, en tono de recriminación.

—No, no se trata solo de eso —dijo Honor—. Es que empiezo a estar harta de tus berrinches, Pru. Son tan irritantes como impropios de una dama.

—No son berrinches —protestó Prudence.

—Por supuesto que lo son —afirmó Mercy—. Siempre estás enfurruñada.

—Y deprimida —declaró Grace.

Honor se inclinó sobre Prudence y la miró a los ojos.

—Te voy a decir algo que solo te diría una hermana que te quiere de verdad: eres una verdadera lata.

Prudence se quedó muy sorprendida, pero Honor sonrió, se incorporó de nuevo y añadió:

—Cassandra Bulworth ha escrito para decir que le gustaría que fueras a ver a su bebé. Si yo estuviera en tu lugar, no me lo pensaría. Creo que te vendría bien el aire del campo.

—¿Que me vendría bien? Te recuerdo que ya estoy en el campo —dijo Prudence con sorna.

—Sí, pero el aire del norte es muy distinto.

Grace y Mercy asintieron con energía, dando la razón a Honor.

Prudence pensó que ir a Himple a ver a su amiga Cassandra era lo último que necesitaba en ese momento. Acababa de tener su primer hijo, y estaría tan insufriblemente ufana que ella se sentiría aún peor.

—¡Que vaya Mercy! —dijo.

—¿Yo? ¡Yo no puedo ir! —exclamó la menor de las Cabot—. Tengo que prepararme para la escuela de Bellas Artes. Todos los alumnos tienen que llevar una pequeña colección de dibujos, y aún no he terminado la mía.

—De todas formas, no podría ir aunque quisiera —insistió Prudence, haciendo caso omiso del comentario de Mercy—. Si me voy, ¿quién cuidará de mamá?

—Eso no es un problema —contestó Grace—. La cuidará Hannah, su doncella; y cuando Hannah no esté, se lo pediremos a la señora Pettigrew o la dejaremos con Mercy.

—¿Yo? Pero si acabo de decir que…

—Sí, sí, ya nos hemos enterado de que tienes que ir a esa escuela, Mercy. Cualquiera diría que eres la única persona a la que han aceptado en una escuela. Pero no te irás hasta el mes que viene, así que tienes tiempo de sobra —observó Grace, que se giró después hacia Prudence y sonrió—. Solo queremos lo mejor para ti, Pru.

—Lo dudo mucho —dijo Prudence—. Pero resulta que yo también estoy aburrida de vosotras.

–¿Significa eso que irás a verla? –preguntó Honor.

–Es posible –respondió Prudence–. Si me quedo en Blackwood Hall, terminaré tan loca como mamá.

–¡Excelente! –dijo Grace, encantada–. Es una gran noticia.

–No creo que sea para tanto, la verdad.

–¡Por supuesto que lo es! ¡No sabes cuánto nos alegra que te vayas! –exclamó Honor.

–¿Cómo? –dijo Prudence, ofendida.

–No me malinterpretes. Me refería a que nos alegramos mucho por ti, querida –Honor se acercó a ella y la abrazó–. Creo que tu humor mejorará ostensiblemente en cuanto veas un poco de mundo.

Prudence ya no estaba tan segura de eso. Su fracaso social la había convertido en una envidiosa y, por mucho que intentara refrenar su envidia, había terminado por no soportar la felicidad de ese mundo que anhelaba. El asunto llegaba a tal extremo que hasta la luz del sol le parecía un cruel y mortificante recordatorio de su situación.

Pero, justo entonces, sucedió algo que la convenció de la necesidad de marcharse: Mercy se empezó a quejar de que todas las conversaciones giraban sobre ella, lo cual acabó con su paciencia. Pensándolo bien, viajar a Himple era mucho mejor que seguir soportando el alegre parloteo de sus hermanas.

Grace lo organizó todo y, un buen día, anunció pomposamente que Prudence viajaría con el doctor

Linford y su esposa, aprovechando que iban al norte a ver a la madre del médico. Los Linford la dejarían en la localidad de Himple y, una vez allí, la recogería uno de los lacayos del señor Bulworth y la llevaría a la mansión.

—Qué espanto —dijo Mercy, frunciendo el ceño junto a su nuevo caballete, donde estaba pintando un bodegón—. El carruaje de los Linford es muy pequeño y, por si eso fuera poco, se verá obligada a darles conversación durante horas.

—¿Y qué tienen de malo las conversaciones? —preguntó Honor, que estaba haciendo una trenza a Edith, su hija.

—Nada, siempre que estés obsesionada con el clima. El doctor Linford no habla de otra cosa. Y a Pru no le interesa la meteorología... ¿Verdad, Pru?

Prudence se encogió de hombros. En ese momento, no le interesaba nada en absoluto.

El día de su partida sacaron el equipaje de Prudence y lo cargaron en la calesa que la iba a llevar a Ashton Down, donde se debía reunir con los Linford. Llevaba un baúl y una maleta donde había metido unas cintas para el pelo, una camisa de seda que Honor le había regalado, unas pantuflas y una muda de ropa.

Tras despedirse de sus animadas hermanas, se subió a la calesa y se pusieron en marcha. Había quedado a la una, y solo eran las doce menos cuarto, así que tenía tiempo de sobra. Además, el siempre eficaz cochero de Blackwood Hall fue tan hábil que llegaron a Ashton Down a las doce y diez.

—No es necesario que se quede, James —dijo Prudence—. Los Linford llegarán dentro de poco.

El cochero no pareció muy convencido.

—Lord Merryton se enfadaría si supiera que la he dejado sola, señorita. Le disgusta que las damas se queden sin compañía.

—Pues dígale que insistí en que se marchara —replicó, molesta—. Y ahora, si tuviera la bondad de bajar mi equipaje…

—¿Dónde quiere que lo deje?

—Aquí mismo, en la acera.

Prudence bajó de la calesa, se ajustó el sombrero y entró en una pastelería, donde compró dulces para el viaje. Cuando volvió a la calle, su equipaje estaba en la acera y la calesa se había ido.

Por fin era libre.

Encantada, alzó la cabeza hacia el sol de finales de verano. Hacía un día precioso, y decidió esperar en un parque que se encontraba a pocos metros de distancia. Se sentó en un banco, cruzó sus enguantadas manos sobre el paquete de dulces y observó las flores que había a su alrededor. Le parecieron tan mustias como ella misma.

Momentos después, oyó un carruaje y se levantó, pensando que sería el de los Linford; pero no era un carruaje, sino una de las dos diligencias que pasaban todos los días por Ashton Down, así que se volvió a sentar.

La diligencia se detuvo, y dos jóvenes saltaron del pescante. El primero de ellos abrió la portezuela, por donde salió una mujer con un niño y un caballero de hombros anchos, que se puso el sombrero inmediatamente. El caballero parecía salido de una excavación arqueológica: llevaba pantalones de ante, una camisa de linón, un guardapolvos oscuro que le llegaba a los pies y unas botas con aspecto de no haber visto betún en mucho tiempo.

Mientras los jóvenes cambiaban el tiro de caballos y bajaban el equipaje, el caballero giró lentamente en mitad de la calle y, a continuación, se puso a gritar al cochero. A Prudence le pareció de lo más interesante. ¿Qué habría pasado para que perdiera los papeles de ese modo? Como no oía la conversación desde el banco, se levantó y se acercó subrepticiamente, fingiendo que admiraba los macizos de flores.

—Ya se lo he dicho, señor. Wesleigh está por ese camino, a una media hora de paseo.

—Y yo le he entendido, pero no parece que usted me haya entendido a mí —replicó el caballero, que tenía acento extranjero—. Wesleigh es una mansión, no una aldea. ¡Una mansión! Ya sabe, una casa grande con varios edificios menores y un montón de gente que va de un sitio para otro, haciendo lo que hagan ustedes aquí, en Inglaterra.

El cochero se encogió de hombros.

—Yo voy adonde me dicen mis jefes, y no me pagan para que vaya a Wesleigh. Por no mencionar que allí no hay ninguna mansión.

—¡Esto es indignante! ¡Yo he pagado para que me llevaran al lugar correcto!

El cochero hizo caso omiso. El caballero se quitó el sombrero y lo tiró con tanta fuerza que acabó a los pies de Prudence, quien se asustó e hizo ademán de huir.

–No, por favor, no se vaya –dijo el indignado extranjero–. Quizá me pueda ayudar a convencer a este hombre de que me tiene que llevar a Wesleigh.

–¿Wesleigh? ¿No será Weslay?

El caballero entrecerró sus ojos de color topacio, como si no estuviera seguro de poder confiar en ella. Pero, tras un momento de duda, se le acercó y le enseñó un papel donde alguien había escrito: «West Lee, Penfors».

–Ah –dijo ella–. Sospecho que se refiere al vizconde de Penfors, que vive en Howston Hall, a las afueras de Weslay.

–Sí, claro, eso es lo que pone ahí.

–No, no pone Weslay, pone West Lee.

–¿Y no es lo mismo?

–No, no es lo mismo. Una cosa es Weslay y otra cosa es West Lee –insistió, pronunciándolo lentamente, para que notara la sutil diferencia–. Y, por desgracia, se ha equivocado y ha terminado en Wesleigh, que no tiene nada que ver.

El desconocido se quedó perplejo.

–Discúlpeme, señorita, pero a mí me suena igual. ¿Me está tomando el pelo?

–De ninguna manera –respondió, horrorizada ante el hecho de que dudaran de ella.

–Pues si no me está tomando el pelo, ¿a qué está jugando?

–¿Jugando? Yo no estoy jugando a nada –Prudence no tuvo más remedio que sonreír, porque la situación no podía ser más absurda–. No sé qué quiere decir con eso, pero le aseguro que no formo parte de ninguna conspiración destinada a impedir que llegue a Weslay.

El caballero frunció el ceño.

–Mire, señorita, me alegra que me encuentre tan divertido, pero le agradecería que me indicara la dirección de al menos uno de los tres West Lee que ha pronunciado hasta ahora. Y, preferiblemente, el que corresponda al domicilio de lord Penfors.

–Hum.

–¿Hum? ¿Qué quiere decir *hum*? ¿Y por qué me mira como si yo le diera pena?

–Porque se ha equivocado de dirección.

–No me diga –gruñó.

–Verá… Wesleigh es una aldea que está en ese camino. Pero Weslay está bastante más lejos, en el norte.

–¿A qué distancia?

–No estoy del todo segura. Yo diría que a unos dos días de viaje.

El caballero apretó los dientes. Parecía a punto de estallar.

–¿En el norte, ha dicho?

–Sí, en efecto.

El extranjero se giró lentamente, como si tuviera intención de marcharse; pero fue un giro de trescientos sesenta grados, y acabó en la misma posición, mirándola.

–Si no es ninguna molestia, ¿se le ocurre alguna forma de llegar a ese West Lee que, según usted, se encuentra a dos días de viaje?

–No es West Lee, es… Bueno, olvídelo –Prudence sacudió la cabeza–. Puede tomar la diligencia del norte, que pasa dos veces al día. La primera debe de estar a punto de llegar.

–Comprendo.

–También puede ir en el coche de Correos, pero es más caro y solo pasa una vez al día.

–¿Tarda lo mismo?

Prudence asintió.

–Me temo que sí.

Él se pasó una mano por su frondosa mata de pelo, de color castaño.

–¿Y dónde puedo comprar un pasaje?

–En el despacho de billetes. Está en el patio de la taberna de enfrente –contestó–. Si quiere, se lo puedo enseñar.

–Se lo agradecería mucho.

Prudence cruzó la calle, y se detuvo a esperarlo mientras él le decía al cochero que dejara su equipaje en la acera, porque iba a tomar la diligencia del norte. Luego, ella entró en el patio de la taberna y se dirigió al pequeño despacho, que estaba junto a los establos. La puerta era tan baja que tuvo que inclinar la cabeza, aunque para él fue bastante peor: como medía más de un metro ochenta y cinco, tuvo que entrar medio doblado.

–¿En qué les puedo servir? –preguntó el hombre de la taquilla.

–Quiero un pasaje a West Lee –contestó el caballero.

–Weslay –le corrigió Prudence.

El caballero suspiró y dijo:

—Sí, eso.

—Serán tres pavos —declaró el taquillero.

El caballero sacó su cartera y examinó las monedas que contenía, como buscando alguna que tuviera un pavo. Prudence se dio cuenta de lo que pasaba y señaló tres de las monedas.

—Ah —dijo él, que las sacó y las dejó en el mostrador.

El taquillero le dio el billete y anunció con naturalidad:

—El conductor cobra una corona y el guardia, media.

—Pero si le acabo de dar tres libras esterlinas...

—Ese es el precio del pasaje. El conductor y el guardia cobran de los pasajeros.

—Menuda estafa —protestó.

El taquillero se encogió de hombros.

—Si quiere viajar a Weslay, tendrá que pagar.

—Está bien, de acuerdo.

Prudence y el caballero salieron al patio, donde él la miró y sonrió. Era la primera vez que sonreía, y ella pensó que estaba sorprendentemente atractivo cuando no se comportaba como un chiflado.

—Muchas gracias, señorita...

—Cabot, Prudence Cabot.

—Es un placer —dijo—. Yo soy Roan Matheson.

Él inclinó la cabeza y le ofreció una mano, que ella miró con inseguridad.

—¿Qué ocurre? ¿Es que mis guantes están manchados? Ah, vaya, sí que lo están... Le ruego que me disculpe. He hecho un viaje muy largo, y no he tenido ocasión de asearme.

—No, no se trata de eso —dijo ella, sacudiendo la cabeza.

Él se quitó el guante derecho y le volvió a ofrecer la mano. Era grande y fuerte, de dedos largos y nudillos con rasguños. La mano de un hombre que no tenía miedo de trabajar.

—Le aseguro que está limpia —dijo con impaciencia.

—¿Cómo? No, es que es tan poco habitual…

—¿Mi mano es poco habitual? —preguntó él, estupefacto.

—Ni muchísimo menos —replicó ella, incómoda.

Prudence miró sus ojos de color topacio y su oscuro cabello castaño, más largo de lo que estaba de moda en Londres. Todo en él resultaba encantadoramente extranjero y viril. Tan viril, que su pulso se aceleró.

—Entonces, ¿qué pasa?

—Que no es habitual que un hombre ofrezca la mano a una dama para que se la estreche.

—¿Y para qué se la iba a ofrecer, si no es para eso? —preguntó—. No veo qué tiene de raro. Es un gesto de cortesía, de…

Prudence no quiso dar más explicaciones que, por lo visto, solo servirían para complicar las cosas, así que le ofreció la mano a su vez.

—¿Es que le doy miedo, señorita?

—¿Qué? No, en modo alguno —contestó, ruborizada.

Él le estrechó por fin la mano y, al sentir su contacto, ella dejó escapar un monosílabo con tono de gemido.

–Ah…

–¿He apretado demasiado?

–En absoluto –respondió Prudence, claramente nerviosa–. Es que no estoy acostumbrada a este tipo de situaciones. Los hombres británicos no estrechan la mano a las mujeres.

–¿Ah, no? –dijo, confundido–. ¿Y qué debo hacer cuando me presenten a una dama?

–Una pequeña reverencia, igual que ellas.

Roan sacudió la cabeza.

–Lo siento, no estaba al tanto de las costumbres del lugar –dijo–. ¿Puedo ser sincero con usted, señorita Cabot?

–Por supuesto.

–Acabo de llegar de los Estados Unidos, por un asunto de cierta urgencia. Tengo que recoger a mi hermana y llevarla de vuelta a casa –explicó–. Pero, con toda franqueza, este país me parece de lo más desconcertante.

Justo entonces, se oyó sonido de ruedas. Era la diligencia del norte, que se detuvo enfrente de la taberna. Prudence vio que estaba prácticamente llena y sintió lástima de él, porque era demasiado grande para viajar con tantas estrecheces.

–Bueno, ya ha llegado –dijo Roan, que dio dos pasos antes de darse cuenta de que Prudence no lo seguía–. ¿Usted no viene?

Prudence abrió la boca para decir que no estaba esperando la diligencia, sino el carruaje de unos amigos; pero, de repente, se sintió dominada por una emoción cálida, excitante y peligrosa: una emoción tan irresistible que la dejó muda.

¿Estaba segura de que quería viajar con los Linford y condenarse a una interminable conversación sobre el clima? Viajar con el viril y gallardo Roan Matheson era una posibilidad mucho más interesante e igualmente útil para ella, teniendo en cuenta que también se dirigía al norte. No necesitaba a los Linford para llegar a su destino. Tenía su equipaje, tenía dinero y sabía cómo llegar a la mansión de Cassandra Bulworth.

Entonces, ¿qué se lo impedía? ¿Su sentido del decoro? ¿El mismo sentido del decoro que había mantenido durante años y que la había condenado a ser una solterona?

Volvió a mirar a Roan Matheson. No podía negar que era de lo más atractivo, aunque en un sentido agreste, típico del Nuevo Mundo; o, por lo menos, del Nuevo Mundo que ella imaginaba, un mundo rebelde, lleno de fuerza y sin demasiado respeto por las estrictas normas aristocráticas. Era toda una tentación. Y estaba tan perdido que hasta se podía engañar a sí misma diciéndose que se iba con él por caridad, en un acto de buena samaritana.

—Oh, lo siento mucho, señorita —dijo él, malinterpretando su expresión dubitativa—. No pretendía apurarla.

Roan se ruborizó ligeramente, y Prudence comprendió lo que pasaba: había creído que necesitaba ir al servicio.

—La esperaré en la diligencia —continuó.

Prudence sonrió y dijo, con más entusiasmo de la cuenta:

—¡Sí! ¡Espéreme en la diligencia!

Él se quedó un poco desconcertado, pero inclinó la cabeza y se dirigió al carruaje mientras Prudence volvía rápidamente al despacho de billetes. Estaba entusiasmada y aterrorizada al mismo tiempo por lo que se disponía a hacer.

—Deme un pasaje a Himple, por favor.

—¿A Himple? —preguntó el taquillero, mirándola con curiosidad.

—Sí, en efecto —contestó—. ¿Me podría dar una hoja de papel? Necesito escribir una nota.

—Por supuesto.

Prudence pagó las dos libras del billete y, acto seguido, escribió una nota apresurada al doctor Linford. Empezó con los saludos de cortesía habituales y terminó con una explicación que decía así:

Espero no causarle ningún inconveniente, pero me acabo de encontrar con una amiga que también se dirige a Himple, y he decidido viajar en su carruaje. Gracias por haberse ofrecido a llevarme. Y no se preocupe por mí; le aseguro que estoy en buenas manos.

Prudence se despidió, firmó la nota, salió del despacho de billetes y entregó la misiva a uno de los mozos de cuadra, con instrucciones precisas para que se la diera al doctor Linford cuando llegara a Ashton Down.

Su corazón latía con fuerza redoblada. No podía creer que se estuviera comportando de un modo tan temerario y audaz. Era impropio de ella. Pero, por primera vez en muchos años, tuvo la sensación de que estaba a punto de vivir una gran aventura. Y no se preguntó si acabaría bien o acabaría mal. Solo le importaba una cosa: que era algo nuevo, algo diferente.

Capítulo 2

El interior de la diligencia estaba pensado para cuatro personas, y ya había cuatro cuando Roan llegó. Pero en el exterior no quedaba sitio, así que no tuvo más remedio que entrar y hacerse un hueco.

En el asiento de enfrente, viajaban un anciano de ojos negros que lo miró con descaro y un mozalbete de unos trece o catorce años de edad, con una maleta pequeña sobre las piernas. A su lado había dos mujeres robustas que, por su aspecto, debían de ser hermanas. De hecho, tenían el mismo pelo rizado y llevaban sombreros iguales y vestidos iguales, de muselina gris y volantes de encaje.

Sin embargo, la característica más notable de las dos mujeres era su impresionante capacidad parlanchina. Hablaban entre ellas sin respirar, y se daban pie con tanta rapidez y acento tan cerrado que Roan no entendía nada de lo que decían.

Al cabo de unos momentos, notó que los mozos de cuadra estaban cambiando el tiro de caballos. Se llevó la mano al bolsillo del chaleco, sacó el reloj con cuidado de no dar un codazo a nadie y miró la hora. Eran las doce y media pasadas. Faltaba poco para que emprendieran viaje, y se preguntó dónde se habría metido la preciosa mujer de ojos brillantes que había tenido la amabilidad de ayudarlo.

La señorita Cabot era la única cosa buena del día, y la mujer más hermosa que había visto desde que tomó el barco en Nueva York; de hecho, era lo más bonito que había visto en toda Inglaterra desde que desembarcó en Liverpool, una ciudad que, estéticamente, dejaba bastante que desear. Tenía una figura arrebatadora, unos labios grandes y exquisitos y unas pestañas larguísimas que enmarcaban unos ojos almendrados de color pardo, más verdes que marrones.

Mientras pensaba en ella, la mujer que estaba a su lado cambió súbitamente de posición y lo empujó contra la esquina del duro asiento. ¿Dónde se iba a sentar su nueva amiga? Allí no cabía nadie más.

Justo entonces, la señorita Cabot abrió la portezuela y se asomó.

—Vaya —dijo—. No parece que quede sitio para sentarse.

—Tonterías. Por supuesto que queda —declaró una de las mujeres—. Si el caballero tiene la amabilidad de apartarse un poco, le haremos un hueco. Iremos un poco estrechas, pero nos las arreglaremos.

Roan comprendió que el caballero en cuestión era él, y se quedó atónito. Estaba contra la mampara de la diligencia, sin un milímetro de espacio libre.

—Discúlpeme, pero no me puedo apartar más —objetó.

—Oh, vamos, haga un esfuerzo.

La mujer se apartó lo justo para hacer sitio a Prudence, que entró en el habitáculo y se sentó en el borde del asiento, dejando un rastro de perfume a su paso.

—No se puede decir que vayamos muy cómodas —dijo una de las mujeres—. Pero usted es delgada. Estará bien.

—Sí, bueno… —dijo Prudence con incertidumbre.

Roan sonrió para sus adentros al darse cuenta de que sus rodillas chocaban con las del mozalbete, que se había ruborizado al sentir su contacto. Él había sido igual de jovencito: se sentía tan atraído por las mujeres como aterrorizado ante ellas.

—No puede ir sentada en el borde, como si fuera un pájaro en una rama. Se cansará enseguida —declaró Roan—. Échese hacia atrás, por favor.

Prudence lo miró un momento con escepticismo y, a continuación, se echó un par de centímetros hacia atrás. La mujer del otro lado se apartó a duras penas, y Prudence ganó otro par de centímetros, sacudiendo las caderas para hacerse sitio. Cuando por fin se quedó inmóvil, Roan la tenía tan pegada a él y era tan consciente de sus redondeces traseras que solo podía pensar en una cosa: llevar las manos a sus nalgas y morderlas.

Pero, ¿qué estaba haciendo? No podía tener pensamientos lascivos con una joven que debía de tener los mismos años que su hermana.

Apretó los dientes y apartó el brazo para no tocarla, pero las deliciosas curvas de Prudence seguían pegadas a sus duras rectas. Y, como aquel cuerpo inmensamente apetecible volvía una y otra vez a su imaginación, intentó convencerse de que no se debía a que él fuera un granuja y un bribón, sino al hecho de que no había tenido el placer de estar con una mujer desde que la señorita Susannah Pratt, que vivía en Filadelfia, había aparecido en Nueva York.

—Espero que las carreteras sean buenas —dijo Prudence—. Vamos tan apretados que saldría disparada con un simple bache.

Nadie dijo nada; sin duda, porque todos tenían miedo de que pasara exactamente eso. El jovencito se hundió en el asiento de enfrente y bajó la cabeza. El anciano, que no había dejado de mirar a Roan en ningún momento, entrecerró los ojos como si fuera consciente de la naturaleza erótica sus pensamientos.

—No obstante, hace un día espléndido para viajar —continuó Prudence—. ¿No creen?

—Sí, es un día precioso —dijo una de las dos hermanas, antes de lanzarse a un discurso tan rápido que Roan no entendió ni una sola palabra.

Mientras ella hablaba, él se dedicó a mirar subrepticiamente a Prudence. A simple vista, tenía todas las virtudes que había creído que tendría Susannah Pratt: elegancia, aplomo y una figura capaz de despertar los deseos más tórridos de un hombre. Pero Susannah había resultado ser morena y un poco rechoncha.

Momentos después, la diligencia se puso en marcha con una sacudida. Y Prudence cayó sobre él sin poder evitarlo.

–Oh, lo siento mucho…

Prudence recuperó rápidamente su postura anterior, e hizo lo posible por mantenerla. Pero fue inútil. Cada vez que tomaban una curva, se encontraba en la misma situación; con el agravante de que, si la curva era muy cerrada, no tenía más remedio que ponerle una mano en la pierna para no perder el equilibrio.

Mientras tanto, Roan se dedicaba a mirar por la ventanilla y a hacer verdaderos esfuerzos por no imaginarla desnuda, cosa que solo conseguía cuando, cansado de fracasar, se fijaba en el anciano de enfrente. Al cabo de una hora, estaba tan desesperado con el contacto constante de Prudence que casi no podía cerrar los ojos sin verla en una cama de sábanas blancas, con su dorada melena rozándole los pechos.

Y entonces, pasó algo inesperado.

–¡Ya sé quién es! –gritó una de las dos hermanas–. Estaba segura de haberla visto en alguna parte… ¡Usted es lady Merryton!

Todos se giraron hacia Prudence.

–¡Yo no soy lady Merryton!

–¿Ah, no?

–¡Por supuesto que no! Si lo fuera, viajaría en un carruaje privado.

–Sí, claro, supongo que sí –dijo la mujer, decepcionada–. Discúlpeme.

Roan no sabía nada de la aristocracia británica. Solo sabía que Inglaterra estaba llena de gente con títulos nobiliarios, y solo porque lo había deducido de las conversaciones de sus tíos, que se habían ido a Londres el verano anterior y habían regresado a los Estados Unidos sin Aurora, su hermana. Cada vez que abrían la boca, era para hablar de los condes y vizcondes que habían bailado o cenado con ella.

Pero, en todo caso, le extrañó que la parlanchina mujer hubiera cometido un error tan absurdo. ¿Realmente creía que las damas de la alta sociedad viajaban en diligencias públicas? Era una idea de lo más extravagante. ¿O no?

Roan la volvió a mirar. Todo lo que llevaba era caro, desde el sombrero hasta el vestido azul, pasando por su chaquetilla; y todo, de buena calidad. Lo sabía porque se había visto en la obligación de pagar la ropa de Aurora, así que estaba familiarizado con los precios de la seda, la muselina, los brocados y la lana.

¿Quién era aquella mujer?

—No hay nada que disculpar —dijo Prudence en ese momento—. De hecho, lady Merryton es de mi familia.

Roan se quedó asombrado. ¿Era familiar de lady Merryton? Y, si lo era, ¿con quién estaba viajando? ¿Con una condesa, o algo así? ¿Con la hija de un rey o de una reina? ¿Con alguien que frecuentaba los salones de palacio?

—Bueno, mientras no sea la propia lady Merryton... —replicó la mujer, sacudiendo la cabeza—. Su matrimonio fue todo un escándalo.

—Y que lo digas —afirmó su hermana.

Roan notó que Prudence se había ruborizado, y sintió curiosidad. Pero se quedó con ganas de saber más cosas sobre su compañera de viaje, porque la diligencia se detuvo en ese preciso momento.

Estaban en un pueblecito de casas blancas y ventanas con tiestos de flores. Roan lo reconoció porque había pasado por él de camino a Ashton Down, y sabía que no había mucho que ver; pero estaba ansioso por bajarse del carruaje, así que olvidó sus buenos modales y salió disparado. Necesitaba estirar las piernas, respirar aire puro y olvidar el contacto de las curvas de Prudence Cabot.

Segundos después, el cochero ayudó a las dos hermanas a salir del carruaje mientras el jovencito llevaba al anciano a un banco. En cuanto estuvieron fuera, las dos robustas mujeres de ropa idéntica se pusieron a hacer lo que habían estado haciendo desde el principio: hablar sin parar. Sin embargo, Prudence se apartó de los demás. Llevaba un paquetito en la mano, y parecía fresca como una rosa.

–¡Discúlpenme un momento, damas y caballeros! –declaró el cochero grandiosamente–. Partiremos a las dos y cuarto.

Roan echó un vistazo al pueblo. Había una herrería y una taberna, pero poco más. Miró la segunda y pensó que le vendrían bien un par de pintas; pero, en lugar de saciar su sed, se fue camino abajo. Tenía que caminar un poco y liberar su tensión. Llevaba una hora y media pegado al cuerpo de una mujer increíblemente hermosa y, por muy exquisita que fuera esa tortura, empezaba a perder el aplomo.

Nunca había sido un hombre nervioso; de hecho, casi todo el mundo lo consideraba un remanso de paz en mitad de la tormenta. Pero su experiencia en las islas Británicas estaba resultando de lo más frustrante.

Tras pasar un mes entero en el mar, había desembarcado en Liverpool y había descubierto que las gentes de allí parecían hablar un idioma completamente distinto al suyo. Tardó un buen rato en comprender lo que le decía el grupo de hombres al que se dirigió para pedirles ayuda; y, cuando por fin desentrañó su jerigonza, se vio condenado a viajar por caminos lamentables y en carruajes piojosos.

Ahora, dos días después, había descubierto que los compadres de Liverpool le habían indicado mal la dirección, y que lo habían enviado al sur en lugar de enviarlo al norte.

Dejó de caminar y respiró hondo. El corto paseo no había mejorado sustancialmente su estado de ánimo, de modo que alzó la cabeza, miró el cielo azul y, aprovechando que no había nadie en los alrededores, soltó un grito de rabia contra su hermana, sus propios tropiezos y la vida en general.

Más tranquilo, dio media vuelta y regresó al pueblo.

La señorita Cabot se había encaramado a una valla y había abierto el misterioso paquete, que aparentemente contenía comida. Las dos hermanas se habían sentado a pocos metros, y también estaban comiendo.

Roan se acercó a la primera e intentó no clavar la vista en el paquete. Pero llevaba veinticuatro horas sin llevarse nada a la boca, y no se pudo resistir.

–Ah, señor Matheson –dijo ella al verlo.

–Señorita Cabot...

Ella alzó el paquete y preguntó:

–¿Le apetece un dulce?

Roan observó el contenido. Se parecían a las galletitas que preparaba Nella, la vieja cocinera de su familia.

–No, gracias. No la quiero dejar sin su comida.

–¿Seguro que no? –Prudence se llevó una a la boca–. Hum. Están deliciosas.

Roan se relamió.

–Venga, pruebe una –insistió ella.

–¿No le importa?

–Claro que no.

Él alcanzó una de las galletas y se la comió. Estaba verdaderamente buena.

–Tome otra. De hecho, puede tomar tantas como quiera.

–Si insiste, me tomaré una más.

Roan metió la mano en el paquete, con intención se sacar solo una; pero, cuando abrió la mano, tenía tres.

Prudence rompió a reír.

–Caramba, señor Matheson, cualquiera diría que no ha comido nada en todo el día –comentó con humor.

–Y diría bien. No he comido nada desde ayer.

–¿En serio? ¿Por qué? –preguntó, sorprendida.

Él se encogió de hombros.

–He estado viajando desde que llegué, y no he tenido demasiado tiempo para esas cosas. Además, pensaba que llegaría pronto a mi destino.

Prudence se bajó de la valla, abrió la maleta que había dejado a sus pies y sacó un pedazo de pan envuelto en un paño.

—También tengo queso —dijo.

—No, no puedo aceptar su comida, señorita.

—Pues tendrá que aceptarla, porque estoy dispuesta a insistir todo lo que sea necesario —declaró ella con una sonrisa encantadora—. La comida es de mi hermana pequeña. Me la dio para que tuviera provisiones de sobra. Creo que albergaba la esperanza de que nos asaltaran unos bandoleros y me viera obligada a vivir en los bosques.

—¿Cómo? —dijo él, perplejo.

Ella volvió a sonreír.

—Mi hermanita tiene un intenso sentido del drama —replicó—. Pero coma un poco, por favor. Tengo mucho más.

—Está bien.

Roan se llevó un pedazo de pan a la boca, y se lo comió con ansiedad. Prudence se volvió a sentar en la valla, y él asaltó el queso sin contemplaciones, sorprendido con la avidez de su hambre.

—¡Ajá!

Las dos hermanas se giraron hacia Prudence, que las miró.

—¡Ya hemos resuelto el misterio! —exclamó una de ellas.

—¡Y no ha sido fácil! —dijo la otra.

—¡No, no lo ha sido!

—¿A qué misterio se refieren? —preguntó Prudence.

–Al de su identidad –respondió la más alta de las dos–. Ya sabemos quién es, señorita. ¡Lady Altringham!

Prudence soltó una carcajada.

–¡Dios mío! ¡Lady Altringham! No, me temo que no –dijo–. Siento tener que decepcionarlas, pero lady Altringham me saca veinte años.

–Oh, vaya.

–Pero también la conozco. A su hija y a mí nos presentaron juntas en la Corte.

–Oh –dijo la más baja, mirándola con admiración.

–¿Qué significa eso de que las presentaron juntas? –se interesó Roan.

–¡Que se presentaron ante el rey, señor!

–¿Por qué? ¿Es que habían hecho algo digno de reconocimiento?

Prudence volvió a reír.

–No, en absoluto. Y estaba tan nerviosa que apenas pude hacer una reverencia.

–¿De dónde es usted, señor? –preguntó la primera de las dos hermanas–. Discúlpeme, pero me asombra su ignorancia.

–Y a mí –dijo la otra–. Todo el mundo sabe que las jóvenes de la nobleza tienen que pasar por esa ceremonia.

–¿Para qué? –preguntó Roan, sin entender nada.

–¿Cómo que para qué? –replicó la mujer, claramente disgustada–. ¿A usted no le gustaría que le presentaran al rey?

Roan no dijo nada. Su respuesta habría sido negativa, y no quería empeorar las cosas.

–¿De dónde es usted? –insistió la mujer.

–De los Estados Unidos. Concretamente, de Nueva York.

–¿Y qué hace aquí?

Él pensó que no era asunto suyo, pero respondió de todas formas.

–He venido a recoger a mi hermana, que lleva varios meses en Inglaterra. Espero que le parezca bien –ironizó.

La mujer hizo caso omiso de su comentario sarcástico, pero se giró otra vez hacia Prudence y la miró con desconfianza.

–Si no es lady Altringham, ¿quién es usted? Las damas jóvenes no suelen viajar sin acompañante.

Roan también sentía curiosidad, así que clavó la vista en ella.

–Muy bien, se lo diré. Soy la señorita Prudence Cabot. ¿Y ustedes? ¿Con quién tengo el placer de hablar?

–Yo soy la señora Tricklebank –contestó la más baja de las dos–. Y esta es mi hermana, la señora Scales.

Prudence señaló a Roan y dijo:

–Permítanme que les presente al señor Roan Matheson.

Él no llegó a abrir la boca, porque el cochero pegó un grito para anunciar que la diligencia partía en quince minutos.

–¡Vamos, Ruth! –exclamó entonces la señora Tricklebank–. No vayamos a perderla.

Las dos mujeres se fueron a toda prisa, como si

estuvieran a un kilómetro del carruaje y no a unos cuantos metros de distancia. Roan envolvió el pan y el queso que sobraban y dijo, algo avergonzado por haber comido más de la cuenta:

–Gracias por su amabilidad, señorita Cabot. Me encargaré de reponer sus víveres.

La sonrisa de Prudence fue tan luminosa que a Roan se le encogió el corazón.

–No se moleste, por favor. No merece la pena. Llegaré a mi destino al final del día –replicó.

–Yo no estaría tan seguro. Esas mujeres son capaces de pedirle al cochero que detenga el carruaje y monte un tribunal de la Santa Inquisición.

–No, son inofensivas –dijo con una carcajada–. Hablan tanto y se meten en tantos asuntos que no les conciernen porque están enamoradas de su propia voz –dijo con sorna.

Prudence se bajó de la valla e hizo ademán de alcanzar la maleta, pero Roan se le adelantó y, tras recogerlo, le ofreció caballerosamente un brazo que ella aceptó.

–Sé que no es asunto mío, pero ¿cómo es posible que una joven de su posición social viaje sin acompañante? –se interesó él, preguntándose si sería tan incorregible como su hermana–. Me extraña que no vaya con una doncella o un criado.

–Es curioso que la gente se preocupe tanto por detalles sin importancia, ¿no cree? –dijo ella, con otra sonrisa pícara.

Roan pensó que, definitivamente, se parecía a su hermana. Prudence Cabot le había dado el mismo tipo de respuesta que le habría dado Aurora: una que no respondía a su pregunta.

–Yo no estoy preocupado. Es simple curiosidad.

Prudence volvió a sonreír; pero, esta vez, con más cautela.

–Me alegro de saberlo –replicó.

–¿De qué se alegra?

–De que no esté preocupado, claro.

Roan habría apostado toda su fortuna a que la preciosa joven que iba de su brazo era una rebelde impenitente. Pero, por muy interesante que le resultara y mucho que le apeteciera indagar en su vida, ya tenía demasiados problemas como para añadir uno más.

Cuando volvieron a la diligencia, descubrieron que el mozalbete se había sentado arriba, con su maleta. Roan ayudó a Prudence a subir y, a continuación, puso un pie en el estribo y se preguntó qué podía hacer para sentarse a su lado sin provocar una situación incómoda.

–¿No estaría más cómodo en el asiento de enfrente? –preguntó la señora Scales, señalando el espacio que había entre el anciano y la señora Tricklebank, que se había cambiado de sitio–. Usted es un hombre muy grande, y ocupa bastante espacio.

Roan tuvo que morderse la lengua para no decir que ella ocupaba bastante más.

–Oh, no se preocupen por mí –intervino Prudence–. Además, yo diría que los dos asientos tienen más o menos el mismo espacio libre.

Prudence se echó un poco hacia la señora Scales,

para dejarle sitio; pero no era suficiente y, al ver que Roan se mostraba indeciso, se corrió un poco más.

Él se agachó para entrar por la portezuela, subió a la diligencia y se sentó junto a Prudence, no sin algunas dificultades. Sin embargo, estaban tan cerca que sentía el contacto de su codo en las costillas, y supo que se llevaría un golpe cada vez que pasaran por un bache.

Momentos después, se pusieron en marcha.

—¿Puedo hacerle una pregunta, señorita Cabot? —dijo la señora Scales.

—Por supuesto.

—¿Adónde se dirige?

—Voy a casa de una buena amiga —contestó—. Acaba de tener un niño.

—¡Oh, un bebé! —dijo la señora Tricklebank.

—Sí, un bebé —declaró Prudence, sonriendo—. La pobre me envió una nota donde me rogaba que fuera a verla de inmediato. Es el primer niño que tiene, y se siente insegura.

—¿Y no ha enviado a nadie para que la acompañe? —preguntó la señora Scales.

—Todo ha sido tan rápido que no ha podido encontrar a nadie —respondió—. Su esposo habría estado encantado de acompañarme, pero mi querida amiga lo quiere tanto que es incapaz de estar sin él.

A Roan no le gustó nada que la señora Scales la mirara con desaprobación. Él también había notado el rubor de Prudence, síntoma aparentemente inequívoco de que estaba mintiendo; pero empezaba a estar harto de la actitud de las dos hermanas.

—Tienen ustedes una costumbre de lo más interesante —dijo, mirando con frialdad a la señora Scales—. Me refiero a lo de interrogar a los pasajeros con los que se viaja… ¿O solo reservan ese honor para la señorita Cabot?

La señora Scales apretó los labios, claramente ofendida. Prudence se giró hacia la ventanilla y fingió mirar el paisaje para que las hermanas no se dieran cuenta de que estaba haciendo esfuerzos por no reír.

La diligencia avanzaba ahora por un camino con buen firme y, poco a poco, las mujeres y el anciano se quedaron dormidos. Roan intentó alejarse de Prudence, cuya cabeza estaba cada vez más cerca de su hombro, pero no pudo evitar que acabara apoyada en él.

Los minutos siguientes fueron una verdadera tortura. El contacto de la bella joven avivó el deseo que él había conseguido reprimir durante el segundo trecho del viaje. Y, justo cuando empezaba a cerrar los ojos, el carruaje pegó un salto y el codo de Prudence se le clavó en las costillas con tanta fuerza que Roan pensó que le había perforado el hígado.

Todos se despertaron. Pero el carruaje volvió al suave y soporífero ritmo anterior, y las mujeres se durmieron otra vez. Los únicos que seguían despiertos eran Roan y el anciano de ojos negros, que retomó su intenso escrutinio visual.

Y, de repente, la diligencia dio un giro brusco a la derecha y se detuvo en seco.

Capítulo 3

La barbilla de Prudence chocó con algo duro, y su mano se hundió en algo bastante más suave. Desconcertada, pensó que se había quedado dormida sobre un almohadón aterronado; pero, cuando abrió los ojos, descubrió que el objeto duro era el hombro de Roan Matheson y el suave, su entrepierna.

Prudence soltó un grito ahogado y se enderezó rápidamente, roja como un tomate.

–¿Qué ha pasado? –preguntó.

Estaba tan avergonzada de lo sucedido que se sentó en el borde del asiento, intentando que ninguna parte de su cuerpo rozara con ninguna parte de aquel hombre tan viril. Pero no lo consiguió. Iban muy apretados, y su cadera seguía alarmante y excitantemente pegada a uno de sus muslos.

–Sospecho que se ha roto una rueda –contestó él.

El carruaje se inclinó hacia la derecha, y el cochero soltó una maldición que ruborizó a las dos hermanas.

Roan abrió la portezuela y salió. El carruaje estaba cada vez más inclinado, y Prudence pensó que si la señora Scales y la señora Tricklebank intentaban salir al mismo tiempo, volcarían. Su situación no podía ser más precaria, pero se las arregló para descender del vehículo sin empeorar las cosas.

Al salir, se encontró con el cochero, que se había acercado para ayudarlos a bajar.

–¿Qué ha ocurrido? –le preguntó.

–Que se ha roto una rueda –respondió él, confirmando las sospechas de Roan.

Prudence se giró y vio que su nuevo amigo se encontraba entre el grupo de hombres que se habían acercado a la rueda en cuestión. De hecho, se había puesto de cuclillas y la observaba con detenimiento, como si supiera algo de ruedas.

El resto de los pasajeros bajaron cuidadosamente de la diligencia. Entre tanto, los hombres se pusieron a discutir sobre lo que debían hacer, y uno de ellos empezó a bajar maletas para usarlas como soporte del carruaje cuando quitaran la rueda.

–¡Mi baúl! –exclamó Prudence, que corrió a recuperarlo.

Conseguido su objetivo, Prudence intentó unirse a las mujeres, el anciano y el jovencito, que se habían sentado en unas rocas, a la sombra de unos árboles. Pero no quedaba sitio, así que se acomodó en un tronco y se dedicó a mirar al grupo de hombres.

Un momento después, Roan apoyó un hombro en el carruaje y metió un brazo por debajo, para desconcierto de Prudence: era la primera vez que veía a un caballero haciendo labores de criados, y también era la primera vez que se interesaba por las habilidades mecánicas de uno. ¿Qué le estaba pasando? Hasta se excitó un poco cuando él se incorporó y se limpió la mano en los pantalones, dejando en ellos una mancha de grasa.

—El eje está bien —anunció Roan.

La discusión de los hombres subió de tono, como si no estuvieran de acuerdo sobre el procedimiento a seguir. Entonces, el cochero intervino en la disputa y pidió al resto de los viajeros que se alejaran del carruaje, cosa que hicieron.

Sin embargo, Roan se quedó con ellos y sumó su considerable fuerza a la fuerza de los demás, lo cual avivó la curiosidad de Prudence. ¿A qué se dedicaba, para saber tanto de ruedas? Y, sobre todo, ¿por qué se molestaba en ayudar al cochero y sus hombres? Evidentemente, no tenía respuesta para la primera pregunta, pero solo había una respuesta posible para la segunda: los ayudaba porque le divertía.

—Puede que sea yanqui y tirando a vulgar —dijo súbitamente la señora Scales—, pero también es un pedazo de hombre.

Prudence parpadeó, y se quedó sorprendida al ver que las dos hermanas estaban admirando el cuerpo de Roan Matheson.

—No seas ordinaria —protestó la señora Tricklebank.

A Prudence le pareció un comentario tan divertido como hipócrita, teniendo en cuenta que no había apartado la vista de su cuerpo. Pero, cuando él se quitó el guardapolvos, mostrando sus anchos hombros, Prudence se estremeció; y, cuando se desabrochó los dos botones superiores de la camisa, sintió un calor de lo más dulce.

—Ha subido la temperatura, ¿verdad? —dijo, anonadada.

Mientras las tres mujeres admiraban el cuerpo de Roan, los hombres sacaron la rueda y apoyaron el carruaje sobre un montón de cajas y maletas. Luego, el cochero se metió debajo y dijo algo que Prudence no pudo oír. Pero debían de ser malas noticias, porque los hombres se pusieron a discutir otra vez, y hasta el propio Roan parecía preocupado.

—¿A qué se dedicará? —se preguntó la señora Scales en voz alta—. Es muy… fuerte.

—Extremadamente fuerte —declaró la señora Tricklebank—. ¿Será herrero?

—No, viste demasiado bien para ser herrero —afirmó Prudence.

La señora Tricklebank sacó un abanico y se empezó a dar aire.

—Sí, creo que tiene razón —dijo—. Parece un hombre con posibles.

Roan se aflojó el pañuelo del cuello y se remangó la camisa, enseñando unos brazos tan anchos como postes. Después, alcanzó la rueda y la levantó con tanta facilidad que Prudence y las dos hermanas soltaron un gemido de admiración. Pero, por algún motivo, sus esfuerzos no agradaron al cochero, que le dirigió unas palabras aparentemente duras y le quitó la rueda con acritud.

Roan alcanzó su guardapolvos y caminó hacia ellas, con expresión sombría.

—¿Qué ha pasado? —preguntó la señora Trickle-bank cuando llegó a su altura.

—Yo les diré lo que ha pasado —respondió él, furioso—. Ese estúpido cochero insiste en que esperemos a la siguiente diligencia en lugar de reparar la rueda por nuestra cuenta. Afirma que no lleva las herramientas necesarias, y que ellos nos las podrán prestar.

Roan se puso el guardapolvos, se pasó la mano por el pelo y se alejó por un prado. Estaba tan enfadado que Prudence lo imaginó capaz de seguir andando hasta la costa, embarcarse en el primer navío que encontrara y volver a su país.

—¿Por qué estará tan disgustado? —preguntó la señora Scales, en voz demasiado alta.

Roan la oyó y dijo, de espaldas a ellas:

—¡Porque solo Dios sabe cuándo pasara la siguiente diligencia!

Las mujeres se miraron. Sabían que había dos diligencias diarias, y que la segunda pasaría más tarde o más temprano. Sin embargo, él estaba tan fuera de sí que ninguna se atrevió a decírselo, y a Prudence le pareció tan gracioso que sonrió.

Desgraciadamente, Roan se dio la vuelta en ese momento y, al ver que Prudence sonreía, frunció el ceño.

—¿Qué le parece tan divertido? —gruñó.

Todos se giraron hacia ella, haciendo que la situación resultara aún más cómica. Y Prudence tuvo que taparse la boca con una mano para no romper a reír.

Roan asintió como si su actitud no le sorprendiera en absoluto.

—Esto es lo que me faltaba —continuó.

—Le ruego que me disculpe —dijo ella, intentando recobrar la compostura—. No me estaba riendo de usted. Es que se ha enfurruñado tanto que...

Él la miró con intensidad, y Prudence se sintió súbita e incómodamente consciente de sus piernas, de sus brazos, de sus caderas y de sus pechos, es decir, de todo lo que Roan devoró con los ojos.

—¿Y cómo espera que reaccione? —se defendió él—. Tengo cosas urgentes que hacer, y ya he perdido demasiado tiempo.

—Ah, sí, es verdad. Primero se equivocó de camino, y ahora se nos rompe una rueda —comentó ella—. Pero no se preocupe por eso. Quizá le agrade saber que la nuestra no es la única diligencia que hace este trayecto. Pasan dos al día.

—Fantástica noticia, señorita Cabot —dijo Roan, caminando hacia Prudence—. Y dígame, ¿qué espera que hagamos mientras esperamos a la siguiente? ¿Quedarnos de pie como pasmarotes? ¿No cree que deberíamos hacer algo al respecto?

—Bueno, no sé lo que harán los demás —intervino la señora Scales—, pero yo no esperaré de pie.

Como nadie estaba dispuesto a solucionar el problema, no tuvieron más remedio que armarse de paciencia. Las mujeres, el anciano y el jovencito siguieron donde estaban, en las rocas; los hombres se sentaron en la cuneta y Roan se puso a caminar en círculos, aunque de vez en cuando volvía al camino y oteaba el horizonte.

Al cabo de un rato, la señora Scales intentó sonsacar a Prudence sobre las circunstancias de su viaje.

–Me extraña mucho que su amiga no enviara a nadie para que la acompañara –declaró–. Comprendo que no se quisiera separar de su marido, pero seguro que tiene criados o alguna persona de confianza.

Prudence pensó que la señora Scales era una cotilla incorregible. Pero había crecido con tres hermanas, y era especialista en tácticas de distracción.

–Como le decía, todo ha sido tan apresurado que no ha podido enviarme a nadie –replicó con una sonrisa–. ¿Qué le parece si hacemos algo para matar el tiempo? Puede que la espera sea larga.

–¿Y qué podemos hacer?

–Jugar a algo.

–Dios mío –dijo Roan al oírla.

–¿Jugar a qué? –preguntó la señora Scales–. No tenemos cartas ni nada parecido.

–¡Ya lo tengo! ¡Podemos echar carreras! –exclamó la señora Tricklebank, para asombro de su hermana y del anciano.

–¿Y quién se va a poner a correr, querida Nina? –dijo la señora Scales, mirándola con exasperación.

–No, tiene que ser algo menos atlético –dijo Prudence–. Algo como…

–Un juego de puntería.

Todos se giraron hacia el anciano, sorprendidos. Eran las primeras palabras que pronunciaba desde que se habían subido al carruaje.

–Buena idea –dijo Prudence.

–¡Es una idea absurda! –protestó la señora Scales–. Tendríamos el mismo problema que con las carreras. ¿Quién va a participar?

–Los caballeros, por supuesto –contestó–. Estoy por conocer a un caballero que no se entusiasme ante un desafío deportivo.

–Yo no daría armas de fuego a los hombres que nos acompañan –intervino Roan–. Hay algunos que no son de fiar.

Prudence echó un vistazo a los hombres de la cuneta, y pensó que Roan tenía razón. Pero no estaba dispuesta a darse por vencida.

–Muy bien –dijo–. En ese caso, seré uno de los participantes.

Las mujeres y el anciano la miraron con tanto horror como el mozalbete, pero Roan rompió a reír y dijo:

–¡Es lo más absurdo que he oído en toda mi vida!

–¿Absurdo? Puede que le sorprenda, pero me han enseñado a disparar.

–¿Para qué? –preguntó la señora Scales–. ¡Ya te lo decía yo, hermana mía! ¡Nuestra sociedad está enferma! ¡Hasta las damas se empiezan a comportar como si fueran hombres!

–Discúlpeme, pero yo no me comporto como un hombre –protestó Prudence, ofendida–. Me enseñaron a disparar por motivos exclusivamente deportivos.

Roan se cruzó de brazos y miró a Prudence con detenimiento.

–Pensándolo bien, creo que me gusta su idea. De hecho, me gusta mucho –dijo con los ojos brillantes–. Propongo que juguemos usted y yo y que, si alguien se quiere unir después, desafíe al que haya ganado.

Prudence miró a los demás. Esperaba que algún caballero se levantara y expresara su deseo de participar en el juego, pero no se levantó ninguno.

–¿Y bien, señorita Cabot? –insistió Roan–. No me diga que se va a echar atrás. A fin de cuentas, la idea ha sido suya.

Ella se arrepintió de haber sido tan impetuosa. Nunca había sido como sus hermanas. No estaba acostumbrada a hacer y decir cosas extravagantes. Pero se había metido en un lío, y ahora no tenía más opciones que seguir adelante o quedar en mal lugar.

–Vamos, no se lo piense tanto. Incluso es posible que alguno de nuestros acompañantes quiera apostar –dijo Roan.

–Yo quiero apostar –declaró el anciano.

–Y yo –se sumó la señora Scales, que abrió su bolso–. Bueno, ¿va a jugar o no? Como bien ha dicho el caballero, la idea ha sido suya.

–De acuerdo. Acepto el desafío.

Prudence se maldijo una vez más para sus adentros. Había sido terriblemente imprudente al proponer una cosa así, aunque era cierto que sabía disparar. Su padrastro se había empeñado en que ella y sus hermanas aprendieran a disparar, montar y jugar a las cartas, con el argumento de que debían estar a la altura de cualquier hombre. Pero hacía tiempo que no disparaba, y había perdido la práctica.

–Necesitaremos una diana –dijo Roan, con la seguridad de un hombre acostumbrado a ganar.

–Yo tengo una –dijo el anciano.

El anciano se llevó una mano al bolsillo interior

de la chaqueta, sacó una petaca de whisky y, tras beberse lo poco que contenía, se la ofreció a Roan.

–Será una diana perfecta. Muchas gracias, señor.

Roan alcanzó la petaca y guiñó un ojo a Prudence al pasar por delante de ella.

–¿Y con qué voy a disparar? No tengo armas de fuego...

–No se preocupe por eso. Puede usar la mía –contestó Roan–. Pero le recomiendo que se quite los guantes, señorita Cabot.

Roan se alejó y puso la pequeña petaca encima de una roca. Prudence se quitó los guantes y se levantó mientras él volvía sobre sus pasos y trazaba una línea en el suelo.

–Deme su mano, señorita.

–¿Mi mano?

–Sí, eso he dicho.

Prudence le dio la mano, y él le puso la pistola en la palma, mirándola con humor. Era obvio que se lo estaba pasando en grande.

–Las damas primero –dijo.

Prudence miró el arma. Era de cañón plateado y culata nacarada, muy parecida a la de Augustine, su hermanastro. Pero, a diferencia de Roan, Augustine no la llevaba encima: la tenía en Beckington House, su domicilio londinense.

–Sabe disparar, ¿verdad?

–Sí, por supuesto que sí, aunque nunca he disparado una pistola tan pequeña –contestó ella–. Supongo que el gatillo será esto, ¿no?

Roan suspiró.

–Sí, en efecto, eso es el gatillo. Pero le agradecería que dejara de apuntarme.

–Oh, disculpe.

Roan la llevó hasta la línea que había trazado en el suelo y dijo:

–¿Quiere practicar un poco antes de empezar?

Prudence sacudió la cabeza. Quería acabar cuanto antes.

–No será necesario.

Él sonrió de nuevo, y ella tuvo que hacer un esfuerzo por apartar la mirada de sus apetecibles labios.

–Entonces, que empiece el juego.

Roan retrocedió y se detuvo junto a los hombres que se habían acercado a mirar. Prudence calculó la distancia de la diana que habían elegido e intentó no desconcentrarse con los ruidos que se oían a su espalda. Por lo visto, el anciano le había quitado el sombrero al mozalbete y lo estaba usando para guardar las apuestas.

–Vamos, señorita Cabot. Si no se da prisa, se nos va a hacer de noche –dijo Roan.

Prudence alzó el brazo y apuntó a la petaca, que le pareció mucho más lejos que antes. Estaba tan nerviosa que le temblaba la mano, pero mantuvo el aplomo como pudo y, tras cerrar un ojo, disparó.

El sonido del cristal al romperse la dejó completamente anonadada. No esperaba acertar a la primera, y se giró hacia los demás con una gran sonrisa de satisfacción.

–¿Han visto? –preguntó a los presentes.

—Claro que lo hemos visto —contestó la señora Scales—. No estamos ciegos.

Prudence se dirigió a Roan con arrogancia, como si no hubiera tenido ninguna duda de que iba a acertar.

—Su turno, señor Matheson. Aunque me temo que necesitaremos otra diana.

Ella le dio la pistola y él sonrió levemente.

—¡Yo tengo una! —declaró la señora Scales, sacando un espejito.

—¿Qué haces, Ruth? ¡Es un regalo de tu marido! —le recordó su hermana.

—¿Y qué importa? Me puede regalar otro —contestó—. Venga, hagan sus apuestas.

Uno de los hombres alcanzó el espejo y lo llevó a la roca donde Roan había puesto la petaca.

—Fíjese bien, señorita Cabot. Le voy a demostrar cómo se dispara una pistola.

Roan se plantó delante de la línea y disparó. El espejo cayó hacia atrás, y dos caballeros se acercaron a recogerlo. Cuando regresaron, todos pudieron ver que la bala de Roan había atravesado una de sus esquinas, aunque el resto siguiera milagrosamente intacto.

—¡He ganado! —exclamó Prudence—. ¡Ha fallado el tiro!

—Yo no he fallado —protestó Roan—. Le he dado en la esquina.

—Pero solo lo ha rozado —dijo uno de los hombres.

—¿Y qué? He acertado en cualquier caso, lo cual significa que estamos empatados.

—¿Y quien se va a quedar con las apuestas? —preguntó la señora Scales.

Prudence no llegó a oír la contestación, porque en ese momento apareció un carruaje en el camino. Y no era la segunda diligencia, sino el doctor Linford.

El corazón se le encogió. En cuanto Linford la viera, sabría que le había mentido y exigiría que se marchara con él. Además, era evidente que se lo contaría a lord Merryton, quien se llevaría un disgusto terrible. Y cualquiera sabía las consecuencias que eso podía tener. Merryton era muy generoso con Mercy, su madre y ella misma, pero también era un hombre muy preocupado por la reputación y el honor de la familia.

Fuera como fuera, tenía que actuar con rapidez. Pero no había ningún sitio donde esconderse. Ninguno salvo el enorme cuerpo de Roan Matheson, así que corrió hacia él y se pegó literalmente a su espalda.

—¿Qué diablos hace?

—Por favor, señor, no diga nada...

—¿Se está escondiendo? —preguntó Roan con incredulidad.

—¡Por supuesto que sí!

—Dios mío —dijo él, sacudiendo la cabeza—. Se le ve el plumero, señorita Cabot.

—Se lo ruego. No diga nada. Le pagaré si es necesario.

—¿Pagarme? No me ha entendido bien. Lo del plumero no es una metáfora... Me refiero a la pluma de su sombrero.

—¡Ah, el sombrero!

Prudence se lo quitó rápidamente, y se apretó tanto como pudo contra el cuerpo de Roan. Olía a cuero, a caballo y, sobre todo, a hombre. Olía tan bien que, durante unos segundos, se sintió a salvo de todo.

—¿Qué hace?

—Ya se lo he dicho —contestó en voz baja—. Me escondo.

—Sí, eso ya lo sé, pero me está tocando…

—Pues claro que le estoy tocando —dijo con exasperación—. Y, si pudiera, me metería debajo de su guardapolvos.

Justo entonces, se oyó la voz de Linford:

—¡Buenas tardes! ¿Les puedo ayudar?

Prudence sintió pánico. Si el doctor la veía, se encontraría en la situación más humillante de toda su vida.

—Dese le vuelta —dijo Roan.

—No, no, por favor, no permita que…

—Dese la vuelta y camine hasta los árboles que están detrás de las rocas —la interrumpió—. Allí no la verá nadie. Y, si la llegan a ver, estará tan lejos que no la reconocerán.

—Pero…

—No se puede quedar detrás de mí, señorita Cabot. Es demasiado sospechoso —alegó—. Vamos, empiece a andar. Yo la seguiré y la cubriré con mi cuerpo, para que nadie la vea.

Prudence alzó la barbilla, consciente de que él tenía razón. No se podía quedar como una vaca tonta en mitad de un prado.

—¿Señorita Cabot?

—¿Sí?

—Suélteme de una vez y dese la vuelta.

—Ah, claro, por supuesto…

Prudence soltó el guardapolvos de Roan, al que se había aferrado con todas sus fuerzas.

—¿Ya se ha dado la vuelta? —preguntó él.

—Sí.

—Entonces, haga el favor de empezar a andar antes de que todos los pasajeros de la diligencia se pregunten por qué estoy tan tieso como una escoba.

Prudence obedeció y empezó a andar con paso ligero, resistiéndose al deseo de echar a correr. No se atrevió a mirar atrás. Siguió hasta los árboles, donde se detuvo en seco y se giró de forma tan brusca que chocó contra el pecho de Roan.

Él le lanzó una mirada penetrante. Una mirada tan intensa como si pudiera leer sus pensamientos.

—Le voy a hacer una pregunta, y necesito que sea completamente sincera. ¿Está metida en algún lío?

—No —respondió—. No se trata de eso.

—¿Me lo promete?

Prudence apartó la vista, avergonzada, pero Roan le puso una mano en la mejilla y la obligó a mirarlo a los ojos.

—¿Me lo promete? —insistió él.

Ella abrió la boca, la volvió a cerrar y asintió con energía. Roan escudriñó su rostro como si buscara algún signo de deshonestidad, y Prudence admiró sus ojos dorados, sus oscuras pestañas, la sombra de su barba y sus labios. Nunca había visto unos labios tan increíblemente tentadores.

–Espere aquí –dijo él.

Roan volvió a la diligencia, donde se entabló una pequeña discusión. Al cabo de unos momentos, Prudence vio que su salvador señalaba el carruaje del doctor Linford, y que la señora Scales y la señora Tricklebank recogían sus maletas con la evidente intención de subir al vehículo. Pero se enzarzaron en otro debate, aparentemente relacionado con el sitio donde se iban a sentar.

Solventado el problema, las hermanas entraron en el carruaje con el anciano y se sentaron con la esposa de Linford, que se acomodó en el pescante del cochero.

Prudence soltó un suspiro de alivio cuando, tras unos segundos que se le hicieron eternos, el carruaje se puso en marcha. No lo podía creer. Había esquivado al doctor Linford. Su estratagema había salido bien, y se sentía eufórica. En parte, porque acababa de descubrir que tenía tanto talento para el engaño como sus hermanas y, en parte, porque por fin había hecho algo verdaderamente excitante.

Además, su pequeña aventura no tendría ninguna consecuencia. Nadie llegaría a saber lo que había pasado. Nadie se enteraría de que había coqueteado con un estadounidense de ojos intensos y labios pecaminosos. Seguiría su camino y, en cuanto llegara a casa de su amiga Cassandra, todo volvería a la normalidad.

Estaba tan contenta y tan orgullosa de su astucia

que le faltó poco para darse una palmadita a sí misma. Y, entonces, recordó un detalle que la dejó helada: había dado su nombre a las dos hermanas.

¿Cómo era posible que hubiera cometido un error tan infantil? Si la señora Scales o la señora Tricklebank llegaban a mencionar que habían viajado en su compañía, el doctor Linford sabría dos cosas: que lo había engañado y que, evidentemente, se había escondido para que no la viera, un acto tan sospechoso que despertaría todo tipo de conjeturas.

La euforia de Prudence se transformó en terror. Su travesura inocente se podía convertir en un problema de dimensiones catastróficas. Y no sabía qué hacer.

Capítulo 4

Roan dio media vuelta y regresó a la arboleda. Mientras caminaba, vio que Prudence se encogía un poco, y volvió a tener la sensación de que ocultaba algo. A decir verdad, le recordaba mucho a su hermana Aurora. Roan adoraba a su hermana, pero era la mujer más impetuosa y descuidada que había conocido en toda su vida y, aunque admiraba su espíritu libre, no habría confiado en ella ni borracho.

Al llegar a su altura, sintió el deseo de ponerle las manos en los hombros, sacudirla un poco y arrancarle la verdad. Sin embargo, se contentó con ponérselas en el talle y decir:

—Muy bien, ya se han ido. ¿Se puede saber qué ha hecho para tener que esconderse?

—Yo no he hecho nada —respondió sin convicción.

—¿Ha robado algo?

—¿Robar? ¿Yo? —dijo, atónita.

—Entonces, ¿ha matado a alguien?

—¡Por Dios, señor Matheson!

–No me mire como si no pudiera creer lo que estoy diciendo, señorita Cabot –replicó Roan, muy serio–. Se acaba de esconder de un médico que viajaba en un carruaje de alcurnia, y sigo sin saber por qué.

Prudence palideció y se mordió el labio inferior, un gesto que, en opinión de Roan, implicaba una confesión de culpabilidad. De hecho, no supo si soltarle una reprimenda por su actitud general o por el error de morderse el labio.

–Admítalo. Usted tenía que viajar en ese carruaje.

Ella alzó la barbilla y dijo:

–Sí, es cierto.

Roan frunció el ceño.

–No me diga que es la amante del médico…

Prudence se ruborizó.

–¿Amante del doctor? ¡Por supuesto que no!

Roan se acordó otra vez de su hermana, y se le ocurrió la posibilidad de que hubiera hecho lo mismo que ella: huir del hombre con quien se tenía que casar.

–¿Es acaso su prometida?

–¿Cómo voy a ser su prometida? ¿No ha visto que viajaba con su esposa? ¡El doctor Linford está casado!

Él suspiró.

–¿Pues a qué ha venido todo eso? ¿Por qué se ha escondido entre los árboles como una vulgar malhechora?

–¡Yo no soy una malhechora!

–Hum –dijo, dubitativo.

Prudence tragó saliva y se frotó la nuca.

—Mire, es cierto que debía viajar con el doctor Linford. Habíamos quedado en que me llevaría a Himple, donde me recogería uno de los criados del señor Bulworth para llevarme a la casa de mi amiga Cassandra. Pero la diligencia también pasa por Himple. Me he limitado a cambiar mi plan original.

Roan esperó a que añadiera algo más; por ejemplo, el motivo que la había llevado a cambiar de planes. Sin embargo, ella se encogió de hombros como si sus palabras fueran explicación suficiente. Y no lo eran.

—¿Por qué no se ha ido con él? ¿Por qué prefirió viajar en una diligencia abarrotada de gente en lugar de viajar en un carruaje elegante y con sitio de sobra?

Prudence se volvió a frotar la nuca.

—Eso es difícil de explicar.

—¿Difícil? La única dificultad que hay aquí es su negativa a confesar la verdad. ¿Qué demonios ha hecho, señorita?

Justo entonces, Roan tuvo una sospecha que le hizo cambiar completamente de actitud. Una sospecha tan indignante que, si ella la confirmaba, era capaz de subirse a uno de los caballos, dar alcance al carruaje del médico y romperle el cuello.

—¿Es que ese hombre ha intentado abusar de usted?

—¡No! ¡No, en absoluto! —contestó, horrorizada—. El doctor Linford es un buen hombre, una persona decente.

—Entonces, ¿de qué rayos se trata? —preguntó, perdiendo la paciencia.

Prudence dio un paso atrás.

—Discúlpeme, señor Matheson, pero no tengo por qué darle explicaciones.

Él la miró un momento y asintió.

—Sí, eso verdad. Ni usted me debe explicación alguna ni yo estoy obligado a prestarle ayuda. En consecuencia, hablaré con el cochero y le diré que la entregue a las autoridades como posible sospechosa de un delito.

—¡Está bien! Se lo diré.

—La escucho.

—Pensé que viajar con los Linford sería terriblemente aburrido. Y se me ocurrió que la diligencia era más...

Prudence dejó la frase sin terminar e hizo una floritura con la mano, como si eso lo explicara todo. Pero no explicaba nada.

—¿Más qué? —preguntó Roan.

Ella se ruborizó otra vez.

—Más emocionante —respondió en voz baja.

Roan estalló en carcajadas. Era lo más absurdo que había oído nunca. ¿Emocionante? ¿Qué había de emocionante en viajar en una diligencia de mala muerte, sin apenas sitio y rodeada de desconocidos?

—Me alegra que se divierta tanto a mi costa —dijo ella, ofendida.

—¿Divertirme? No me río porque lo encuentre divertido, sino porque me parece increíblemente estúpido.

Prudence soltó un gemido de indignación y dio media vuelta como si pretendiera internarse en el bosque, pero él la agarró del brazo y la apretó contra su pecho.

—Señorita, comprendo que quisiera aflojarse el corset un poco, por así decirlo. Pero de ahí a viajar en una diligencia pública… En mi opinión, es el peor medio de transporte, después de los barcos —dijo—. ¿Por qué creyó que sería emocionante? Descalzarse y caminar sobre brasas es más placentero.

Prudence se apartó de Roan y se cruzó de brazos.

—Lamento que me encuentre tan reprobable, señor Matheson.

Él parpadeó. No había caído en la cuenta hasta ese momento, pero ya sabía por qué había tomado la decisión de viajar en la diligencia. Solo podía haber un motivo. Y se sintió inmensamente halagado.

—Ah, ya lo entiendo —dijo con una enorme sonrisa.

—Usted no entiende nada.

—Yo creo que sí. Eligió la diligencia porque quería viajar conmigo.

—¡Será engreído…!

—Ni soy engreído ni necesito serlo en este caso. He dicho la verdad, aunque reconozco que no esperaba un cumplido tan bonito —declaró—. Si estuviéramos en Nueva York, no me extrañaría que una joven como usted me halagara de ese modo, teniendo en cuenta que soy un hombre atractivo y con dinero. Pero no estamos en Nueva York, sino en Inglaterra, y admito que me ha emocionado.

—¡Tierra, trágame! —exclamó ella, terriblemente avergonzada.

Él volvió a reír.

–No, no queremos que la tierra se la trague. Es demasiado hermosa para morir y, por otra parte, no necesita más castigo –dijo con humor–. Ya tiene bastante con el lío que usted misma se ha buscado.

Prudence apartó la mirada.

–Le estoy tomando el pelo, señorita Cabot. No me lo tome en cuenta, por favor. Además, es cierto que me siento profundamente halagado. Me asombra que una mujer tan bella como usted se interese por mí.

–Oh, Dios mío –dijo Prudence, roja como un tomate–. Deje de jugar conmigo. Ya estoy suficientemente avergonzada.

–No estoy jugando con usted. Lo digo en serio –afirmó–. Pero, por muy halagador que me resulte, usted sabe que no debería viajar con desconocidos por el campo. El mundo está lleno de canallas capaces de hacer todo tipo de maldades. Cuando lleguemos al pueblo siguiente, buscaré un medio de transporte y la llevaré a Hipple en persona.

–No es Hipple, sino Himple –le corrigió–. Y no se preocupe por mí. No necesito que me lleve.

Roan sacudió la cabeza. Definitivamente, era igual que su hermana.

–Piénselo bien, señorita Cabot. Su reputación podría quedar dañada si se empeña en seguir adelante con su aventura.

–Mi reputación ya está por los suelos, señor Matheson. Dudo que pueda hacer nada que empeore las cosas.

Roan la miró con curiosidad. ¿Lo estaba diciendo en serio? ¿Su honor estaba verdaderamente mancillado? ¿O era tan propensa a la exageración y el drama como Aurora?

—¡La diligencia! —gritó alguien en ese momento.

Un suspiro de alivio se extendió entre el resto de los pasajeros, que empezaron a recoger sus equipajes. Mientras la segunda diligencia se detenía detrás de la primera, Roan miró a Prudence y se preguntó cómo era posible que las mujeres más interesantes fueran siempre las más problemáticas.

Susannah Pratt nunca se habría atrevido a hacer lo que Prudence Cabot había hecho ese día. Era una mujer tradicional, y Roan se intentó convencer de que su conservadurismo la convertía en la esposa perfecta. De hecho, no dejaba de repetírselo. Todos esperaban que se casara con ella y, aunque él no le había ofrecido el matrimonio, daban por sentado que solo era cuestión de tiempo.

—Bueno, será mejor que les ayude a reparar la rueda —dijo, apartando la vista de sus almendrados ojos.

—Sí, por supuesto —replicó Prudence—. Gracias por no haber revelado mi presencia al doctor Linford.

Él se encogió de hombros.

—¿Qué le voy a hacer? Nunca me he podido resistir a la sonrisa de una mujer bonita. Es la cruz que debo cargar.

Ella sonrió.

—Esperaré en las rocas.

Prudence pasó por delante de él y se dirigió a la formación rocosa. Roan pensó que tenía una elegancia natural, y sonrió para sus adentros cuando ella se sentó en una peña con la maleta entre las manos y se quedó mirando el paisaje con toda naturalidad, como si estuviera en una fiesta campestre.

—De todas formas, soy yo quien debería darle las gracias.

—¿Usted? ¿Por qué?

—Por haber conseguido que me sienta tan halagado.

Él le guiñó un ojo y se unió al grupo de hombres. El cochero de la segunda diligencia sacó sus herramientas, y Roan se prestó voluntario para echarle una mano. Su familia se dedicaba al comercio de madera, y transportaban cargamentos desde lugares tan alejados como Canadá, así que estaba más que acostumbrado a cambiar ruedas y arreglar ejes rotos. Sin embargo, el hombre rechazó su ayuda.

Concluida la labor, subieron los equipajes a la diligencia y volvieron a poner el tiro de caballos. El cochero llamó entonces a los pasajeros, y Roan se giró hacia las rocas para avisar a Prudence. Pero había desaparecido.

Extrañado, se acercó al prado y la buscó entre los árboles. No estaba por ninguna parte. ¿Habría subido a la segunda diligencia?

Roan se dirigió a la segunda diligencia y, tras comprobar que no se encontraba en su interior, preguntó a los pasajeros que aún no habían subido.

—Disculpen, ¿han visto a una joven de esta altura? —dijo, marcando su altura aproximada con la mano—. Lleva un sombrero con una pluma.

Nadie la había visto, y él se empezó a preocupar. ¿Dónde se habría metido?

Volvió a la primera diligencia y preguntó a uno de los hombres del cochero, que justo entonces se disponía a subir su bolsa de viaje.

—¿Ha visto a la señorita Cabot? La mujer que subió en Ashton Down…

—No, señor. ¿Quiere que suba su bolsa?

—No, gracias, prefiero llevarla encima.

Cada vez más preocupado, dio la vuelta la carruaje y habló con el cochero, que estaba ajustando el arnés de los caballos.

—¿Sabe dónde está la señorita Cabot?

—¿Se refiere a esa joven tan guapa?

—Sí, en efecto.

El cochero sacudió la cabeza.

—No. Supongo que estará haciendo sus necesidades.

—Ah —dijo Roan, a quien no se le había ocurrido esa posibilidad.

—Será mejor que suba, caballero. Ya vamos con demasiado retraso.

—No nos podemos ir sin la señorita…

El cochero se giró hacia la arboleda, dando por sentado que Prudence estaría allí.

—Mire, a mí no me pagan por rescatar a señoritas extraviadas. He avisado de que estamos a punto de partir y, si no se presenta, será asunto suyo.

Roan lo miró con cara de pocos amigos.

—¿Sería capaz de dejar a una joven en mitad del campo?

Él hombre suspiró.

—¿Cuánto tiempo quiere que espere, yanqui? Tengo un horario que debo cumplir, y unos pasajeros que esperan llegar a tiempo a su destino. Tendremos suerte si llegamos a Stroud antes de que se haga de noche.

Roan dio media vuelta y gritó:

—¡Señorita Cabot! ¡Señorita Cabot!

No hubo respuesta y, al cabo de un par de minutos, la gente se empezó a impacientar.

—¿A qué estamos esperando? —gritó uno de los hombres, enfadado.

—Es su última oportunidad, yanqui —dijo el cochero—. Si no sube, me marcharé sin usted.

—¿Y qué pasa con el equipaje de la señorita?

—Lo dejaré en la siguiente parada, como hacemos siempre con los bártulos que nadie recoge —contestó, alcanzando las riendas—. ¿Y bien? ¿Va a subir, o no?

Roan no dijo nada.

—Como quiera…

El cochero sacudió las riendas, y los caballos se pusieron en marcha, levantando una nube de polvo que envolvió a Roan.

¿Dónde demonios se habría metido? ¿Y por qué demonios le importaba? Ya tenía bastantes problemas, empezando por el hecho de haber tenido que dejar su negocio de Nueva York para ir en busca de su hermana.

El destino le había jugado una mala pasada. Su padre, Rodin Matheson, era demasiado mayor para cruzar el Atlántico y buscarla por toda Inglaterra; y Beck, su hermano pequeño, era más joven que la propia Aurora. La responsabilidad había recaído inevitablemente sobre él, y ahora tenía que encontrarla y llevarla de vuelta a los Estados Unidos para que se casara con su prometido, el señor Gunderson.

Pero no iba a ser tan fácil. Roan sabía que Aurora no se habría fugado si hubiera estado enamorada de Gunderson. De hecho, le parecía altamente improbable que se hubiera enamorado de él, teniendo en cuenta que su compromiso matrimonial era consecuencia de las ambiciones empresariales de su padre.

Rodin siempre había sido un genio de los negocios, y se le había ocurrido una forma de conseguir que Matheson Lumber se convirtiera en una de las mayores compañías de Nueva York: casar a su hija con el heredero de la inmobiliaria Gunderson Properties. Pero Aurora no era una víctima inocente de las circunstancias. Lejos de rechazar el enlace, lo aceptó de buena gana y hasta llegó a decir que adoraba al señor Gunderson.

Ese era uno de los defectos de Aurora. Cambiaba de opinión como de vestido. Y ahora, no se le había ocurrido otra cosa que huir a Inglaterra.

Por desgracia, Roan tenía otros problemas. En su obsesión por mejorar la posición de la Matheson Lumber, Rodin le había pedido que se casara con Susannah Pratt, la hija del dueño de Pratt Foundries. Roan no la conocía, pero decidió darle una oportunidad cuando su padre le hizo ver que, si se fusionaban con las empresas de los Pratt y los Gunderson, serían algo más que una de las mayores constructoras de Nueva York: serían la mayor de todas.

Roan no era un hombre romántico. No buscaba el amor. Y, cuando el señor Pratt le aseguró que su hija era una mujer guapa y encantadora, con todas las virtudes de la esposa perfecta, ni siquiera se preguntó qué significaba eso de la esposa perfecta. Si su boda servía para expandir la Matheson Lumber, se casaría con ella.

En cuanto a la vida conyugal, dio por sentado que, con el paso del tiempo, se crearía entre ellos un lazo de afecto como el de sus propios padres. No se podía decir que la suya fuera una relación apasionada, pero parecían felices. Y no necesitaban mucho más para tener hijos.

Y, entonces, conoció a Susannah Pratt.

Su futura prometida llegó a Nueva York justo antes de que los tíos de Roan volvieran de su viaje a Inglaterra. Sin embargo, Susannah no era la mujer que su padre había descrito, ni en términos de encanto ni de belleza. Y los esfuerzos de Roan por ver más allá de su apariencia física fracasaron por completo: sencillamente, no tenían nada en común.

Preocupado, decidió hablar con Susannah a solas e interesarse por sus verdaderos sentimientos. Cabía la posibilidad de que lo encontrara tan odioso como él a ella, y que también estuviera deseosa de romper su compromiso, aunque todavía no fuera oficial.

Justo entonces, sus tíos regresaron a Nueva York con la noticia de que Aurora se había fugado, y él no tuvo más remedio que olvidar sus preocupaciones personales y salir en busca de su hermana. ¿Qué otra cosa podía hacer? Era su obligación. Pero sabía que el tiempo jugaba en su contra y que, si no volvía cuanto antes a Nueva York, su compromiso con

Susannah Pratt se convertiría en un hecho consumado.

Y ahora, por si no tuviera suficientes problemas, se sentía en la necesidad de ayudar a una mujer tan rebelde, desobediente, obstinada e incorregible como Aurora. Una mujer de ojos pardos y cuerpo exquisito. Una mujer que se había subido a una diligencia porque se sentía atraída por él. Una mujer que no era en modo alguno asunto suyo.

Y, sin embargo, allí estaba.

—¡Maldita sea Inglaterra y malditas sean todas las mujeres! —gruñó.

Roan se sentía tan frustrado que, por segunda vez en el mismo día, se quitó el sombrero y lo tiró al suelo. Pero el destino parecía decidido a reírse de él, y su sombrero cayó en un charco lleno de barro.

Tras soltar una retahíla de palabrotas, optó por dejarlo donde estaba y comprarse otro más adelante. Después, se colgó la bolsa al hombro y empezó a andar. ¿Dónde se habría metido aquella diablesa?

Capítulo 5

Prudence no tenía intención de huir. Estaba tan ansiosa como todos por subir a la diligencia y seguir su camino. Pero, mientras el cochero reparaba la rueda, se puso a pensar en lo que podía ocurrir cuando llegaran al siguiente pueblo.

Si la señora Scales o la señora Tricklebank habían mencionado su nombre, no había ninguna duda de que Linford y su esposa la estarían esperando; y tampoco la había de que estarían profundamente disgustados con ella. Quizá, tan disgustados como para pedir a alguna persona de autoridad que la llevara de vuelta a Blackwood Hall, encerrada en un carruaje como si hubiera cometido un delito.

A la humillación del castigo, se sumaría después el enfado de lord Merryton. Grace afirmaba que era un hombre encantador, y que su fama de frío y distante no se atenía en modo alguno a la realidad. De hecho, Prudence llevaba dos años en su casa y sabía lo amable y cariñoso que podía llegar a ser; pero el honor de la familia le preocupaba mucho, y lo creía capaz de hacer cualquier cosa con tal de evitar un escándalo.

Fuera como fuera, Merryton se había portado tan bien con ella que no quería defraudar su confianza. Y se odió a sí misma por no haber pensado en él cuando decidió embarcarse en su pequeña aventura.

¿Qué podía hacer? Si volvía a Blackwood Hall bajo la vigilancia del doctor Linford o de alguna persona que estuviera a sus órdenes, lord Merryton se sentiría profundamente decepcionado. Pero si volvía por su cuenta, le contaba lo sucedido y le pedía perdón, cabía la posibilidad de que olvidara el asunto.

Era la única solución, así que miró a Roan Matheson, soltó un suspiro cargado de añoranza y, tras alcanzar la maleta, empezó a caminar. Le habría gustado darle las gracias por su ayuda, pero prefirió marcharse sin que se diera cuenta.

Ahora, solo tenía que encontrar una casa o una granja y pagar a alguien para que la llevara a Ashton Down. No podía ser tan complicado. Honor y Grace se habían metido en líos peores, y habían salido de ellos.

Minutos más tarde, oyó que un carruaje se aproximaba. Prudence supuso que sería una de las dos diligencias, y dio por sentado que el cochero se detendría y que insistiría en que subiera a bordo. Pero había tomado una decisión, y no tenía intención alguna de subir. Al fin y al cabo, era una mujer adulta. Si quería caminar sola por los caminos, tenía tanto derecho como cualquiera.

Sin embargo, el carruaje no se detuvo. Pasó a su lado a toda velocidad y levantó una nube de polvo que la dejó tosiendo un buen rato. Prudence maldijo al cochero, se limpió el vestido como pudo y, en cuanto recobró el aliento, siguió adelante.

No había dado ni una docena de pasos cuando oyó otro vehículo y se apartó, temiendo que le volviera a pasar lo mismo. Pero, esta vez, el carruaje se detuvo. Y resultó ser la diligencia en la que había viajado.

–Ya hemos arreglado la rueda –anunció el cochero–. Suba, por favor.

–Gracias, pero prefiero caminar.

–¿Caminar? Señorita, no hay ni un pueblo en varios kilómetros a la redonda.

–¿En cuantos kilómetros, exactamente?

–En diez.

–Bueno, qué se le va a hacer. Llevo zapatos resistentes, y hace un día precioso para caminar –afirmó–. Agradezco su preocupación, pero iré andando.

Prudence supuso que Roan Matheson estaría en el interior de la diligencia, y le extrañó que no se asomara, aunque solo fuera para reírse de ella. Aparentemente, no quería que sus compañeros de viaje lo relacionaran con una chiflada que iba por ahí con un calzado más apropiado para una fiesta que para caminar.

–Como quiera –dijo el cochero.

–Ah, espere un momento… ¿Podría hacerme un favor? –Prudence sacó unas monedas y se las dio–. Encárguese de que dejen mi baúl en la oficina de correos de Himple. Alguien pasará a recogerlo.

El hombre asintió, se guardó las monedas y dijo:

—¿Está segura de que no quiere subir?

—Lo estoy —contestó—. Gracias.

El carruaje se puso en marcha, y Prudence se volvió a quedar sola. Con el agravante de que ahora sabía que el pueblo más cercano estaba a diez kilómetros.

Echó un vistazo a su alrededor. No había nadie, y no se oía nada salvo la brisa en las hojas de los árboles y el traqueteo cada vez más distante de la diligencia. Su situación era indiscutiblemente precaria, pero no se dejó llevar por la desesperación. Cuanto antes empezara a andar, antes llegaría a su destino.

Prudence no era de la clase de mujeres que rompían a llorar ante el menor obstáculo. No iba a derramar ni una sola lágrima. Se atendría a su plan y seguiría adelante por muy inadecuados que fueran sus zapatos y muy duro que fuera el camino. Solo tenía que descansar un momento, lo justo para aliviar un poco sus doloridos pies.

Puso la maleta en el suelo, se sentó encima y, a continuación, cerró los ojos.

¿Cómo podía haber sido tan estúpida? Ella no era como sus hermanas, aunque se hubiera intentado convencer de lo contrario. No era una rebelde acostumbrada a romper las normas y despreciar los peligros. El hecho de que estuviera descontenta con su aburrida vida no la convertía en una aventurera. Y ahora estaba sola en mitad del campo, a expensas de cualquier rufián que pasara por allí.

—Vaya, vaya.

Prudence se asustó tanto al oír la voz que perdió el equilibrio y cayó de nalgas al suelo. Pero el hombre que había hablado era Roan Matheson, y se sintió tan aliviada que, cuando la levantó, se apretó contra él y le pasó los brazos alrededor del cuello.

Los dos se quedaron inmóviles durante unos segundos, sorprendidos con lo que había pasado. Luego, Roan le puso las manos en la cintura, la apartó cuidadosamente y la miró como si pensara que había perdido la cabeza.

—Le ruego que me disculpe —dijo ella—. Me he llevado una alegría tan grande que no lo he podido evitar. Pero, ¿qué está haciendo aquí?

—Yo diría que es obvio. He venido a rescatarla.

Prudence se ruborizó, y su corazón se aceleró un poco.

—Pues me ha dado un susto de muerte —dijo, llevándose una mano al pecho.

Roan frunció el ceño.

—¿Por qué se ha ido? ¿En qué demonios estaba pensando cuando se alejó del carruaje y se puso a andar? —preguntó él—. ¿Adónde pretendía ir?

—Al siguiente pueblo o a la siguiente granja —contestó—. Tenía intención de pagar a alguien para que me llevara a Ashton Down.

—Eso es absolutamente ridículo. Podría haber ido en la diligencia —observó.

—Podría. Pero caí en la cuenta de que la señora Scales o su hermana se pondrán a hablar de lo que ha pasado y darán mi nombre al doctor Linford.

Roan asintió.

–Sí, es bastante probable –dijo–. Y, en consecuencia, ha decidido huir otra vez...

–Yo no estoy huyendo de nada –replicó Prudence–. Sencillamente, he pensado que si vuelvo a Blackwood Hall por mi cuenta y les explico en persona lo que ha ocurrido, se sentirán menos avergonzados.

Roan se cruzó de brazos y la miró con intensidad.

–A ver si lo he entendido. Se ha quedado sola en mitad de la nada y se ha puesto a andar tranquilamente con intención de llegar a un sitio habitado y pedirle a un desconocido que la lleve de vuelta a Ashton Down.

Prudence bajó la mirada. De repente, le parecía la idea más insensata del mundo.

–Sí, bueno... No es necesario que se muestre tan sarcástico conmigo. Tiene razón. He sido una idiota.

–Y tanto que lo ha sido, aunque huelga decir que estaré encantado de acompañarla hasta el siguiente pueblo y asegurarme de que consigue un carruaje.

–Gracias, señor Matheson.

–No me dé las gracias. Si no fuera un caballero, la pondría sobre mis rodillas como si fuera una niña y le daría unos cuantos azotes.

Ella arqueó una ceja.

–Le recuerdo que usted no es mi padre, señor.

–¿Su padre? Acabo de cumplir los treinta, señorita –dijo, ofendido–. No tengo edad para ser su padre, aunque tenga mucho más sentido común que usted.

–¡Si tuviera sentido común, habría ido a Weslay en lugar de acabar en Wesleigh!

Roan se quedó momentáneamente desconcertado.

–Sí, supongo que eso es verdad –dijo al fin–. Pero será mejor que nos pongamos en marcha. Se está haciendo tarde.

Él se inclinó e intentó alcanzar la maleta de Prudence, pero ella se le adelantó.

–Prefiero llevarla yo.

–Por el amor de Dios, señorita. El pueblo siguiente puede estar a muchos kilómetros de aquí –alegó.

–Está a diez kilómetros, según me han dicho. Y soy perfectamente capaz de llevar mi propia maleta.

Roan suspiró.

–Está bien. ¿Nos vamos?

–Qué remedio –dijo ella, lanzándole una mirada–. Por cierto, ¿dónde está su sombrero?

Roan frunció el ceño.

–Lo he perdido –respondió, irritado–. ¿Por qué será que todas las mujeres son iguales?

–¿Todas las mujeres? ¿Tanta experiencia tiene con las mujeres, señor Matheson?

–Tengo la suficiente como para saber lo que digo. ¿Por qué cree que estoy en este lugar dejado de la mano de Dios?

–¿Cómo dice? –replicó ella, molesta.

–Discúlpeme. Me refería a este país.

–Disculpas aceptadas. Pero, ¿qué hace aquí, si se puede saber? ¿Dar lecciones de buen comportamiento a las jovencitas?

–A las jovencitas, no. A una jovencita en particular –puntualizó–. Y ni siquiera es usted, aunque se le parece mucho. He venido a buscar a mi incorregible, cabezota e impulsiva hermana.

–Pues, si ha huido de usted, no me extraña. Debe de estar harta de sus opiniones.

–Es posible, pero la encontraré de todas formas.

Caminaron en silencio durante unos minutos, hasta que la curiosidad de Prudence pudo más que su cautela. ¿Qué habría hecho aquella mujer para que Roan Matheson se sintiera en la necesidad de ir a buscarla a Inglaterra?

–¿Dónde está ahora?

–¿Mi hermana?

–Sí.

–Buena pregunta. ¿Dónde estará la señorita Aurora Priscilla Matheson? Francamente, no lo sé; aunque espero que siga en West Lee.

–Weslay –dijo ella.

–Lo que sea –replicó él con impaciencia–. ¿Quiere que le cuente la historia o que discutamos sobre pronunciación?

–Prefiero que me cuente la historia.

–Mis tíos se la llevaron a Londres la primavera pasada. Era una especie de regalo de bodas, una oportunidad de ver un poco de mundo antes de que se case con el señor Gunderson. Pero Aurora es muy impetuosa y, por lo visto, uno de sus amigos londinenses la convenció de que se quedara un mes más en el país. Cuando llegó la hora de volver a los Estados Unidos, se negó en redondo y escribió a mi padre para informarle de que se iba a quedar una temporada.

–¿Y está sola? –preguntó, sorprendida.

–Eso creo –contestó–. Aurora es así. No atiende

a razones, y se ha organizado un buen lío, porque su matrimonio con Gunderson sería casi tan beneficioso para mi familia como… –Roan guardó silencio durante un par de segundos–. Bueno, eso carece de importancia. Baste decir que Gunderson no está precisamente contento con su ausencia. Y me han enviado a mí para que la encuentre antes de que su honor sufra un daño irreparable.

–¿Y cómo sabe que está en Weslay?

–A decir verdad, no lo sé. En su última carta, dijo que estaba viajando por Inglaterra y que la habían invitado a la casa del tal Penfors –contestó–. Por los detalles y la fecha de la misiva, suponemos que seguirá allí.

Prudence estuvo a punto de romper a reír. Le parecía increíble que hubiera otra mujer tan rebelde como sus hermanas. Aurora había abandonado a su familia y se había quedado en un país extranjero sin preocuparse por su reputación.

Desde su punto de vista, era una actitud absolutamente admirable.

–¿Por qué sonríe? –preguntó Roan–. ¿Es que le parece divertido? Porque, de ser así, será la única persona que lo encuentre gracioso. A mi familia no le ha hecho ninguna gracia. Su matrimonio con el señor Gunderson es demasiado importante.

–No lo dudo, pero es lógico que su hermana quiera vivir una aventura. Estar soltera puede ser de lo más aburrido. No haces otra cosa que sentarte en salones y hablar del clima.

Roan bufó.

—Aurora no tiene tiempo de aburrirse. Lleva una vida de privilegios, como tantas jovencitas de Nueva York. Sale con sus amigos y va de fiesta en fiesta… Dudo que su trasero haya tocado un asiento en varios meses.

Prudence lo miró con horror.

—¿Qué pasa ahora? ¿Qué he dicho? Ah, había olvidado que no debo pronunciar palabras como *trasero* delante de una delicada flor inglesa.

—¡Yo no soy una delicada flor! ¿Y quién le ha dicho que no las pueda pronunciar?

—Mi tía. Me dijo que las jóvenes inglesas no son tan avispadas como las de Estados Unidos. En su opinión, son bastante frágiles.

—¡Pues se equivoca! —bramó, indignada—. ¡Somos tan resistentes como las de cualquier país! Fíjese en mí, si no me cree, caminando por el campo y llevando mi propia maleta.

—Qué heroicidad —se burló él.

Roan soltó una carcajada, le quitó la maleta y añadió:

—No me mire como si hubiera dicho algo terrible, señorita. Es evidente que usted no es frágil. Y hasta empiezo a creer que tampoco es tan impetuosa como mi hermana.

Prudence se ruborizó, encantada de que no la considerara una mujer frágil.

—En cualquier caso, le confieso que mis enfados con Aurora duran poco —continuó él—. La culpa es de mi padre. Es su única hija, así que la ha mimado incomparablemente más que a Beck y a mí.

–¿Beck?

–Sí, mi hermano. El más pequeño de los tres.

–¿Es tan impetuoso como su hermana?

–No, en absoluto. Se parece bastante a mí. Es responsable, cuidadoso y trabajador –dijo con orgullo.

Ella sonrió con malicia.

–Lo dice como si ser trabajador fuera una virtud particularmente importante.

–Porque lo es –dijo, mirándola con humor–. ¿O tiene algo en contra del trabajo?

–Ni mucho menos. Pero ¿a qué se dedica su familia?

–Al negocio de la madera.

Prudence se quedó atónita.

–¿Se dedican a cortar árboles?

Roan rio.

–No, no. Yo he cortado alguno, pero no somos leñadores. Mi familia posee una de las principales madereras del país. Compramos los troncos en Canadá y los transportamos a Nueva York, donde se los vendemos a Gunderson Properties, una constructora. Por eso es tan importante la boda de Aurora. Si se casa con Sam Gunderson, aseguraremos todas nuestras ventas –explicó–. Además, estamos a punto de cerrar un acuerdo con Pratt Foundries.

–Ah.

–Hierro y madera. Eso es lo que se necesita para el negocio de la construcción. Si nos asociamos con Gunderson y Pratt, tendremos un negocio extraordinariamente lucrativo.

Ella asintió.

–Parece un plan ambicioso –dijo.

–Muy ambicioso. Mi padre ha trabajado mucho para hacerlo posible –declaró Roan–. Pero ya hemos hablado demasiado de mi familia... ¿Qué me dice de usted? ¿Es hija única? ¿O tiene hermanos?

–Tengo tres hermanas, señor Matheson.

–Llámeme Roan, por favor –dijo con ojos brillantes.

Prudence guardó silencio, pero pensó que le gustaba su nombre. Roan. Sonaba tan tajante como la madera y el hierro de los grandes edificios de Nueva York.

–¿Cómo son sus hermanas? ¿Tan impetuosas como usted?

–Son mucho más impetuosas que yo. De hecho, tengo fama de ser la más comedida y responsable.

–No me lo puedo creer –dijo él, riendo.

–Pues créalo, porque es verdad –replicó Prudence–. Tengo dos hermanas mayores y una pequeña. Las mayores son Honor y Grace, que se casaron y se convirtieron en la señora Easton y la condesa de Merryton, respectivamente. La pequeña se llama Mercy, y ha jurado que no se casara nunca y que será una artista famosa.

–Vaya, tienen hasta una condesa real. Supongo que los príncipes ingleses estarán encantados con ustedes.

–¿Real? ¿De dónde se ha sacado esa idea?

Él arqueó una ceja.

–Bueno, supongo que, si su hermana es condesa, será real en algún sentido…

A Prudence le pareció tan gracioso que sufrió un feroz ataque de risa. De hecho, le tuvo que poner una mano en el brazo para no perder el equilibrio.

–Grace es condesa, pero no pertenece a la realeza –afirmó–. ¿Cuántos príncipes cree que hay en mi país?

Él se frotó la barbilla.

–No sé. ¿Una docena?

Prudence volvió a reír.

–Está bien, reconozco que no sé nada de monarquías. Es un concepto bastante confuso para los que venimos de países con repúblicas.

–Oh, vamos, estoy segura de que la mayoría de sus compatriotas lo entienden perfectamente bien.

–Sí, puede que tenga razón. Pero nosotros nos liberamos de la monarquía, y no pensamos mucho en ella –alegó–. Si alguna vez viaja a mi país, entenderá lo que digo.

Prudence se intentó imaginar en los Estados Unidos, e imaginó masas de gente que se armaban de guadañas y horquetas para emanciparse de la tiranía.

–Nunca he salido de Inglaterra –le confesó–. Pero el señor Luckenbill estuvo en Nueva York.

–¿Y quién es el señor Luckenbill?

–Un amigo del marido de mi hermana, que vino una vez a cenar. Por lo visto, es un investigador distinguido, aunque no especificó de qué rama de la ciencia.

–¿Y qué le pareció mi ciudad?

Prudence sonrió.

–¿Tengo que ser sincera?

–Sí.

–Dijo que la encontró primitiva en comparación con Londres. Y que la gente es bastante aburrida –contestó.

Roan soltó una carcajada.

–Le pareceríamos aburridos porque los hombres de mi país no llevamos pañuelos de seda en las mangas de las chaquetas ni nos dedicamos a oler sales aromáticas.

–Los caballeros ingleses no huelen sales –protestó ella, sin negar lo de los pañuelos.

–Ah, usted no lo puede entender. No tiene hermanos.

–Se equivoca. Tengo uno, el conde de Beckington… Bueno, solo es mi hermanastro, pero lo quiero con todo mi corazón.

–Un conde, ¿eh? Entonces, será de la realeza.

Prudence rio una vez más.

–¡No!

Roan suspiró.

–¿Y de qué sirven esos malditos títulos nobiliarios si no son de la realeza?

–¿Quiere que se lo explique?

–No, la historia no me interesa mucho. Prefiero las disciplinas del aquí y el ahora, como la ciencia y la aritmética –respondió–. Pero ha despertado mi curiosidad... ¿Cómo es posible que su hermanastro no la haya acompañado? No debería permitir que viaje sola por el campo.

–Ya está otra vez con esa absurda idea de que necesito el permiso de alguien para hacer lo que me plazca. Discúlpeme, pero soy una mujer adulta. Augustine no es mi señor feudal y, por otra parte, me parece bastante irónico que usted, precisamente usted, diga eso. Ni siquiera sabe dónde está su hermana.

–*Touché*, señorita Cabot. Pero si yo hubiera sabido que mi hermana tenía intención de marcharse sola, se lo habría impedido –declaró, guiñándole un ojo–. ¿Cuál es la excusa de su conde?

–Ni Augustine sabe de mi paradero ni tiene por qué saberlo. Está tan ocupado con su vida londinense como yo lo estoy con la mía –dijo–. No debería ser tan contundente en sus opiniones, señor Matheson.

–¿Soy contundente? –preguntó, aparentemente sorprendido–. Sí, bueno, es posible que lo sea. Pero no me pienso disculpar por eso.

De repente, Roan se detuvo, dejó la bolsa y la maleta en el suelo y, a continuación, le apartó un mechón de la cara.

–Se enfada usted con demasiada facilidad, señorita.

–Eso no es cierto. Es la excusa que dan todos los hombres cuando las mujeres les llevan la contraria.

Roan volvió a reír y dijo:

–¿Se podría quitar el sombrero?

–¿El sombrero?

–Sí. Es que me gustaría verla sin él.

Prudence notó una energía extraña entre ellos, una especie de mano invisible que intentaba unirlos, y se acercó un poco más a Roan. Luego, lo miró a los ojos, se desató la cinta del sombrero y se lo quitó.

Él sonrió lentamente y le acarició la cara con los nudillos.

—Gracias. Siempre me siento mejor ante una mujer hermosa.

Prudence se estremeció. No era la primera vez que le hacían un cumplido a cuenta de su belleza, pero era la primera vez que lo sentía en todo su cuerpo. Y fue tan consciente de él que se puso en marcha de nuevo, con la esperanza de tranquilizarse. Pero aún oía el eco de sus palabras. Aún sentía la intensidad de su mirada y el calor que le habían dejado sus nudillos.

—¿Cómo conoció su hermana a lord Penfors? —preguntó, intentando volver a la normalidad.

Roan se encogió de hombros.

—Supongo que lo conoció por su procedimiento habitual: meterse donde no la llaman —contestó—. ¿Usted lo conoce?

—Solo de oídas. Sé que vive en el campo con su mujer, aunque creo que no tienen hijos. Pero ¿qué piensa hacer cuando la encuentre?

—Llevarla a casa, claro.

—¿Y cree que se dejará llevar?

—Buena pregunta. Puede que la tenga que encadenar y meter en un saco —dijo—. Y, a todo esto, ¿qué piensa hacer cuando vuelva a casa?

Prudence hizo un mohín al pensar en Blackwood Hall. Tenía un largo y aburrido invierno por delante, y no era una perspectiva precisamente agradable.

—Ah… —continuó él.

—¿Ah, qué?

—Que ya lo entiendo.

—¿Y qué es lo que entiende?

–Yo diría que es obvio –respondió con una sonrisa–. Su viaje a la mansión de una amiga, el hecho de que se subiera a una diligencia por estar conmigo y, por último, su repentina decisión de volver a casa. Apostaría cualquier cosa a que la está esperando un caballero, y que usted dejó su domicilio porque no sabía si ese hombre le gustaba lo suficiente… o quizá, porque usted no le gusta lo suficiente a él.

Prudence se empezó a reír.

–¿Y ahora qué he dicho? –preguntó Roan.

–Algo verdaderamente absurdo. No podría estar más equivocado, señor Matheson. Puede que las cosas sean distintas en su país, pero ningún caballero británico cortejaría a una mujer cuya familia se ha visto envuelta en varios escándalos –respondió–. No, no me está esperando ningún hombre. Ninguno me quiere.

Roan la miró con desconcierto absoluto, como si Prudence se hubiera expresado en un idioma inexistente.

–Adelante, ríase de mí si le apetece –dijo ella–. Pero es la verdad.

Él sacudió la cabeza.

–Discúlpeme. Es que no salgo de mi asombro.

–¿No va a hacer ninguna broma al respecto?

–No, claro que no. Solo diré esto: que una mujer tan bella como usted tendría a todos los hombres de la ciudad de Nueva York en la palma de la mano. Y no se preocuparían por el posible escándalo.

Prudence parpadeó, encantada otra vez con sus cumplidos.

–Harían lo que fuera por estar con usted –siguió Roan–. Y esa es precisamente la razón por la que no debería andar sola por caminos como este. Algunos hombres son bestias incapaces de refrenarse.

Ella sonrió.

–Oh, vamos. Voy sola a muchos sitios, y nunca me ha pasado nada.

–No le ha pasado nada porque vive en una ciudad, y siempre tiene alguien a su lado. Pero aquí no tiene a nadie. Es presa fácil de hombres como yo.

Prudence soltó una carcajada.

–¿Hombres como usted?

–Sí. Bribones.

–¡Usted no es un bribón!

–Le aseguro que lo soy, y de los pies a la cabeza –replicó con una sonrisa pícara–. No se engañe a sí misma, señorita. ¿Es que nadie la ha alertado sobre los apetitos de los hombres?

Prudence no dijo nada, pero se acordó de lo que le había dicho lord Merryton en un par de ocasiones: que no se fiara nunca de un caballero, por muy cortés que fuera. En opinión de su cuñado, los hombres solo querían una cosa de las mujeres.

–Bueno, tampoco es necesario que me mire con terror. Puede que sea un canalla, pero su honor está a salvo conmigo –dijo Roan.

Ella guardó silencio.

–Por cierto, ¿qué ha querido decir con eso de que su familia se ha visto envuelta en varios escándalos?

Prudence no quería airear los trapos sucios de su familia, pero supo que le debía una explicación.

—Mis hermanas se casaron de una forma poco convencional, por así decirlo.

—¿Se casaron por obligación?

—¿Por obligación? —preguntó, sin saber lo que quería decir.

—Está bien, se lo preguntaré de un modo más directo: ¿se habían quedado embarazadas?

Prudence soltó un grito ahogado.

—¡Por supuesto que no! —exclamó, ofendida.

—¿Ah, no? ¿Es que hay otras formas poco convencionales de casarse?

—Desde luego que sí.

Roan rio y le dio una palmadita.

—No deja de sorprenderme, señorita Cabot. Es tan atrevida que no tiene problemas para pasear por el campo con un desconocido. Pero, al mismo tiempo, se ofende como una mojigata ante la simple insinuación de que sus hermanas se hubieran quedado embarazadas sin haberse casado antes.

—Usted ya no es un desconocido.

—Claro que lo soy. No sabe nada de mí —afirmó—. Me recuerda a un hombre que se cruzó una vez en mi camino.

Roan se puso a contar una historia de un largo y peligroso viaje por los Estados Unidos. Por lo visto, su caballo se rompió una pata y, tras mantener una conversación con un desconocido, a él se le ocurrió la idea de que tenía que haber formas mejores de transportar troncos entre las ciudades del norte y el sur del país.

Era una historia tan interesante como la idea, consistente en construir un canal, pero Prudence estaba cansada de caminar y, cuando llegaron al pueblo, le dolían tanto los pies que solo pensaba en sentarse.

El pueblo era poco más que una aldea: solo tenía unas cuantas casas, una herrería, una taberna y oficina de correos. Las diligencias ya se habían marchado, y ella se sintió aliviada al ver que Linford no estaba por ninguna parte. De hecho, no había nadie salvo una anciana que deambulaba por el jardín de su casa.

Prudence se sentó en una valla. Si hubiera podido, se habría quitado los zapatos y se habría dado un buen masaje en los pies.

—¿Tiene hambre? —preguntó Roan, tan fresco como si no acabaran de hacer diez kilómetros—. Yo necesito comer algo.

Ella lo miró y pensó que su pequeña aventura tenía que llegar a su fin. Ya le había causado bastantes problemas.

—Gracias por haberme traído, señor Matheson. No se preocupe por mí. Encontraré un medio de transporte y volveré a casa —dijo—. Usted tiene que encontrar a su hermana.

Él frunció el ceño.

—Llámeme por mi nombre de pila, por favor. Y, por lo demás, prefiero quedarme con usted hasta que se vaya.

—Oh, por Dios, aquí no corro ningún peligro. Esa anciana es la única persona que hemos visto —dijo, señalando a la mujer del jardín—. Además, estoy segura de que pasará otra diligencia dentro de poco.

Roan la miró como si no supiera qué hacer con ella.

—¿Seguro que está segura?

—Por supuesto.

—Bueno, en ese caso, tomaré la siguiente diligencia que vaya al norte.

Prudence se sintió decepcionada, aunque pensó que no tenía derecho a sentirse decepcionada. Al fin y al cabo, era ella quien lo había instado a marcharse.

—Espero que tenga suerte y que encuentre a su hermana.

Él asintió.

—Volverá a Blackwood Hall, ¿verdad?

Prudence se encogió de hombros.

—Francamente, no sé qué hacer. Himple está más cerca de aquí que Blackwood Hall. Quizá debería retomar mi idea original.

—No me parece una buena idea —dijo Roan.

Ella suspiró.

—No, puede que no lo sea. Pero tengo miedo de volver a Blackwood Hall. Cualquiera sabe si me dejarán salir otra vez cuando sepan lo que he hecho. ¿Usted me lo permitiría?

—De ninguna manera —respondió.

—Lo sospechaba.

Justo entonces, Roan la agarró del brazo y le dio la vuelta, poniéndola de espaldas al camino.

—¿Se puede saber qué está haciendo?

—¡Rápido, escóndase detrás de aquel árbol!

—¿Que me esconda? Pero...

—¡Deprisa! ¡Escóndase!

Como Prudence no se movía, Roan la empujó hasta el arce que estaba detrás y la ocultó detrás del tronco.

—Péguese a él y no se mueva —le ordenó.

—¿Por qué? No entiendo nada.

Prudence lo entendió un segundo después, cuando vio que el doctor Linford acababa de salir de uno de los edificios que estaban junto al camino.

—Oh, no —dijo—. ¡Está aquí! Pero, ¿dónde ha dejado su carruaje? ¿Cómo es posible que no lo hayamos visto?

—Estará al pie de la colina —respondió Roan—. No se asuste.

—¿Que no me asuste? ¡Me va a ver!

—Quédese quieta, o llamará su atención y…

—¡Estoy acabada!

—Señorita Cabot, haga el favor de tranquilizarse.

—¡Pero esto es el fin! ¡Esto es…!

Prudence no supo cómo pasó. Solo supo que, de repente y sin previo aviso, se encontró sometida a las tiernas y apasionadas atenciones de los labios de Roan, que la besó de un modo absolutamente exquisito.

Las rodillas se le doblaron, y él le pasó un brazo alrededor de la cintura, como si se hubiera dado cuenta. Estaban tan pegados el uno al otro que Prudence se preguntó si podría sentir los estruendosos latidos de su corazón. La besaba sin comedimiento de ninguna clase, jugueteando con la lengua y devorando sus labios mientras le acariciaba la cara suavemente, con su mano libre.

Ella dejó escapar un gemido, y Roan aumentó la pasión de su beso.

No era la primera vez que la besaban, pero se sintió como si lo fuera; en parte, porque notaba el provocativo contacto de su duro sexo, que la empujaba a frotarse contra él, a intentar fundirse con él. Nunca había estado tan excitada. Era lo más sensual que había hecho y sentido en toda su vida, y quiso que durara para siempre.

Pero no duró para siempre.

Súbitamente, Roan alzó la cabeza y le pasó un dedo por el labio inferior.

—Este es el motivo por el que no debería andar sola por el campo, señorita Cabot —dijo—. El mundo está lleno de bribones.

—Yo...

Roan se apartó un poco del árbol, para ver si Linford seguía allí.

—Parece que se ha ido.

—Ah —dijo ella, sonriendo.

Roan la tomó de la mano y la alejó del arce.

—Será mejor que nos busquemos un par de caballos.

—¿Un par? —preguntó Prudence.

—Por supuesto. No la puedo dejar sola en estas circunstancias.

—¿Por qué no? Soy tan capaz de arreglármelas sola como su hermana. Usted mismo ha dicho que le recuerdo a ella.

Él frunció el ceño.

—Ya no me recuerda a Aurora, sino a la diosa Afrodita. Es usted la viva imagen de la tentación.

Prudence sonrió un poco más.

–¿Sabe montar, verdad? –preguntó él.

–Naturalmente.

–Me alegro, porque será la forma más fácil de llegar a… ¿Adónde ha dicho que debe ir?

–A Himple.

Roan suspiró como si la perspectiva de viajar con ella le incomodara profundamente.

–Ah, sí. A Himple.

Capítulo 6

Roan estaba acostumbrado a que las mujeres de su vida le llevaran la contraria. Su madre y su hermana hacían caso omiso de sus consejos, al igual que todas las féminas con las que había mantenido relaciones románticas. Pero ninguna lo perturbaba tanto como Prudence, y le costó imponerse cuando llegaron a la oficina de correos y le pidió que se quedara fuera mientras él entraba a preguntar.

–Es mejor que entre yo –replicó Prudence–. Su acento extranjero complicará las cosas, y no entenderá la mitad de lo que le digan.

–No, es mejor que me encargue yo –insistió él–. Los lugareños se extrañarán si ven a una joven sola que aparece de repente y pregunta por un sitio donde comprar caballos.

Al final, Roan se salió con la suya y entró en la oficina, donde estuvo a punto de darse con uno de los sacos de cartas que colgaban del techo. Tras el susto inicial, se dirigió hacia los dos ancianos que estaban detrás del mostrador. El primero era de nariz chata y barba blanca y el segundo, de cráneo pelado y cejas pobladas. Daban la impresión de llevar allí desde el principio de los tiempos.

—Buenas tardes, caballeros.

Los ancianos lo miraron sin decir nada.

—¿Saben dónde podría adquirir unas monturas?

—¿Monturas? ¿Adquirir? —preguntó el barbudo—. ¿Se refiere a comprar caballos?

—Sí, en efecto —dijo—. Dos caballos.

—¿Dos?

—Sí, necesito dos —contestó.

—¿Y por qué quiere dos?

Roan tuvo que inventarse algo a toda prisa. No esperaba que lo interrogaran sobre sus motivos, y solo se le ocurrió una excusa creíble.

—Es que… viajo con mi esposa —dijo, ladeando la cabeza hacia la puerta.

—Con su esposa —repitió el de las cejas pobladas.

Los dos ancianos se miraron, y Roan se empezó a poner nervioso. ¿Sería posible que el doctor Linford o el cochero de la diligencia les hubiera advertido sobre la desaparición de la señorita Cabot?

—Dos caballos, ¿eh?

—Sí, eso he dicho. ¿Es que hay algún problema?

—No, ninguno —respondió el segundo—. Pero la siguiente diligencia pasará dentro de una hora. Pueden viajar en ella.

—Sí, ya lo sé. Sin embargo, mi esposa no soporta las diligencias. Se pone enferma con el traqueteo.

—Hum...

—Es un poco delicada, por así decirlo.

El barbudo asintió entonces.

—Pregunte a O'Grady. Su casa está en el camino, hacia el norte.

Justo entonces, se abrió la puerta.

—Es su señora —dijo el de las grandes cejas.

—Buenas tardes, caballeros —los saludó Prudence, que se giró hacia Roan—. ¿Ha habido suerte con los caballos?

—Sí, sí... Pero deberías esperar fuera. Estarías más cómoda, querida —respondió, pasándole un brazo alrededor de la cintura.

—Oh, no te preocupes por mí. Estoy perfectamente —replicó ella.

—Entonces, será mejor que sigamos nuestro camino. Los caballeros me han dicho que el señor O'Grady vende caballos.

—Si quiere, su esposa se puede quedar aquí. La casa de O'Grady está un poco lejos —declaró el barbudo.

Prudence se quedó sorprendida, y ya estaba a punto de decir que no era su esposa cuando Roan se le adelantó:

—Se lo agradezco mucho, pero no es necesario. La casa está hacia el norte, ¿no?

—Sí, así es.

Roan se despidió de los ancianos y sacó a Prudence de la oficina de correos.

—¿Qué es eso de que soy su esposa? —preguntó ella en cuanto se quedaron a solas.

—¿Por qué ha tenido que entrar? Le dije que esperara fuera.

–¡Y he esperado fuera! Pero tardaba tanto que me he empezado a preocupar –explicó–. ¿Por qué ha dicho que estamos casados? Mi situación ya es bastante complicada como para que usted la complique más.

–¿Y qué quería que dijera? ¿Que la acabo de conocer? Solo tenía dos opciones: decir que es mi esposa o decir que es mi hermana. Pero no se parece nada a mí, y no habrían creído que sea mi hermana.

Ella se tranquilizó.

–Bueno, dicho así…

–Venga, vamos a buscar al señor O'Grady.

Roan se inclinó, alcanzó sus respectivos equipajes y empezó a andar. Quince minutos después, Prudence preguntó:

–¿Dónde vive ese hombre? Empiezo a estar cansada...

–No estoy seguro. Solo han dicho que su casa está en el camino, hacia el norte.

Quince minutos más tarde, Prudence se encontraba al borde del agotamiento. Pero se animó un poco cuando Roan señaló unos caballos que pastaban en un prado y dijo:

–Ah, debe ser allí. Ahora solo falta que localicemos al señor O'Grady. Siéntese en la valla y descanse mientras voy a buscarlo.

–Sí, creo que será lo mejor.

Prudence se sentó, y miró a Roan con espanto cuando él le quitó un zapato.

–¿Qué está haciendo?

Él le empezó a masajear el pie, y ella se sintió maravillosamente aliviada.

–No debería hacer eso... –dijo con debilidad–. Es inapropiado, señor Matheson.

–Lo único inapropiado son los zapatos que lleva, señorita.

–Pues son franceses –replicó, enorgulleciéndose de ellos.

–¿Y eso qué tiene que ver? No sirven para caminar por el campo.

–¡Claro que no! ¡No están pensados para caminar por el campo!

Roan interrumpió el masaje, pero ella le dio un golpecito para que siguiera con su labor, y él se concentró en el otro pie.

–No tenía intención de cruzar Inglaterra con ellos –continuó Prudence.

–¿Son los únicos que lleva?

–No. Llevo otro par en la maleta, pero son de seda.

–Oh, Dios mío.

Ella lo miró con indignación.

–¿Qué esperaba? ¿Que viajara con botas de cuero? Puede que el cuero esté de moda en los Estados Unidos, pero, como ya sabrá, no estamos en los Estados Unidos.

Él rompió a reír.

–Discúlpeme por criticar su elección en materia de calzado –dijo entre risas–. No la quería ofender.

–Hum…

Roan terminó de darle el masaje y se levantó.

–Bueno, voy a buscar al dueño de los caballos. ¿Puedo confiar en usted? ¿O va a huir en cuanto me dé la vuelta?

–Puede confiar en mí, pero lo acompañaré de todas formas.

–No, no, nada de eso. Se quedará aquí mientras voy a buscar a ese hombre.

–Ni lo sueñe. Es extranjero, y no sabe qué hacer con estas cosas.

Roan se quedó confundido.

–¿A qué cosas se refiere?

–A hablar con granjeros –respondió mientras se ponía los zapatos.

–Quédese aquí –insistió.

–No.

Prudence se puso en pie y lo miró con humor.

–¿Nos vamos? ¿O se va a quedar ahí todo el día, llevándome la contraria?

Roan suspiró. Sabía que Prudence no iba a cambiar de opinión, así que se dio por vencido y cruzó con ella el prado.

Mientras avanzaban, se dieron cuenta de que los caballos del señor O'Grady no eran precisamente jóvenes. De hecho, su estado era lamentable. Pero eran la única opción que tenían, y siguieron andando hasta que, al cabo de un par de minutos, vieron varias casas de campo y un par de estructuras que parecían graneros.

–Qué bonito –dijo ella.

Roan la miró, preguntándose qué encontraba tan bonito. Desde su punto de vista, lo único bello que había

en aquel lugar eran las encantadoras pecas que cruza-
ban su nariz.

–¿No está de acuerdo conmigo?

Él echó un vistazo a las casas, donde vio un cerdo,
unas cuantas gallinas y un perro que descansaba a la
sombra de un árbol.

–Sinceramente, no –contestó–. Espere aquí.

El perro se puso a ladrar poco antes de que Roan
llegara a su objetivo, alertando a los habitantes de la
propiedad. La puerta de una de las casas se abrió, y
apareció un hombre que caminó hacia él con energía. Le faltaban un diente y un ojo del mismo lado
de la cara, como si hubiera sufrido un accidente terrible.

–¿Sí? –el granjero miró a Prudence con curiosidad y, a continuación, clavó la vista en Roan–. ¿Qué
desea?

–Buenos días. Me preguntaba si nos podría vender un par de caballos.

–Ya.

Roan lo miró con desconcierto. ¿Eso era todo lo
que iba a decir?

–Naturalmente, también necesitamos un par de sillas de montar –continuó–. Nos esperan en West Lee.

–¿En Wesleigh? Pues vayan al pueblo y tomen la
diligencia.

–No, no me refería a ese West Lee, sino al del
norte.

–Ah, quiere decir Weslay… –el hombre entrecerró los ojos–. Pero, si van a Weslay, ¿por qué ha dicho que van a Wesleigh?

Roan respiró hondo e intentó no perder la paciencia.

–Necesito dos caballos para ir al norte, y he contado siete en los pastos. ¿Están en venta?

–Sí, claro. Serán quince libras esterlinas.

Roan parpadeó. Era una suma desorbitada.

–¿Quince libras por dos caballos viejos?

–No, quince por cada uno.

–¡Pero si no valen ni un dólar!

–Una libra, no un dólar –puntualizó Prudence en la distancia.

Roan tuvo que echar mano de toda su fuerza de voluntad para no decir algo profundamente indecoroso. Empezaba a estar harto de aquella mujer.

–¿Me disculpa un momento? –le dijo al granjero.

–Por supuesto.

Roan dio media vuelta, caminó hacia Prudence, le puso las manos en los hombros y dijo en voz baja:

–¿Quiere hacer el favor de callarse? Estoy negociando con ese carcamal.

–Pues no se puede decir que negocie muy bien. Ni siquiera es capaz de recordar que estamos en Inglaterra. La moneda de mi país no es el dólar, sino la libra esterlina.

–¿Y qué? Solo era una forma de hablar –se defendió–. Quédese aquí y deje que yo me encargue del asunto.

Roan volvió con el hombre, que se había apoyado en una de las cercas.

–Le doy diez libras por los dos.

–Quince por cada uno.

–Eso es absurdo. No son precisamente unos pura sangre que vaya a cruzar para obtener beneficios.

El granjero se encogió de hombros.

–¿Qué le parecen veinte libras por los dos? –intervino Prudence, que se había acercado sin que él se diera cuenta–. Es un precio justo, y una suma apreciable. Nuestro guarda, el señor Cuniff, vendió su carreta por la misma cantidad y pudo llevar a su hijo al colegio. Veinte libras son una pequeña fortuna, ¿no le parece?

El granjero sonrió.

–Sí, son una pequeña fortuna.

–En ese caso, le quedaría muy agradecida si aceptara nuestra oferta. Mi primo no tiene mucho dinero –dijo, lanzando una mirada a Roan–, y eso es todo lo que le podemos dar.

–Está bien, señorita. Que sean veinte libras.

Roan se quedó anonadado. Prudence le había ofrecido el doble de lo que él estaba dispuesto a pagar. Pero ya no podía hacer nada, así que intentó corregir la situación en la medida de lo posible.

–Espero que el precio incluya las dos sillas –dijo–. Yo puedo montar a pelo, pero no pretenderá que mi prima haga lo mismo.

–No, me han entendido mal. Son veinte libras por caballo, sin silla.

–¿Cómo? –dijo Prudence–. ¡Pero si ha aceptado veinte por los dos!

–No, solo hemos acordado el precio. Yo pedía quince, y usted se ha empeñado en que sean veinte.

–¡Sabe perfectamente que me refería a los dos!

–bramó ella, perdiendo los estribos–. ¡Esto es una estafa! ¿Por quién nos ha tomado?

Roan la intentó tranquilizar.

–Déjelo ya, señorita Cabot. Solo empeorará las cosas.

–Pero ese hombre…

–Es el dueño de los caballos –la interrumpió.

–¿Y qué? ¡No voy a aceptar ese precio!

–Ya lo ha aceptado.

Roan lanzó una mirada a O'Grady, que los contemplaba con una sonrisa en los labios, como si se lo estuviera pasando en grande.

–De acuerdo, pagaremos lo que pide –dijo ella, derrotada–. Pero la culpa ha sido mía, así que lo pagaré yo.

–De eso, nada. Tengo mi orgullo, señorita.

–¡Y yo tengo el mío!

–Le aseguro que mi orgullo es mucho más grande y más fuerte que el suyo. Como insista en decir tonterías, la venderé al señor O'Grady. Y no pediré mucho: solo el cerdo que he visto hace un momento.

Prudence soltó un grito ahogado y, a continuación, lo miró con furia y se alejó de allí.

Mientras ella esperaba en el prado, Roan regateó con el granjero de un solo ojo y consiguió cerrar un acuerdo menos indignante. Fueron dieciocho libras esterlinas por una yegua y sus bridas, pero sin silla.

Minutos después, se detuvo ante Prudence, ató los equipajes al esquelético animal y la ayudó a montar. Prudence se quedó con las dos piernas hacia el mismo lado, y él sacudió la cabeza.

–No, no. Súbase el vestido y pase una pierna al otro lado, como si fuera un hombre.

–¡De ninguna manera!

–No puede ir así –dijo con impaciencia–. Yo también tengo que montar…

–¿Y quién se lo impide?

Prudence apartó la mirada, y él le puso una mano en la pierna para llamar su atención.

–Por favor, señorita. Si monta de esa forma, tendré que sentarme casi en la grupa –alegó, intentando ser razonable–. Hágame caso. El tiempo pasa, y se va a hacer de noche.

–Pues monte de una vez y deje de protestar.

–¡Está bien! –Roan perdió la paciencia–. ¡Pero si se cae, será culpa suya!

La posición de Prudence los condenó a una posición del todo indecorosa; como estaba de lado, Roan no tuvo más remedio que levantarle las piernas, ponérselas encima de un muslo y pasar los brazos alrededor de su cuerpo para alcanzar las riendas. Ella se empezó a arrepentir de haberse negado a seguir su consejo.

–Le advierto que, si vemos a alguien, me bajaré –dijo, intentando ponerse más cómoda–. No puedo permitir que me vean así.

–Si no deja de moverse, la tiraré yo mismo.

Roan sacudió las riendas, y el caballo se puso en marcha tan repentinamente que Prudence resbaló hacia atrás y acabó con las nalgas entre los muslos de su salvador. Pero fue una sensación de lo más placentera.

En cuanto a él, no podía estar más sorprendido. Jamás habría imaginado que se alegraría de haber comprado un caballo viejo y de montar con una mujer en el regazo. Prudence Cabot tenía un don especial: el de conseguir que hiciera cosas que no quería hacer. Y Roan se preguntó a qué otras cosas le podía empujar aquella belleza de ojos pardos.

Capítulo 7

El oeste de Inglaterra parecía abandonado. No había nadie por ninguna parte; aunque, de vez en cuando, divisaban el humo de una chimenea distante y veían algún rebaño de ovejas en una colina.

La vieja yegua avanzaba con tantas dificultades que se vieron en la necesidad de parar periódicamente para que descansara un poco. Roan no podía creer que hubiera pagado dieciocho libras por un jamelgo que apenas se tenía en pie. Hacía lo posible por acelerar su trote, pero el pobre animal no daba más de sí.

Hacía calor, así que Prudence se quitó la chaquetilla y el sombrero y los guardó en la maleta. Por desgracia, la ausencia de la chaquetilla hizo que fuera más consciente del cuerpo de Roan, que estaba pegado a ella. Notaba todo su contorno, y era una sensación tan provocadora como alarmante. Pero no podía negar que le gustaba.

Su mente la traicionó con escenas lascivas. Lo imaginaba desnudo, en situaciones indiscutiblemente impúdicas; y, aunque sus pensamientos le causaron un tipo de humedad bastante peligrosa en esas circunstancias, no le importó en absoluto. Además, ya era tarde para preocuparse por el decoro y la virtud. A fin de cuentas, viajaba entre sus piernas. Y se habían besado.

Sin embargo, la yegua iba tan despacio que el viaje se le empezó a hacer eterno. Y, cuanto más tiempo pasaba, más le excitaba el contacto de Roan.

Nerviosa, intentó entablar conversación para distraerse con cualquier otra cosa. Lo interrogó sobre Nueva York y sobre el barco que lo había llevado a Inglaterra, pero él no estaba precisamente charlatán, y terminó respondiendo a sus preguntas con poco más que monosílabos y gruñidos.

Prudence optó entonces por una solución desesperada: cantar. Tenía talento para la música, y tocaba muy bien el piano, algo de lo que se enorgullecía. Sin embargo, su voz no era agradable al oído, y procuraba evitar esa tortura a los demás. Pero, ¿qué podía hacer? Cada vez que la yegua pegaba un brinco, acababa encima de Roan. Y no se podía mover sin frotarse contra sus muslos.

Al cabo de un rato, él le puso una mano en el talle y dijo:

—No siga. Se lo ruego.

—¿A qué se refiere? ¿A mis canciones?

—A las canciones, a las preguntas, a todo.

—Solo lo hago para matar el tiempo —dijo, sintiéndose súbitamente mareada—. Oh… será mejor que descanse un poco.

–Sí, por favor, descanse.

–No me ha entendido. No estoy hablando de las canciones, sino del viaje. Necesito desmontar y descansar.

–Aguante –dijo él–. Ya no puede faltar mucho.

–¡Tengo que desmontar ahora mismo! –exclamó, a punto de vomitar.

Roan detuvo a la yegua, y Prudence saltó antes de que él le pudiera echar una mano. Pero llevaba tanto tiempo sentada en mala posición que las piernas se le habían quedado dormidas y, en lugar de sostenerla, se le doblaron como si fueran de papel.

Prudence acabó en el suelo, a cuatro patas.

–¡Señorita Cabot! –dijo Roan, desmontando a toda prisa–. ¿Se encuentra bien?

–Sí, sí, no se preocupe –contestó, llevándose una mano al estómago.

–¿Qué le ocurre? ¿Está enferma?

–Es posible.

Él le puso una mano en la frente.

–No parece que tenga fiebre –observó–. ¿Le duele algo?

–No sé. Tengo una sensación extraña…

–Será mejor que coma –dijo con firmeza–. ¿Dónde está la comida que ha sacado antes?

–En la maleta.

Roan se acercó a la yegua, desató la maleta y se la dio para que la abriera. Prudence sacó el paño que contenía sus provisiones y echó un vistazo al contenido; solo quedaba un poco de queso, un par de dulces y un pedazo de pan.

–Vaya, parece que comí más de lo que pretendía – dijo él, avergonzado–. Cómaselo usted, por favor. No es mucho, pero me aseguraré de que se alimente adecuadamente cuando lleguemos al siguiente pueblo.

–No hay ningún pueblo –dijo ella, llevándose un dulce a la boca–. Llevamos toda la tarde a caballo, y no hemos visto nada. Supongo que estaremos cerca de Brasenton Park, si no lo estamos ya.

–¿Brasenton Park? ¿Qué es eso?

–Una propiedad del conde de Cargyle que está entre Ashton Down y Himple. Cassandra Bulworth me dijo que era un lugar enorme y agreste, y esto es las dos cosas.

–Es posible, pero pasé por estas tierras de camino a Ashton Down. Y, si la memoria no me falla, yo diría que estamos a una media hora del asentamiento más cercano.

–Oh, no. ¿Media hora más? –dijo, desesperada.

Él le pasó un brazo por encima de los hombros.

–No se deprima. Piense en el baño que se va a dar cuando lleguemos a una posada.

–Un baño… –repitió ella con añoranza.

Roan la ayudó a montar otra vez y, a continuación, se puso delante de la yegua, agarró las riendas y empezó a caminar. Quince minutos más tarde, en el preciso momento en que el sol se empezaba a ocultar, vieron una posada a lo lejos.

–Ajá. Por fin podremos comer –dijo, dándole una palmadita en la pierna.

La posada estaba junto a un camino, y no había más edificios a su alrededor. Su aspecto era tan sucio y destartalado que Prudence no quiso ni imaginar el tipo de comida que tendrían. Nunca había sido particularmente caprichosa en materia de alimentación, pero la idea de comer allí hizo que se le revolviera el estómago.

—No tengo hambre —declaró con ansiedad—. No es necesario que nos detengamos.

En ese momento, un hombre salió de la posada y desapareció por un sendero que se internaba en el bosque.

—No hable con nadie —le ordenó Roan repentinamente—. Si alguien se acerca a usted, huya al galope. Sabe galopar, ¿verdad?

—Sí, claro que sí —dijo, sin entender nada—. Pero…

—No hay peros que valgan —la interrumpió—. Espere aquí, Prudence.

Ella habría protestado en otras circunstancias, pero se quedó muda cuando oyó su nombre de pila en boca de Roan. Se había dirigido a ella como si fueran amigos. Y lo había hecho de un modo tan leve y relajado que se sintió extrañamente halagada.

Mientras él entraba en el edificio, ella desmontó y acarició a la vieja yegua. Roan había dejado la puerta abierta, y Prudence oyó risas de hombres y la voz aguda de una mujer. Tenía un mal presentimiento sobre aquel lugar, y se acrecentó cuando él salió a toda prisa y con expresión sombría.

—¿Qué ocurre? —preguntó Prudence.

Él no contestó. Se limitó a subirla a la yegua y a montar con un movimiento increíblemente ágil. Luego, sacudió las riendas y los alejó de allí al galope, a pesar de las evidentes limitaciones físicas de su montura.

Prudence giró la cabeza, creyendo que los seguían. Pero no los seguía nadie.

—¿Qué ha pasado? —insistió.

—Que no me han recibido precisamente bien —contestó Roan—. He optado por poner tierra de por medio.

—¿Y adónde vamos?

—De momento, a algún sitio donde podamos pasar la noche. La yegua tiene que descansar.

—¿A qué sitio? —preguntó ella, espantada ante la posibilidad de pasar la noche con él—. No veo ninguna posada por aquí. No hay ni un mal refugio.

Él la miró con humor. Habían salido del camino, y ahora avanzaban campo a través, pegados a un pequeño arroyo.

—No me diga que nunca ha dormido al raso…

—¡Pues claro que no! —exclamó, horrorizada.

Roan soltó una carcajada y la bajó de la yegua. Después, se metió las manos en los bolsillos del guardapolvos y sacó una botella y un paño que, evidentemente, contenía comida.

—Bueno, al menos no nos moriremos de hambre. Tengo cerveza, carne asada y pan.

Ella se quedó sorprendida.

—¿Lo ha comprado?

—No exactamente. La posadera se ofreció a ayudarme, por así decirlo —replicó con una sonrisa pícara—. Venga, écheme una mano. Necesitamos leña para encender una hoguera.

Prudence se dedicó a recoger leña por los alrededores mientras se preguntaba qué habría hecho para conseguir que la posadera le diera esas cosas. Por lo visto, era un hombre de muchos recursos.

Roan encendió un fuego, liberó a la yegua de sus equipajes y la dejó junto al arroyo, para que pudiera beber. Luego, se quitó el guardapolvos y lo extendió en el suelo.

—Siéntese, por favor.

Prudence aceptó el ofrecimiento y, acto seguido, sacó la chaquetilla de la maleta y se la volvió a poner.

—Bueno, vamos a comer algo —continuó Roan—. Por cierto, ¿le gusta la cerveza? Espero que sí, porque no hay otra cosa.

—Claro que me gusta —respondió, aunque solo la había tomado un par de veces en toda su vida.

Roan sacó la pistola que llevaba en una de las botas y se la metió en el cinto. A continuación, clavó la carne en un palo y, tras calentarla un poco en el fuego, se la dio. No era precisamente una exquisitez, pero la cerveza estaba buena, y ella se sintió mejor.

Cuando terminaron de cenar, Prudence no tuvo más remedio que limpiarse los labios con la mano.

—Voy a lavarme al arroyo —anunció.

Ella se levantó y se lavó la cara y las manos en las frescas aguas. Mientras se las frotaba, clavó la vista en su vestido azul y se llevó un disgusto. Estaba tan sucio como si lo hubiera encontrado en el bosque. Tenía manchas por todas partes, además de una buena cantidad de pelos de caballo.

Al volver a la hoguera, descubrió que Roan se había tumbado de lado y que la había estado observando mientras ella se aseaba. De hecho, sus ojos tenían un brillo distinto, y parecían más oscuros y tormentosos.

Prudence se estremeció, consciente de que la estaba mirando con deseo; pero se sentó y se comportó como si no hubiera notado nada hasta que él se le acercó súbitamente y le acarició la comisura de los labios. Entonces, se sintió dominada por una emoción que estaba lejos de entender, una emoción intensa y profunda que no habría sabido definir: lo mismo que había sentido aquella mañana, cuando se besaron.

Sin darse cuenta de lo que hacía, entreabrió los labios y se chupó los dedos. Roan suspiró y le dedicó una mirada hambrienta, como si estuviera a punto de devorarla. Y Prudence deseó que la devorara.

Pero él retrocedió.

—Túmbese y descanse —dijo—. Lo necesita.

Prudence se quedó inmóvil, hechizada por sus ojos.

—Es mejor que me haga caso —continuó Roan—. Dudo que esté preparada para afrontar las consecuencias de lo contrario.

Prudence se asustó. Pero su miedo no se debía a las consecuencias de dejarse llevar por su lujuria, sino a que ardía en deseos de dejarse llevar. ¿Qué le estaba pasando? ¿Dónde estaba su sentido del decoro? ¿No se había metido ya en suficientes líos?

Roan sacudió la cabeza y dijo, como si hubiera adivinado sus pensamientos:

—Es usted tan imprudente como mi hermana.

—Yo no soy su hermana.

Él sonrió.

—No, no lo es. Pero debería tener más cuidado, Prudence.

Súbitamente, Roan se levantó y escudriñó los alrededores.

—¿Qué pasa? —preguntó ella, levantándose a su vez.

Él le puso un dedo en los labios, para que guardara silencio. Y, justo entonces, tres hombres salieron del bosque.

—Vaya, ¿qué tenemos aquí? —dijo el más alto—. ¿Un par de enamorados?

Sus dos compañeros rompieron a reír, y Prudence se quedó helada.

—Buenas noches, señores —dijo Roan, que separó las piernas y se puso las manos en la cintura—. Los invitaríamos a cenar, pero no tenemos nada que podamos compartir.

—¿Seguro que no? —replicó el desconocido, mirando a Prudence con lascivia.

—Seguro que no —respondió Roan.

El alto avanzó, y Roan lo derribó con un directo a la mandíbula. Pero eran tres contra uno, y las cosas se empezaron a complicar cuando los compañeros del caído se sumaron a la pelea.

Durante unos minutos, Roan se defendió como un jabato, propinando puñetazos a diestro y siniestro. Mantenía las distancias y los hacía bailar al ritmo que quería, como un profesional del boxeo. Luego, sus atacantes cambiaron de estrategia y se lanzaron sobre él. En la melé posterior, la pistola se le cayó al suelo y Prudence la alcanzó sin que los demás se dieran cuenta.

Para entonces, dos de los desconocidos habían conseguido inmovilizar a Roan, y el tercero se dedicaba a pegarle en el estómago.

—¡Basta ya! —gritó Prudence—. ¿Es qué se han vuelto locos? ¿Saben lo que les pasará cuando el conde se entere de que han atacado a un invitado suyo?

El más alto de los tres se giró hacia ella.

—¡Este hombre es amigo de lord Cargyle! —continuó ella, ocultando la pistola.

Roan intentó decir algo, pero se llevó un puñetazo en las costillas que lo dejó sin aire.

—¿Lord Cargyle, ha dicho? —preguntó el alto con sorna—. Su querido conde está a muchos kilómetros de aquí. No oirá sus gritos, guapa.

—Ni los suyos —replicó ella, apuntándolo repentinamente con la pistola.

El alto se detuvo en seco.

—Baje esa pistola, preciosa. No sabría usarla.

—Por supuesto que sé —afirmó Prudence, manteniendo el aplomo a duras penas—. Mi padre, el conde de Beckington, se aseguró de que aprendiera a disparar.

—Vaya, vaya, el conde Beckington —dijo él en tono de burla, sin apartar la vista del arma.

—Sí, en efecto. Y si no sueltan ahora mismo al señor Matheson, le aseguro que usted acabará con un tiro entre las cejas.

—Oh, vamos, ¿a quién pretende engañar?

Él hombre dio un paso adelante. Prudence estaba aterrorizada, pero apretó la pistola con fuerza y le apuntó a la frente.

—Si da un paso más, dispararé. Es mi última advertencia.

El alto entrecerró los ojos y se lanzó sobre ella, provocando que apretara el gatillo. Prudence no supo dónde le había dado, pero supo que le había dado porque gritó y cayó al suelo un segundo antes de que sus compañeros corrieran hacia él.

En el caos posterior, Roan se levantó, sacó un machete y atacó a uno de los bandidos, a quien causó un profundo corte en un brazo.

—¡Vámonos! —gritó el tercero, mientras levantaba al herido de bala.

Los tres hombres desaparecieron en el bosque a toda prisa, y Prudence se quedó clavada en el sitio, temblando como una hoja.

—¿Prudence?

Ella no se movió.

—Baje la pistola —insistió Roan.

Prudence reaccionó entonces y se volvió hacia él, que soltó el machete y cayó de rodillas al suelo.

—¡Oh, no!

Desesperada, corrió hacia Roan y lo tomó entre sus brazos. Tenía un ojo hinchado, y sangraba por la nariz.

—Ayúdeme a levantarme, por favor… No quiero morir en el suelo, como un borracho.

Prudence sintió pánico.

–No, no se puede morir. No lo permitiré.

Él sonrió.

–Solo estaba bromeando, Prudence. Venga, ayúdeme.

Ella lo ayudó a levantarse, y él le pasó un brazo por encima de los hombros.

–¿Dónde está la pistola? –preguntó Roan–. Será mejor que la recuperemos. Y también el machete, si lo puede encontrar.

Prudence lo dejó junto al fuego y, tras recuperar las armas, volvió a su lado.

–¿Se encuentra bien?

–No tan bien como me gustaría, pero mucho mejor de lo que esperaba –contestó–. Ha estado fantástica, querida Prudence.

–No, yo no…

–No se quite méritos, por favor. Nos ha salvado el pellejo –afirmó él–. Y hablando de pellejos, ¿dónde está nuestra pellejuda yegua?

Prudence echó un vistazo a su alrededor.

–Junto al arroyo, pastando.

–Por lo visto, esos bandidos no son tan estúpidos como parecen. No se han molestado en llevársela.

Ella sacudió la cabeza, deprimida.

–Siento mucho lo que ha pasado –dijo–. Se ha jugado la vida por mi culpa… Si no nos hubiéramos conocido, no se habría visto en esta situación.

–Eso es verdad –declaró él, acariciándole la mejilla–. Pero, por suerte para usted, no soy un hombre rencoroso.

–Lo siento, señor Matheson.

Roan gimió y cerró los ojos un momento.

–¿Me puede dar un poco de whisky? Llevo una petaca en la bolsa.

Prudence se levantó e intentó localizar su equipaje, pero había desaparecido.

–¡Oh, no! ¡Se lo han llevado todo!

–Maldita sea…

Prudence regresó con él y, tras hurgar en los bolsillos de su guardapolvos, sacó un pañuelo con el que le limpió la sangre de la nariz.

–Sería conveniente que lo viera un médico.

–No se preocupe por mí –dijo–. Estoy bien, aunque supongo que mi aspecto es lamentable, ¿verdad?

–Sí, lo es –respondió con debilidad–. Lamento tanto lo que ha pasado…

Él se llevó una mano a las costillas.

–Deje de torturarse inútilmente. Dudo que vaya a morir esta noche; pero, si ese es mi destino, no me gustaría abandonar este mundo sin oír mi nombre en sus labios.

–No se va a morir, señor Matheson.

–Bueno, nunca se sabe. Una vez, me hablaron de un tipo que se murió dos días después de haber participado en una pelea.

–¿Dos días después? –preguntó con horror.

–Sí, efectivamente –dijo, tomándola de la mano–. Sea buena entonces, y conceda su último deseo a un posible moribundo… Llámeme por mi nombre.

Ella asintió.

–Está bien, Roan –dijo–. Pero no se va a morir.

Él sonrió y volvió a cerrar los ojos.

–Reconozco que me ha dejado asombrado esta noche. No sabía que fuera una mujer tan valiente.

Ella también sonrió, aunque no estaba de acuerdo con él. No había sido valiente. Se había limitado a actuar de forma instintiva.

–¿Y qué voy a hacer ahora? –dijo Prudence.

Roan se incorporó un poco y le pasó un brazo por encima de los hombros, para apoyarse en ella. Después, alcanzó la pistola y se la dio.

–Esto es lo que va a hacer, querida mía: si vuelven, dispare otra vez. Pero a la cabeza –declaró–. Entre tanto, reflexionaré sobre nuestra situación. Seguro que se me ocurre algo.

–Si vuelven, nos matarán…

Él no dijo nada, y Prudence se asustó.

–¿Señor Matheson? ¿Roan?

Prudence lo sacudió un poco, pero fue inútil. Se había desmayado.

Capítulo 8

Roan iba a lomos de su caballo preferido, Baron. Estaba en Nueva York, en la propiedad de su familia, y cabalgaba tan deprisa como podía porque tenía que hablar con sus trabajadores antes de que se adentraran en el valle del Hudson. La rueda de una de las carretas estaba medio suelta. Si no llegaba a tiempo, se saldría y tendrían un accidente.

Sin embargo, la suerte no estaba de su parte. Baron y él se encontraban con todo tipo de obstáculos: árboles caídos, ríos desbordados y vallas tan altas que no podían saltarlas. Parecían destinados al fracaso y, cuando por fin divisó la caravana y abrió la boca para advertirles, notó un espantoso olor a bosta de caballo.

Roan abrió los ojos, sorprendido.

Había sido un sueño. No estaba en Nueva York, sino en algún lugar de Inglaterra. Y el ofensivo olor que había notado era cortesía de la esquelética yegua, que se encontraba a pocos metros de distancia.

Le dolía todo el cuerpo, y tenía la sensación de que uno de los bandidos le había roto una costilla. Pero no era nada especialmente grave; o, por lo menos, no era tan grave como el balazo que se había llevado el más alto de los tres.

Se giró hacia la izquierda y miró a Prudence. Estaba de lado, pistola en mano. Se había quedado dormida, y tenía varias hojas en su revuelta y bella melena de cabello rubio.

Roan se dedicó a mirarla durante unos instantes. Pasó la vista por su cuerpo y la clavó en su pecho, que subía y bajaba lentamente. No tenía intenciones lujuriosas. Solo la estaba mirando. Pero el deseo se presentó de todas formas, y no se pudo resistir a la tentación de ponerle una mano en la cadera.

Prudence abrió los ojos, alarmada.

—Tranquila. No pasa nada —dijo él.

Ella parpadeó.

—Vaya, está vivo…

—Por su tono de voz, no sé si se alegra o le disgusta.

—Me alegro enormemente —replicó—. No me podía dormir. Cada vez que oía un ruido en el bosque, pensaba que eran los bandidos.

Roan sacudió la cabeza.

—No. Es una pena que se hayan llevado nuestro equipaje, pero no van a volver —dijo con firmeza—. Y si volvieran, estoy seguro de que usted me defendería con uñas y dientes. Me gusta mucho, Prudence Cabot.

Ella se encogió de hombros.

–No ha sido para tanto. Estaba muerta de miedo. Creía que lo iban a matar.

Roan también había creído que lo iban a matar. De hecho, se había acordado de lo que les pasó a Beck y a él en Canadá, cuando unos hombres los asaltaron tras una partida de cartas. Les robaron los caballos y les dieron una buena paliza. De no haber sido por la amabilidad de una viuda y de su encantadora hija, que se apiadaron de ellos, habrían terminado muertos en mitad de ninguna parte.

–¿Tiene sed? ¿Quiere un poco de agua? –preguntó Prudence.

–No se preocupe por mí. Estoy bien –mintió–. ¿Por qué no duerme un rato? Yo echaré un ojo en sentido literal, teniendo en cuenta que solo puedo abrir uno.

Prudence miró su ojo hinchado y sonrió con debilidad. Roan se levantó como pudo, echó más leña al fuego y se giró hacia ella. Parecía más joven a la luz de las llamas. ¿Cuántos años tendría? ¿Veinte? ¿Menos quizá?

Ella se frotó las sienes y dijo:

–Espero que me pueda perdonar.

–¿Perdonarla?

–Sí, por todo esto –contestó–. Si me hubiera ido con el doctor Linford, no se habría encontrado conmigo y no habría terminado en esta situación.

–A lo hecho, pecho –dijo él–. No tiene sentido que le demos más vueltas. Hay que seguir adelante.

–Oh, vamos, admítalo. Seguro que se arrepiente de haberme conocido.

–No, no me arrepiento de haberla conocido. Pero, si quiere hacer algo por mí, satisfaga ni curiosidad. ¿Por qué le preocupaba tanto que Linford la encontrara? Dudo que los pecados de sus hermanas sean tan terribles.

Ella gimió.

–Preferiría no hablar de eso. Es demasiado humillante.

–¿Mas humillante que dormir junto a un arroyo?

Ella sonrió otra vez.

–Dicho así…

–Venga, dígamelo. No se haga de rogar.

Prudence se apartó el pelo de la cara.

–Supongo que todo empezó con la enfermedad de mi difunto padrastro, el conde de Beckington. Su hijo, Augustine, lo iba a heredar todo… Es un hombre muy generoso, pero su prometida no estaba precisamente deseosa de compartir el patrimonio familiar con cuatro jóvenes solteras y sin perspectiva alguna de matrimonio.

Roan no dijo nada, aunque sintió simpatía por el fallecido. Cuatro hijastras eran muchas hijastras. Seguro que gastaban verdaderas fortunas en ropa y zapatos.

–Por desgracia, mi madre no estaba en condiciones de ayudarnos –prosiguió Prudence–. Por aquel entonces, ya empezaba a mostrar los primeros síntomas de una demencia senil.

–¿Está loca?

Ella asintió.

–Eso me temo –dijo–. E intentamos ocultarlo,

porque sabíamos que tendría consecuencias graves. Nadie nos querría como esposas. Ningún caballero se arriesgaría a introducir un factor de locura en su familia... Tendría miedo de que sus hijos lo heredaran.

—¿Lo está diciendo en serio? ¿Lo cree de verdad?

—Sí —contestó—. Mi madre no tiene antecedentes familiares de locura. Está así por culpa de un accidente. Pero ningún caballero nos habría querido y, por si eso fuera poco, mi padrastro estaba a punto de morir y nos íbamos a quedar sin dote.

—Ah, ya entiendo. Sus hermanas se casaron al final, pero alguien ha descubierto lo de su madre y se ha organizado un escándalo —dijo él.

Prudence sacudió la cabeza.

—No. Ojalá fuera tan sencillo.

—Entonces, ¿qué pasó?

—Que a mis hermanas mayores se les ocurrió una idea demencial: casarse con alguien antes de que Augustine se desposara con Monica Hargrove. Honor y Grace llegaron a la conclusión de que, si echaban el lazo a algún caballero rico, tendrían dinero para ayudarnos a mi madre, a Mercy y a mí antes de que nos echaran de la alta sociedad.

Roan se encogió de hombros.

—Parece una idea razonable.

—En teoría, sí; pero, en la práctica, las condenó al escándalo. Honor se ofreció en matrimonio a un hombre de reputación altamente dudosa, y Grace tendió una trampa a un aristócrata... y capturó al aristócrata equivocado.

Roan soltó una carcajada, pero Prudence se quedó tan seria como antes.

–Todo el mundo se enteró de lo sucedido, y ahora no hay nadie que quiera saber nada de mí ni de mi hermana pequeña. Pero a Mercy no le importa. De hecho, dice que no se casará nunca. Tiene talento para el arte, y lord Merryton ha pagado una suma increíble para que la admitan en una prestigiosa academia. Solo quiere ser artista y viajar por el mundo.

–¿Y a usted? ¿Le importa?

–Supongo que sí –respondió–. Han pasado varios años desde que Grace atrapó al conde de Merryton y, desde entonces, ningún hombre se ha interesado por mí. Además, vivimos en Blackwood Hall, un lugar tan alejado del mundo que no tengo nada que hacer. Creo que me voy a morir de aburrimiento. Me limito a cuidar de mi madre y a tocar el piano. Solo tengo veintidós años, y ya estoy condenada al ostracismo.

–No diga eso. Seguro que no es verdad.

–Lo es, aunque comprendo que no entienda mi situación –dijo–. Por eso me subí a la diligencia. Necesitaba respirar, sentirme viva… Siempre he sido la chica buena y sensata de la familia. A diferencia de mis hermanas, solo quería casarme y tener hijos. Pero el destino me ha cerrado esa puerta, y he cambiado de opinión. Quiero vivir una aventura. Quiero sentirme libre y disfrutar de todo lo que me he perdido hasta ahora.

Roan pensó que la entendía perfectamente. No sabía nada de bodas, dotes y caballeros ingleses, pero comprendía su desesperación. A fin de cuentas, se iba a casar con una mujer a la que no quería; se iba a sacrificar por el bien de su familia o, por lo menos, de su empresa.

–Mire, Prudence… –empezó a decir, incómodo.

–¿Sí?

–La vida no viene a buscarnos. No se puede sentar en una habitación y esperar que llegue y llame a la puerta.

Prudence asintió en silencio.

–Independientemente de las circunstancias, es usted quien debe crear la vida que quiere –añadió.

–¿Lo cree de verdad?

–Por supuesto que sí.

Roan fue sincero con ella. Le había dado un consejo que él ponía en práctica todos los días. Pero era consciente de que no habría dicho lo mismo si hubiera estado delante de su hermana; en parte, porque Aurora tenía la fea costumbre de abusar: si le daban la mano, se tomaba el brazo entero. Y, sin embargo, le acababa de decir a Prudence Cabot que su rebeldía estaba justificada.

¿Estaría también justificada la rebeldía de su hermana? ¿La habría juzgado con demasiada dureza?

Fuera como fuera, Roan se sintió un canalla. Creía firmemente que la gente debía seguir los dictados de su corazón, pero no se lo había aconsejado a Prudence porque lo creyera, sino porque le convenía. Le gustaba mucho. Le encantaba que se hubiera subido a la diligencia por él, que hubiera montado entre sus piernas y que hubiera apuntado y disparado a aquel cretino con una pistola.

Había disfrutado de su compañía. Había disfrutado tanto que empezaba a echar de menos sus tiempos de libertad, cuando podía hacer lo que quisiera. Aún era un hombre libre, pero sometido al peso de las responsabilidades. Su familia esperaba que se casara con Susannah Pratt y, aunque él no hubiera dado el visto bueno, daban por sentado que se prometerían en cuanto volviera a los Estados Unidos y solventaran el problema de Aurora.

–Sí, creo que debe vivir como le plazca –sentenció, mirándola a los ojos.

La reacción de Prudence lo dejó atónito: se inclinó sobre él y le dio un beso tan ardiente como el que se habían dado bajo el árbol. Pero la presión de su cuerpo hizo que Roan sintiera una punzada de dolor en las costillas, y la apartó con rapidez.

–Oh, Dios mío, ¿le he hecho daño? Yo no quería… no pretendía…

–Sé exactamente lo que pretendía. Quería abusar de un hombre herido que no se puede defender. Pero ha cometido un error, querida Prudence. No subestime nunca la fuerza de un hombre, por muy débil que parezca.

Roan la tumbó de lado, se apretó contra ella y añadió:

–No, no subestime nunca a un hombre que desea a una mujer como yo la deseo. Si lo tienta demasiado, no se podrá refrenar. Pensará que no debe tocarla, que debe alejarse de ella, pero no podrá impedir que el deseo se imponga.

Roan la besó, arrancándole un gemido. Ya no le

dolía nada. Estaba completamente dominado por la necesidad de tomarla. Era como un niño al que hubieran dejado a solas con un tarro de dulces, y el demonio que vivía en su interior solo quería una cosa: lanzarse al fuego que la propia Prudence había causado.

—¿Quieres vivir una aventura? —dijo, tuteándola por primera vez.

—Sí, Roan —respondió mientras él mordía su cuello—. Sí, quiero.

Ella no podría haber dicho nada que lo hubiera excitado más. La sangre le hervía en las venas y, lenta y dolorosamente, llevó las manos a su cintura, subió por sus costillas y las posó sobre sus senos.

Excitada, Prudence le mordió el labio inferior y cubrió de besos la cara de Roan, que se abrió paso bajo el corpiño del vestido y cerró los dedos sobre la cálida carne de un pecho. Había cruzado una línea peligrosa, y ya no se podía detener. No quería parar. No quería dejar de tocarla.

La pálida luz de la luna acarició la suave piel de Prudence cuando él le bajó el vestido para succionarle el pezón. Nunca había probado nada tan dulce. Era una criatura absolutamente divina, de una belleza irresistible. Su rubia melena estaba revuelta y llena de hojas; pero, a pesar de ello o quizá por ello, Roan pensó que no había estado con una mujer tan seductora en toda su vida.

Prudence soltó un largo suspiro de placer que destruyó la poca fuerza de voluntad que aún le quedaba. Encontró el dobladillo de la prenda que se interponía entre ellos, se la subió hasta la cintura y le acarició un muslo sin dejar de lamer su pecho, que había conseguido liberar del corpiño. Luego, ascendió hasta los húmedos pliegues de su sexo y los acarició una y otra vez, fuera de sí.

Su aroma lo envolvió entonces, y fue tan arrebatador que, durante unos segundos, no lo pudo soportar. ¿Qué estaba haciendo? A duras penas, se apartó lo suficiente para mirarla a los ojos y decir:

—Te advertí sobre los canallas que abusan de las jovencitas. Te lo advertí.

—¿Ah, sí? Pues yo no lo recuerdo —replicó ella, sonriendo con picardía.

Roan se supo definitivamente perdido. Inclinó la cabeza, le volvió a succionar un pezón y empezó a bajar. Prudence separó las piernas y, cuando él llegó a su sexo y lo empezó a lamer como si fuera lo único que podía saciar su hambre, se arqueó contra su boca y cerró los dedos sobre sus manos, desesperada.

Sin embargo, la placentera desesperación de Prudence no era ni una sombra de la Roan. Ardía en deseos de tomarla y hacerla suya. Lo deseaba con todas sus fuerzas y, a pesar de ello, se refrenó: no quería que perdiera su virginidad de esa manera, junto a un arroyo.

Ella gimió una vez más, y él insistió en las atenciones de su lengua. Roan sabía que se estaba acercando al clímax, de modo que la agarró con fuerza y la mantuvo contra su boca, cambiando el ritmo y la intensidad de las caricias en función de su respuesta. En ese momento, no había nada más importante que el placer de Prudence. Y estaba decidido a que disfrutara tanto como fuera posible.

Por fin, ella gritó y, tras unos segundos de silencio, se apretó contra Roan y dijo, jadeante:

—Sí. Eres todo un canalla.

—Y tú eres increíblemente preciosa.

Prudence le dedicó una sonrisa que pareció iluminar la noche.

—Ha sido… asombroso —declaró—. No sabía lo que me estaba perdiendo.

Roan intentó encontrar las palabras adecuadas para esa circunstancia. No la había tomado, pero había despertado su sexualidad y, al despertarla, se había convertido en su primer amante. ¿Qué le podía decir?

Su problema se resolvió un segundo después, cuando se giró hacia ella y vio que se había quedado dormida. Sin embargo, el alivio de Roan duró poco. Él no había encontrado satisfacción alguna, y estaba tan despierto que se puso a pensar en lo sucedido. Había estado a punto de penetrarla, a punto de hacer el amor con una mujer que no era precisamente su prometida.

Una vez más, se recordó que Susannah tampoco lo era. No habían acordado nada. Pero, ¿tenía derecho a juzgar a Aurora cuando él se comportaba de un modo tan indecoroso? Y, por otra parte, ¿no lo convertía eso en la clase de hombre contra la que tantas veces había advertido a su hermana?

—Maldita sea —se dijo.

Cuanto antes llegaran a Himple, mejor. Los bandidos y ladrones que pudieran encontrar en el camino eran simples corderos en comparación con el lobo de su propia lujuria. Tenía que llevarla a su destino, asegurarse de que llegara a casa de su amiga y, a continuación, localizar a Aurora y volver a los Estados Unidos. De lo contrario, se arriesgaba a hacer algo de lo que se arrepentiría después.

Se sentó con cuidado de no despertarla y buscó la bolsa donde llevaba el dinero.

Pero no estaba.

Buscó en los bolsillos y miró a su alrededor. Luego, se incorporó como pudo y comprobó la zona donde se había peleado, aunque ya sabía que no habría ni rastro de la bolsa. Se la habían llevado, igual que se habían llevado su equipaje.

Furioso, insultó en voz baja a todos los ingleses y sacudió la cabeza. ¿Cómo era posible que hubiera terminado en esa situación?

Sus pensamientos lo llevaron hasta una mujer de cabello rojizo y ojos castaños: su hermana. Si no se hubiera escapado, si hubiera vuelto a casa cuando debía, él no habría ido a Inglaterra, no habría conocido a Prudence Cabot y no se habría visto nunca en semejante tesitura. Pero ella era así, tan rebelde como hermosa.

Sacudió la cabeza y miró a Prudence, que seguía durmiendo. Por lo visto, su valiente británica quería lo mismo que Aurora. Quería ser libre y disfrutar de la vida. Quería lo que él también empezaba a desear, porque había descubierto que la perspectiva de condenarse a un matrimonio de conveniencia le disgustaba tanto como a su hermana.

¿Qué debía hacer? Prudence Cabot se había convertido en un problema de dimensiones gigantescas. Si le hubiera pedido la luna, él habría hecho lo posible por conseguírsela. Y si se empeñaba en pedirle aventuras, él se sentiría en la necesidad de darle tantas aventuras como pudiera soportar.

Estaba al borde del abismo, y solo había una forma de evitarlo: separarse de ella tan pronto como fuera posible. Antes de hacer algo tan imprudente y temerario como lo que había hecho Aurora. Antes de quedarse atrapado en su propio deseo.

Capítulo 9

Prudence notó una caricia en la cara. Le pareció distante, como si la hubieran tocado desde otro mundo, y le resultó tan molesta que se apartó. Pero alguien le puso una mano en el hombro, y se dio cuenta de que la intentaba despertar.

¿Dónde estaba? ¿Seguía en la diligencia?

–Prudence…

La voz ronca y suave de Roan la despertó de golpe. No estaba en la diligencia, sino en el campo. De hecho, podía oír el murmullo de las frescas aguas del arroyo.

–Has dormido como un tronco –dijo él.

Ella abrió los ojos y lo miró con una sonrisa en los labios. Se acababa de acordar de lo que había pasado la noche anterior. Había sido tan sorprendente como delicioso.

–Tengo una sorpresa para ti –continuó Roan–. He encontrado tu maleta y mi bolsa de viaje.

Prudence se sentó.

–¿En serio? ¿Dónde?

–En el camino –respondió–. Se llevaron todo lo que les pareció valioso, pero dejaron unas cuantas cosas.

Ella se apartó el pelo de la cara y clavó la vista en su maleta, que estaba abierta. Se habían llevado su monedero, el cepillo y el peine de mango de marfil, su precioso vestido verde y los zapatos de seda que tanto le gustaban, los que no se había puesto el día anterior por no destrozarlos. Solo quedaban unas medias, un chal y una blusa limpia.

Prudence se sintió especialmente mal por el cepillo y el peine, que eran un regalo de Grace, pero olvidó el asunto cuando Roan pegó una patada a su bolsa de viaje, después de haber sacado su contenido: una camisa, un chaleco y las cosas de afeitar.

–¿Qué sucede? –preguntó.

–Que se han llevado todo el dinero que tenía –dijo, pasándose una mano por el pelo–. El que llevaba encima y el que guardaba en la bolsa.

–¿Todo?

–Bueno, casi todo. Tengo más en la maleta que dejé en la diligencia para que la enviaran a Himple, junto a tu baúl.

–¿Y qué hacemos ahora?

Roan la tomó de la mano.

–Perseverar, querida Prudence. Iremos a Himple y recogeremos nuestro equipaje. Y, si nos asaltan todos los bandoleros de tu país, te llevaré a Londres en brazos y te conseguiré un vestidor lleno de zapatos y vestidos.

Prudence sonrió.

—¿Serías capaz?

—Por ti, sería capaz de hacer cualquier cosa. Solo espero que mi maleta esté en Himple… porque, si también se la han llevado, tendré que cuidar de ti sin más medios que mi fuerza de voluntad y mi deseo de llegar al Banco de Inglaterra.

Él la besó, y Prudence suspiró con alegría. Su aventura estaba siendo desastrosa en muchos sentidos, pero se sentía más viva y libre que nunca. Roan la había introducido en el mundo de la sensualidad, un mundo nuevo para ella, un mundo intenso y mucho más satisfactorio de lo que nunca había imaginado.

—Estoy hambrienta —dijo.

—Y yo —replicó él, acariciándole el cuello.

Prudence se ruborizó, consciente de que su hambre no tenía nada que ver con la comida.

—Venga, vamos al arroyo. Nos tenemos que asear —continuó Roan—. Ya no queda tanto para llegar a Himple.

Ella se acercó al arroyo, se lavó la cara y las manos y se recogió el cabello. Pero no pudo hacer nada con su vestido, que estaba tan sucio y arrugado como cabía esperar después de la jornada anterior y de haber dormido con él. No tenía más remedio que encontrar un vestido nuevo en alguna parte. No se podía presentar ante los Bulworth con ese aspecto.

Tras recoger las escasas pertenencias que les quedaban, se subieron a la yegua y se pusieron en marcha. Hacía un día precioso. La niebla matinal se había levantado, y el sol brillaba en un cielo azul.

Prudence tenía la sensación de que jamás había visto unos prados tan verdes ni unas flores tan luminosas. Era como si Roan hubiera apartado una cortina con sus caricias y le hubiera regalado un mundo nuevo, mejor que el anterior.

—Es muy bonito…

—¿De qué estás hablando? —preguntó él.

—Del paisaje.

—Ah, sí. No está mal.

—¿Que no está mal? Es increíblemente bello —protestó—. Seguro que tu país no tiene este tipo de belleza.

—Claro que no. La belleza de mi país es distinta, mucho más salvaje y agreste. Y huelga decir que no me refiero a Nueva York… Cuando viajas al norte, pueden pasar muchos días sin que te cruces con una sola persona.

—¿Es que no hay pueblos?

—Bueno, hay asentamientos en los caminos principales, pero ten en cuenta que los Estados Unidos son enormemente más grandes que esta isla. Hay miles y miles de kilómetros de naturaleza virgen.

Ella se interesó al respecto, y Roan le empezó a hablar de los bosques, valles, montañas y ríos de su país. De hecho, su explicación fue tan poética que Prudence deseó verlos y montar a caballo por las interminables praderas que había descrito. Pero no quería montar sola, sino a su lado. Quería mirar su cuerpo mientras recogía leña, encendía un fuego o asaba lo que hubiera cazado para comer.

Sus referencias a la caza y la vida en el campo hicieron que se formara una imagen dura e intensamente varonil de Roan. Sin embargo, la imagen se volvió más refinada cuando él le habló de Nueva York y de los salones del City Hotel, donde se celebraban bailes de la alta sociedad.

Prudence pensó entonces en un hombre elegante, de frac y camisa blanca, cuyos pies tenían la ligereza de un bailarín consumado. Imaginó su sonrisa y el brillo de sus ojos mientras halagaba a las mujeres que bailaban con él, e imaginó los susurros y las risitas de las jóvenes, encandiladas con el impresionante caballero.

A continuación, Roan se puso a hablar de la casa neoyorquina de su familia, que estaba en la calle Broadway. Mencionó que los Matheson eran mecenas de las artes y del teatro, y se animó visiblemente cuando empezó a describir la propiedad que tenían en el valle del Hudson. Pero, a pesar de todas sus explicaciones, que incluyeron detalles sobre el negocio familiar, no dijo ni una palabra sobre el asunto que más interesaba a Prudence.

—Hay algo que me desconcierta un poco —dijo—. Sobre todo, teniendo en cuenta que adoras a tu familia y que te preocupa mucho su legado.

—¿A qué te refieres?

—Al matrimonio, por supuesto. No lo has mencionado en ningún momento —contestó—. ¿Es que no te quieres casar? ¿No quieres tener hijos?

—Claro que sí —dijo él, súbitamente tenso.

Prudence frunció al ceño al notar su cambio de actitud, y se le ocurrió una posibilidad que la dejó helada.

–Oh, Dios mío.

–¿Qué ocurre?

–No me digas que estás casado...

–¿Casado? ¿Yo? No, en absoluto. ¿Crees que habría llegado a lo de anoche si estuviera casado? –Roan le pasó un brazo alrededor de la cintura–. No, mi reticencia no se debía a eso. No exactamente.

–¿No exactamente?

–Verás... mi familia quiere que me case con la hija de un importante empresario. Casi no la conozco, y Dios sabe que no le he propuesto el matrimonio. Pero sería una boda más que conveniente desde un punto de vista económico, y mi padre da por sentado que me casaré con ella.

Prudence se sintió como si le hubieran pegado un puñetazo en el estómago.

–Comprendo –acertó a decir.

–No, no lo comprendes. No estoy comprometido. Solo es un...

–Se que no tengo derecho a preguntar –lo interrumpió–, pero ¿cómo se llama?

Él dudó un segundo antes de responder.

–Susannah.

Ella no dijo nada.

–Pru, sé que hice mal al...

–No te preocupes. No pasa nada. No es como si me hubieras hecho ninguna promesa.

Prudence apartó la mirada y se puso a pensar en los bosques y las colinas de los Estados Unidos. Sus expectativas habían saltado por los aires, junto con toda la felicidad de la noche anterior. Durante unas horas se había dejado llevar por unos sueños románticos que ahora le parecían imposibles. Roan se iba a casar con otra mujer; una mujer que lo estaba esperando al otro lado del Atlántico.

Tras varios minutos de silencio incómodo, él señaló un punto en la distancia y dijo:

—Mira.

Prudence alzó la cabeza y vio varias columnas de humo que se alzaban por encima de la copa de los árboles.

—Es un pueblo —continuó Roan—. Lo hemos conseguido.

Ella sintió pánico.

—¿Un pueblo? No, no puedo entrar en un pueblo en estas condiciones. Tengo que asearme y ponerme un vestido nuevo.

—Sabes que me encantaría ayudarte, pero me temo que no te puedo ofrecer ni un baño ni un vestido —replicó.

—¡Los necesito, Roan! —exclamó, desesperada—. ¡Tienes que hacer algo!

—Está bien, tranquilízate. Daremos un rodeo y seguiremos el curso del arroyo, a ver si hay algún sitio donde te puedas bañar.

Roan sacó la yegua del camino y la llevó hacia el sendero de la orilla. Poco después se internaron en un bosquecillo donde el arroyo se ensanchaba y formaba una charca. No era demasiado grande y, además, la mitad de la superficie estaba llena de nenúfares, pero sus aguas no podían ser más claras.

—Es perfecta —dijo ella.

Prudence desmontó, se quitó los zapatos y las medias y se metió en la charca.

–¿Sabes nadar? –preguntó Roan.

Ella se giró. Roan estaba de pie, observándola.

–Sí. ¿Y tú?

–Como un pez –contestó, soltándose el pañuelo que llevaba al cuello.

Prudence lo miró mientras él se quitaba el guardapolvos, el chaleco y, por último, la camisa. Roan no apartó la vista de sus ojos, y ella se sintió como si hubiera bebido demasiado. Ya no le importaba que se fuera a casar con otra mujer. Le había regalado la aventura más fascinante de toda su vida, una aventura que estaba a punto de terminar.

Quizá por eso, Prudence dudó antes de quitarse el vestido. Pero fue una duda tan breve que, unos instantes después, se había quedado en ropa interior.

Roan la miró con deseo, y ella avanzó un poco más, hasta que el agua le llegó a la cintura. Estaba verdaderamente encantada. Era como volver a su infancia, después de que su padre muriera y su madre se casara con el conde de Beckington.

Había sido increíble. De repente, les daban clases de música, pintura, geografía, historia, costura y tiro al arco. Y, cuando no estaban estudiando, sus hermanas y ella salían a explorar las muchas hectáreas de Longmeadow en compañía de su hermanastro, Augustine, que las seguía a todas partes como si fuera un cachorrito.

La laguna de Longmeadow era el centro de uno de sus principales pasatiempos veraniegos. Augustine no las acompañaba nunca cuando iban a nadar, decía que le daban miedo las anguilas, aunque Prudence no recordaba haber visto ninguna. Pero, fuera como fuera, las cuatro hermanas Cabot se quitaban la ropa, se metían en el agua y nadaban hasta que se aburrían, momento en el cual se tumbaban en la hierba.

Al recordarlo, se dio cuenta de lo mucho que extrañaba aquellos días, antes de que las presentaran en sociedad y pasaran a estar permanentemente bajo el escrutinio de la puritana y rígida aristocracia inglesa. Habían sido tiempos felices, y casi se sintió como si volviera a ser una niña.

Pero ¿qué impedía que recreara su infancia? Ser una mujer adulta no significaba que no pudiera disfrutar de los mismos placeres. Solo tenía que olvidar las convenciones durante unos minutos y hacer lo que le apetecía: nadar.

Se tumbó en el agua, dio unas cuantas brazadas y se sumergió. Después, salió a la superficie y nadó hasta más o menos la mitad de la charca, esperando que Roan interpretara el papel de Augustine y recriminara su actitud con algún comentario crítico.

Sin embargo, Roan no le recriminó nada.

Prudence se puso de espaldas y se quedó flotando con la vista clavada en el cielo azul, sintiendo la cálida caricia de la luz del sol.

—¿Sabes cuánto tiempo ha pasado desde la última vez que nadé? —le preguntó a Roan.

—No, no lo sé.

—Años —continuó, nadando hacia la orilla—. Había olvidado lo mucho que me gusta.

Prudence se incorporó y se escurrió el cabello.

—¡Ven conmigo! —lo desafió.

Él sacudió la cabeza, y ella soltó una carcajada.

—¿Por qué? ¿Es que te doy miedo?

—No me das miedo tú, sino lo que estás haciendo. El riesgo es demasiado grande.

—Sí, es posible que lo sea —dijo—. Pero es problema mío, no tuyo.

—Te equivocas. También es mío.

Prudence se acercó a él.

—Mira, llegaremos a Himple dentro de una hora. Tú te irás a buscar a tu hermana y yo me iré a casa de los Bulworth. Supongo que no nos volveremos a ver, así que… ¿por qué no nadas conmigo?

Roan sonrió.

—Me lo pones muy difícil, Pru. Soy un hombre débil.

Él le acarició el cuerpo con una mirada que aceleró su ritmo cardíaco. Pero Prudence no se movió, permitió que clavara la vista en sus senos, claramente visibles bajo la empapada camisa de algodón.

Estaba asombrada con lo sucedido. En solo veinticuatro horas, había dejado de ser una jovencita asustada y se había transformado en una mujer que se permitía el lujo de intentar seducir a Roan Matheson. Y lo había conseguido. La deseaba tanto como ella a él. Lo veía en sus ojos, y lo sentía en su propio cuerpo, en su corazón, en sus piernas, entre sus muslos.

Se sentía terriblemente viva.

Tras admirarlo unos instantes, se sumergió de nuevo, buceó un poco y se puso en pie. Roan se había acercado a la orilla, y su mirada se había vuelto tan intensa que casi quemaba. Prudence se acordó de la noche anterior y de lo que había sentido mientras él lamía su sexo, arrastrándola dulce y cuidadosamente al orgasmo. Era un hombre magnífico. Un hombre fascinante. Un hombre al que había llevado demasiado lejos.

¿Qué iba a hacer ahora? ¿Regresar a su papel de damisela en apuros? ¿O asumirse mujer y actuar en consecuencia?

Prudence no lo dudó. Ya no podía volver atrás.

Excitada, se regodeó en el espectáculo de ver a Roan mientras se quitaba las botas, los pantalones y todo lo demás, hasta quedarse desnudo. Su cuerpo era una maravilla de líneas rectas y músculos bien marcados, pero ella se fijó especialmente en sus muchas cicatrices y en su duro y erecto miembro.

Él entró en el agua y avanzó de forma implacable. Cuando llegó a su lado, le puso las manos en las nalgas y la levantó lo suficiente para que ella pudiera cerrar las piernas alrededor de su cintura. Roan la miraba a los ojos como si aún no hubiera decidido lo que quería hacer. En cambio, Prudence lo sabía de sobra: notaba la presión de su pene, y era una sensación maravillosa.

–¿Y bien? –preguntó él–. ¿Tienes algo que decir en tu defensa? Te has empeñado en que tu aventura sea mía, y lo has logrado.

Ella sonrió.

–Si yo estuviera en tu lugar, no sonreiría –continuó Roan–. Eres una joven sin experiencia que se ha atrevido a despertar la lujuria de un hombre. Y créeme: yo no juego con estas cosas. No me limito a chapotear en la orilla. Cuando me lanzo al agua, me lanzo de verdad.

Prudence se estremeció, pero fue un estremecimiento de lo más placentero.

—¿Es que hay otra forma de lanzarse? —replicó.

Roan soltó una mezcla de gruñido y suspiro.

—Te estás arriesgando mucho, querida mía. ¿Estás preparada para asumir las consecuencias?

Prudence estaba más que preparada. Quería que la acariciara entre las piernas y cerrara las manos sobre sus pechos, así que se limitó a decir:

—Bésame.

Él frunció el ceño.

—Estoy hablando en serio, Prudence. ¿Estás preparada para las consecuencias? —insistió—. Porque, si no lo estás, te ruego que me lo digas antes de que pierda definitivamente el control. Dímelo y volveré a la orilla.

—Estoy preparada —contestó.

Prudence le dio un beso en los labios, pero él sacudió la cabeza y la apoyó en su frente.

—¿Qué estás haciendo, Pru? Esperaba que te echaras atrás, que te asustaras y huyeras lejos de mí, que me ahorraras esta tortura. No sé qué hacer contigo. Eres tan bella e inteligente... Eres todo lo que un hombre pueda desear, pero...

—No te tortures, Roan —lo interrumpió—. Me llevarás a Himple y nos despediremos. Solo te pido una cosa: que me recuerdes con cariño. Ni tú ni yo somos libres de hacer lo que nos gustaría, pero el presente es nuestro. Ahora estamos aquí, en mitad de ninguna parte, y me haces sentir cosas que no había sentido nunca.

—Oh, mi querida Prudence…

—Me has preguntado dos veces si estoy preparada para asumir las consecuencias, y he contestado dos veces del mismo modo. No soy estúpida. Sé lo que significa. Y quiero seguir adelante —afirmó.

Roan se dio por vencido y, un segundo después, la empezó a besar. Mientras él acariciaba su cara y su empapado cabello, ella le puso las manos en el pecho y bajó hasta su cintura. Estaba tan excitada como la noche anterior, abrumada por un deseo que se extendía como un incendio. Quería tocarlo por todas partes, desde los suaves lóbulos de sus orejas hasta los tensos músculos de su estómago.

Él le quitó la camisa y cerró la boca sobre uno de los senos de Prudence. El contacto de su lengua y sus dientes era sencillamente exquisito. Lograba que ardiera por dentro, incapaz de controlarse, y ella se preguntó si podría volver a la vida que había llevado. ¿Sería posible? ¿Después de haber descubierto la verdadera potencia del deseo?

Tanto si lo era como si no, olvidó sus dudas y, tras acariciarle el cuello, se concentró en sus pezones. Roan soltó un suspiro de satisfacción, un suspiro que a ella le pareció sorprendentemente erótico.

Entonces, él le metió una mano entre las piernas y la empezó a masturbar. Prudence le dejó hacer, abrumada, y no se resistió cuando Roan volvió a llevar las manos a sus caderas, la apretó contra su sexo y dijo:

—Ya no lo soporto más. No puedo esperar más.

Roan la besó otra vez y entró un poco en ella. Luego, se retiró y entró de nuevo, operación que repitió hasta que Prudence se relajó lo suficiente y permitió que la penetrara por completo. Ya no eran dos seres distintos, sino uno solo. Se habían fundido en una ola de placer y necesidad que crecía de forma implacable.

Los movimientos de Roan dejaron de ser sutiles y se volvieron rápidos. Sus acometidas le arrancaban gemidos que escapaban de su boca mientras él la miraba a los ojos como si fuera algo crucial, como si necesitara verla. Y de repente, sin que Prudence pudiera hacer nada por evitarlo, sintió una descarga que recorrió todo su cuerpo.

Había llegado al clímax, y supo que no había llegado sola cuando él se estremeció con fuerza y se detuvo, jadeante.

En algún momento de los instantes posteriores, Roan salió de ella y, sin dejar de abrazarla, besó su cuello y su rostro. Prudence estaba asombrada con lo sucedido. Ninguna de sus fantasías se acercaba a lo que acababa de vivir. Había sido tan intenso y perfecto que le estaría agradecida toda su vida, pasara lo que pasara.

—¿Te encuentras bien? —preguntó él.

Ella sonrió.

—No dejas de sorprenderme, Roan. Es la segunda vez que me dejas sin aliento.

Roan sonrió a su vez y le acarició los hombros con ternura, mirándola. Pero, al cabo de unos segundos, se puso serio.

—Será mejor que salgamos de la charca —dijo—. Si seguimos aquí, nos arriesgamos a que alguien nos vea.

Ella asintió, aunque le habría gustado quedarse. De hecho, imaginó que construían una casita junto al arroyo y que él se iba a pescar cada mañana mientras ella preparaba el desayuno. Era mucho imaginar, teniendo en cuenta que no había cocinado en toda su vida, pero desestimó ese pequeño detalle y se regodeó en su fantasía, que acababa en una cama donde hacían el amor una y otra vez.

Prudence sabía que la realidad estaba a punto de interponerse en su camino; sabía que la despedida sería difícil, y que se le partiría el corazón cada vez que se acordara de Roan Matheson. Pero le había dejado unos momentos que no olvidaría nunca, y pensaría en ellos hasta el último día de su existencia.

Capítulo 10

Prudence hurgó en la maleta, buscando algo que pudiera disimular el aspecto de su vestido. Y, cuando salió de entre los árboles, estaba bastante mejor que antes: se había puesto un chal que ocultaba casi todas las manchas del corpiño, y se había recogido el pelo con las pocas horquillas que tenía.

–¿Y bien? –dijo, girando en redondo–. ¿Qué te parece?

Roan admiró sus brillantes ojos y su sensual sonrisa. En su opinión, estaba más bella que nunca, incluso más bella que la primera vez que la vio.

–Eres absolutamente preciosa –replicó.

Prudence soltó una carcajada e intentó alisarse las faldas del vestido.

–¿Nos vamos? –preguntó él con ansiedad.

Roan se había puesto nervioso mientras ella se vestía. Le dio por mirar las aguas donde acababan de hacer el amor y se dio cuenta de que habían sido muy imprudentes. ¿Qué habría pasado si los hubieran visto? En su excitación, se había dejado llevar por el deseo y había bajado la guardia, algo impropio de él; tan impropio como todo lo que había hecho desde que conoció a Prudence.

En lugar de buscar a su hermana, se dedicaba a dar vueltas por Inglaterra en compañía de una jovencita. Y el tiempo no jugaba precisamente a su favor. Se estaba arriesgando a perder la pista de Aurora. Pero el hombre responsable que había sido, el hombre al que acudía su familia cuando tenía algún problema, se había quedado en Ashton Down. Ya no era el mismo Roan.

Había cambiado.

—Está bien —dijo ella—. Vámonos.

Prudence tenía su maleta en la mano, y Roan sonrió al pensar que parecía una vagabunda. Si no la hubiera conocido, la habría tomado por una pitonisa o algo así.

—¿Por qué sonríes? —preguntó ella.

—Porque estoy contento de que reanudemos nuestro viaje —mintió—. Por si lo habías olvidado, tengo que encontrar a Aurora y recoger mi baúl.

—No lo había olvidado. Yo también tengo que recoger el mío.

Roan ató el equipaje a la yegua y ayudó a montar a Prudence. Después, agarró las riendas y tiró del animal para volver al camino. Necesitaba andar, aunque fuera a paso de tortuga; estaba tan frustrado por el robo que habían sufrido como por su propio comportamiento.

En cambio, ella parecía la mar de contenta. Cualquiera habría dicho que disfrutaba con sus reveses y apuros. Pero a él no le hacían ninguna gracia: si llegaban a Himple y no encontraba su baúl, se vería obligado a ir a Londres para sacar dinero del Banco de Inglaterra. Y ni siquiera sabía a qué distancia estaba la capital.

Prudence se puso a hablar de una fiesta en la que, por lo visto, se había armado un revuelo cuando un ilustre invitado se cayó a un estanque. Sin embargo, Roan seguía dando vueltas a lo que iban a hacer si sus baúles habían desaparecido, y no le prestó atención.

Al cabo de un rato, dejaron atrás la arboleda tras la que habían visto las columnas de humo; y, al llegar a una curva, él dijo:

—Mira, Pru. Ya hemos llegado a Himple.

Prudence echó los hombros hacia atrás y miró el pueblo.

Himple resultó ser una localidad relativamente grande, con una calle central en toda regla y muchas callejuelas laterales. Había gente por todas partes, yendo de un lado a otro, y Roan se sintió muy aliviado cuando distinguió el emblema del servicio de diligencias en la ventana de un edificio.

Tras detener a la yegua, pegó un silbido para llamar a un mozo de cuadra. Momentos después, un mozalbete se plantó ante ellos y empezó a desatar el equipaje mientras Roan ayudaba a Prudence a desmontar.

—Llévala a los establos.—le ordenó—. Y aliméntala bien. Se lo ha ganado.

El joven asintió y se llevó al animal. Prudence y Roan entraron entonces en el establecimiento, donde ella dejó escapar un grito de alegría. Sus baúles estaban allí, contra una pared.

–Parece que hemos tenido suerte –declaró, encantada.

–Sí, gracias a Dios.

En ese momento, apareció un hombre de nariz chata y aspecto de funcionario que los miró a través de un monóculo y dijo:

–¿Los puedo ayudar?

–Soy el señor Roan Matheson. Hemos venido a recoger el equipaje de la señorita Cabot y el mío.

El funcionario echó un vistazo a los baúles, se puso detrás del mostrador y rebuscó entre unos papeles, con el monóculo en el ojo.

–Ah, ya veo.

–¿Qué es lo que ve? –preguntó Roan.

–Aquí pone que el baúl negro pertenece al señor Matheson. ¿Es usted?

–Sí, se lo acabo de decir.

–Y el otro baúl pertenece a Prudence Cabot… ¿Es usted, señorita?

–En efecto.

–Ah, vaya, es la joven que desapareció mientras el cochero cambiaba la rueda –dijo el hombre con desaprobación.

Prudence se ruborizó un poco.

–Y usted es el caballero que fue a buscarla, ¿verdad?

Roan lo miró con cara de pocos amigos, pero el

funcionario hizo caso omiso y, tras consultar otra vez sus papeles, añadió:

—El criado del señor Barton Bulworth vendrá mañana al mediodía a recoger el baúl de la señorita.

—¿Mañana? —preguntó Prudence con angustia.

Roan adivinó el motivo de su preocupación. Bulworth no iba a ir hasta el día siguiente, lo cual significaba que ella tendría que pasar la noche en Himple.

—Sí —contestó el funcionario—. ¿Y usted, señor? ¿Adónde quiere que enviemos su baúl?

—Me lo llevaré yo mismo. Tengo intención de marcharme a West Lee en la diligencia de las cuatro.

—Querrá decir en la diligencia de la una, pero ya ha pasado…

—El caballero se refiere a Weslay, no a West Lee —intervino Prudence con rapidez—. Es que tiene dificultades con nuestro acento.

—Ah, es yanqui —declaró con una sonrisa—. Sí, tengo entendido que el acento de los yanquis tiende a ser algo tosco.

—¿Tosco? —protestó Roan.

—Me temo que también llega tarde en ese caso —dijo el funcionario, haciendo caso omiso de su protesta—. La diligencia del norte pasó a las tres.

—¿A las tres?

—Sí, suele ser muy puntual. Solo se retrasa si llueve, y nunca más de quince minutos —contestó—. Pero no es culpa de los cocheros, sino del estado de los caminos. Recuerdo que, en cierta ocasión, llovió tanto y durante tanto tiempo que se hundió el puente de Portress. Las diligencias llegaban con varias horas de retraso, y hasta hubo una que tardó un día en...

—Discúlpeme, señor —lo interrumpió Prudence con voz angelical—. El caballero y yo tenemos que llegar a la propiedad de los Bulworth tan pronto como sea posible. ¿Sabe si hay alguien que nos pueda llevar?

El funcionario sacudió la cabeza.

—No, señorita. Si hubieran llegado antes, se lo podrían haber pedido al dueño de la tienda de textiles, pero ya se ha ido. Tendrán que esperar a mañana... Hay muy poca gente que vaya en esa dirección.

—¿Y no se le ocurre otra forma de que podamos continuar nuestro viaje? —preguntó Roan—. ¿No hay nadie que alquile calesas o simples carros?

—No, señor. Pero hay una posada bastante buena a poca distancia, la Fox and Sparrow. Tiene una zona para caballeros y otra para familias —dijo el funcionario, que se giró hacia Prudence—. Desgraciadamente, no admiten a señoritas solas. Hable con la mujer del posadero, la señora House. Puede que haga una excepción en este caso.

Ella frunció el ceño.

—¿Que no admiten a señoritas? ¿Cómo es posible que...?

Roan se dio cuenta de que Prudence estaba a punto de perder los estribos, así que le dio un golpecito subrepticio para que cerrara la boca y preguntó:

—¿Cuándo sale la siguiente diligencia?

—Mañana por la mañana, a las diez. Y llegará puntual, como siempre. De hecho, nuestro servicio es tan puntual que el señor Stainsbury, el encargado de poner en hora el reloj de la iglesia, nos usa de referencia para...

–¿Hay algún mozo por aquí? ¿Alguien que pueda llevar los baúles a la posada? –preguntó Roan, cortándolo en seco.

El funcionario no pareció precisamente contento con la interrupción, pero respondió:

–Hablaré con nuestros mozos. Solo les cobrarán unas cuantas monedas. Y hasta pueden preparar un baño para la señorita, si lo desean.

Prudence se ruborizó. Por el comentario del hombre, no había ninguna duda de que su aspecto era peor de lo que imaginaba.

–Gracias –dijo Roan, que abrió la puerta y la invitó a salir.

Ya en la calle, Prudence lo miró y dijo:

–Creo que me voy a morir de vergüenza.

Roan se quitó el sombrero y se pasó una mano por el pelo.

–Espero que no. Sería un final demasiado trágico para nuestra aventura.

–¿Y qué hacemos ahora?

–Conseguir habitaciones –respondió con una sonrisa–. Y daré una corona a los mozos para que te preparen ese baño.

Ella soltó un bufido y se alejó hacia la posada.

Prudence no había perdido todo su dinero cuando los bandidos los asaltaron; llevaba algo encima, y dio unas monedas a Roan para que pagara las habitaciones. Habían acordado que se harían pasar por marido y mujer, la forma más fácil de evitarse problemas. Pero, cuando él entró en la posada, descubrió que solo tenían una habitación de matrimonio.

—Las demás están ocupadas —le informó la señora House, una mujer de pómulos afilados que parecía desbordada por el exceso de trabajo—. Tiene una mesa, dos sillas y una cama. ¿Le parece bien?

A Roan le pareció magnífico, aunque lo disimuló. Ardía en deseos de acostarse otra vez con Prudence.

—Qué remedio. Si no hay otra cosa, nos tendremos que contentar —dijo—. Pero necesito que preparen un baño.

La señora House sacudió la cabeza.

—Lo siento. La posada no tiene bañera. Habría que traerla, y no hay ningún hombre que se pueda encargar en este momento. Eche un vistazo a su alrededor… están todos borrachos.

—Deje lo del transporte en mis manos. Solo necesito el agua —replicó—. Y, de paso, llévenos algo de comer.

La posadera frunció el ceño.

—Solo tengo una criada, y está sirviendo las mesas.

Roan puso unas monedas en el mostrador, sin saber muy bien si era mucho o poco dinero. Pero debía de ser mucho, porque la mujer lo miró con sorpresa y declaró:

—Me encargaré de ello, señor.

Roan sonrió.

—Gracias, *madame*. Mi esposa ha tenido un día difícil, y estoy seguro de que se sentirá mejor cuando se bañe.

—¿Su esposa? —dijo la posadera con ironía.

Consciente de que la mujer no se había tragado el cuento de que estuvieran casados, Roan se inventó una historia para ganársela.

—Sí, así es. Su padre está en las últimas. Le quedan pocos días de vida, y debemos llegar a su casa antes de que se produzca el fatal desenlace.

—Oh, pobrecilla —la posadera, que no había picado el anzuelo, le lanzó una mirada sarcástica—. Está bien, pero diga a sus hombres que metan el baño por la puerta de atrás.

Roan salió a buscar a Prudence y la llevó a su habitación; era pequeña, pero tenía una ventana que daba a la espesura y, después de todo lo que habían sufrido, le pareció un palacio. Luego, se giró hacia los mozos que habían llevado los baúles y les prometió dos coronas si llevaban la bañera.

—¿De dónde eres ? —preguntó al mayor.

—De Midlothian, señor.

—¿Está cerca de aquí?

El muchacho asintió.

—Entonces, quiero que hagas algo más. Ve a los establos y saca al jamelgo que nos ha traído. Es una yegua vieja que no vale nada, pero se ha portado bien. Llévatela a casa, y déjala en algún sitio donde pueda pastar.

Roan añadió que les daría cinco libras esterlinas

más si cumplía su cometido, y el muchacho se quedó
tan encantado como atónito.

–¿Quiere que me lleve su yegua?

–Eso no es una yegua. Es un vulgar jamelgo –
contestó–. Pero sé bueno con ella.

Los mozos se marcharon con la velocidad del
rayo. Roan sonrió, cerró la puerta y se quedó mirando a Prudence, que se dedicaba a sacar vestidos de
su baúl y a dejarlos sobre la cama. Mientras la observaba, se acordó de que aún no había comprobado
sus propias pertenencias, así que abrió el baúl negro
y buscó el dinero que llevaba en él. Había prometido cinco libras al mozalbete, pero no sabía si se las
podría dar.

Su alivio fue mayúsculo. El dinero seguía donde
lo había dejado. Y, aún se estaba felicitando por su
buena suerte cuando apareció la criada con la cena.

El olor de la comida llamó la atención de Prudence, que dejó los vestidos y se sentó a la mesa un
segundo después de que la criada se fuera. Y no era
para menos. Les había dejado un pollo asado de aspecto magnífico y una jarra de vino.

–¿Esto está tan bueno como parece? ¿O soy yo, que
estoy muerto de hambre? –preguntó Roan al cabo de
unos momentos.

–No lo sé –respondió entre risitas–, pero es el mejor que he probado en toda mi vida.

Prudence comió y bebió como si llevara cuarenta
días sin probar bocado, deambulando por los bosques del oeste de Inglaterra. Y, cuando terminó, se
recostó en su silla y dijo, mirándolo con satisfacción:

—Qué maravilla.

Roan soltó una carcajada. Evidentemente, había tomado viandas mejores y visitado establecimientos más elegantes, pero supo que no olvidaría jamás aquella comida. Prudence estaba absolutamente encantadora. Sus ojos resplandecían de contento, y sus labios brillaban por la grasa del pollo.

Los mozos aparecieron entonces con la bañera y, diez minutos después, se presentaron dos jovencitas que la llenaron de agua. Roan solo tenía billetes de cinco libras, así que les tuvo que dar lo mismo que había dado a los muchachos. Y, al igual que ellos, se quedaron atónitas.

Cuando se fueron, Prudence comentó:

—Como sigas así, te vas a quedar en la ruina.

Roan sonrió.

—Su baño está esperando, excelencia.

Prudence se levantó de la silla, que dejó junto a la bañera y, a continuación, sacó un jabón y unos frascos de sales del baúl y se empezó a quitar la ropa. Ya no era una doncella inocente. Sonreía con descaro, como una amante experta.

Roan tragó saliva al verla desnuda. Siempre había pensado que el cuerpo femenino era la obra de arte más perfecta, pero el de Prudence lo dejaba sin aliento.

Ella alcanzó las sales, las echó en el agua y se metió en la bañera. El pulso de Roan se aceleró un poco más cuando apoyó la cabeza en el borde y cerró los ojos. Su largo cabello flotaba en la superficie, enmarcando unos senos deliciosos.

–Esto es el paraíso –dijo en voz baja–. Gracias, Roan.

–¿Quieres que te lave el pelo?

Prudence abrió los ojos y lo miró con sorpresa.

–¿Lo dices en serio?

–Por supuesto.

Roan alcanzó las dos copas y la jarra de vino que habían dejado en la mesa y las puso en el suelo. Después, sumergió el aguamanil en la bañera y vertió su contenido sobre el cabello de Prudence.

–Supongo que Cassandra Bulworth agradecerá que me presente en su casa con un vestido limpio y un cabello cuidado –comentó ella con humor–. Pero nunca sabrá que te lo debe a ti.

Roan le enjabonó el pelo, sin decir nada.

–Te voy a echar de menos –continuó Prudence–. Qué locura, ¿verdad? Nos acabamos de conocer y, sin embargo, sé que te voy a extrañar terriblemente.

Roan dudó un momento antes de hablar, pero dijo:

–Yo también te echaré de menos.

Los dos guardaron silencio hasta que él concluyó su labor y dejó el aguamanil junto a la bañera. Entonces, lo tomó de la mano y dobló las piernas hacia atrás, para dejarle sitio.

–Ven –ordenó.

–No hay espacio suficiente –replicó Roan.

–Pero lo habrá.

Prudence apretó las piernas contra el pecho y, aunque él no estaba seguro de caber, decidió intentarlo.

Se desnudó a toda prisa, consciente de su mirada hambrienta. Roan se había acostado con muchas mujeres y, naturalmente, lo habían visto desnudo, pero jamás le había importado tanto que una mujer lo encontrara apetecible.

Por fin, entró en la bañera y se sentó. Estaban pegados el uno al otro, casi sin espacio, y ella soltó una carcajada cuando él le enjabonó los pechos.

—¿Quieres que te afeite? —se ofreció, dispuesta a devolverle el favor del pelo—. Lo hago bastante bien... Afeitaba a mi padrastro durante sus últimos días, cuando ya no estaba en condiciones de cuidarse.

—Me encantaría.

Prudence se inclinó hacia fuera y alcanzó la navaja y el jabón de afeitar, que él había sacado de su baúl. Llevaba dos días sin afeitarse, pero ella no había mentido al afirmar que estaba acostumbrada, y lo dejó perfecto en pocos minutos.

Tras asearse mutuamente, Roan sirvió el vino en las copas. No recordaba haber sido tan feliz en toda su vida. El fuego de la chimenea daba un tono dorado a la piel de Prudence, y la visión de sus senos lo volvía loco. Pero, a pesar de ello, refrenó su lujuria y se sumió en una conversación sobre sus respectivas familias y sobre dos pasiones que, por lo visto, compartían: los perros y los caballos.

En determinado momento, Prudence se puso a hablar de su difunto padre y de su madre. Le dijo que Joan había sido una mujer preciosa, y le contó todo tipo de anécdotas sobre su segundo marido, el conde de Beckington, a quien recordaba con mucho afecto.

Después, cambió de tema y recordó con nostalgia las fiestas, los bailes y las veladas festivas de la alta sociedad londinense.

–Por desgracia, esos días han quedado atrás –sentenció–. Ahora soy una proscrita.

Roan lo sintió por ella. Desde su punto de vista, no había ninguna mujer que mereciera tanto el favor de sus pares. La imaginaba en salones lujosos, con vestidos caros y una sonrisa resplandeciente.

–¿Qué vas a hacer cuando termine tu visita a la mansión de los Bulworth? –se interesó.

–¿Suponiendo que Merryton no haya enviado un ejército a buscarme? –ironizó Prudence–. Bueno, imaginó que volveré a Blackwood Hall y esperaré.

–¿Esperar? ¿Esperar a qué?

Prudence se encogió de hombros.

–A que alguien me ofrezca el matrimonio.

Roan la miró con tanta tristeza que ella se rio.

–No te preocupes, Roan. Es lo que hacemos las solteras, esperar. ¿Qué otra cosa podríamos hacer?

–No sé. ¿Trabajar en algo?

Prudence volvió a reír.

–¿Quieres que sea institutriz? ¿O profesora? A decir verdad, me encantaría. Pero me temo que las jóvenes de la nobleza no podemos trabajar. Se supone que nuestra vida consiste en encontrar un buen partido y dar conversación en las fiestas –dijo, acariciándole el pecho–. No sabes cuánto envidio a Mercy. Ha encontrado un escape a través del arte. Mi hermana pequeña es más lista que yo.

Roan intentó sonreír, pero no pudo. Prudence se

puso repentinamente seria y, tras echar un trago de vino, declaró:

—Nuestra aventura termina mañana, ¿verdad?

—No tiene por qué terminar —respondió él de forma impulsiva—. Puedes venir conmigo. Acompáñame al norte.

Prudence arqueó una ceja.

—¿Y qué haría allí? ¿Hacerme pasar por una prima tuya? Es muy posible que los amigos de tu hermana conozcan a mi familia —le recordó—. Y, aunque los engañara, ¿qué ganaríamos con ello? Nos despediríamos más tarde o más temprano. Solo sería un aplazamiento.

Roan quiso decir lo que Prudence ansiaba oír: que se quedaría en Inglaterra, que la cortejaría adecuadamente y que encontraría la forma de prolongar su aventura. Era lo que él mismo deseaba. Pero tenía responsabilidades que no podía olvidar, empezando por Aurora. Había prometido a su madre que la llevaría de vuelta a los Estados Unidos, y no podía faltar a esa promesa.

—No te preocupes por mí, Roan —continuó Prudence—. No me he hecho ilusiones sobre nuestra relación. Sé desde el principio que, pasara lo que pasara, solo sería un divertimento pasajero. Y te recordaré siempre con cariño y gratitud.

—¿Gratitud? —dijo él con amargura—. Extraña palabra, teniendo en cuenta que me he aprovechado de ti, Pru.

—¡Oh, vamos! —Prudence le puso una mano en la cara—. ¿Cómo puedes decir eso? Tú no te has aprovechado de nadie. Me he dejado llevar con plena conciencia de lo que hacía. Te deseaba, Roan. Quería que me tocaras, que me tomaras… ¡Lo quería todo! No soy una niña. Soy una mujer adulta, y responsable de sus actos.

Roan sacudió la cabeza.

—Mi querida Prudence… Yo tampoco olvidaré estos días. No los olvidaré jamás.

Ella sonrió con ternura y dijo:

—De todas formas, no se puede decir que nuestra aventura haya terminado.

Él también sonrió.

—No, no ha terminado.

Roan se levantó de repente, la tomó en brazos y la llevó a la cama, mojándolo todo a su paso. Después, la tumbó y se puso sobre Prudence, que suspiró y le ofreció el cuello para que lo besara.

Él aceptó la invitación.

—Te deseo —dijo contra su piel—. Te deseo con toda mi alma, Pru.

Roan acarició su cuerpo mojado y, acto seguido, bajó lo suficiente para acceder a sus pechos y succionarlos. Prudence soltó un suspiro de placer que aumentó su excitación hasta límites difícilmente controlables. Se sentía más vivo que nunca, y la deseaba más de lo que había deseado nunca a ninguna mujer. Era como si el mundo empezara y terminara en aquella habitación de una posada inglesa.

Necesitaba tomarla, estar dentro de ella.

Sin embargo, refrenó la necesidad de penetrarla y se aferró al deseo de alargar el momento. Quería que se quedara grabado en su mente, que durara tanto como fuera posible, así que le metió una mano entre las piernas y acarició su sexo mientras descendía con intención de lamerlo.

–Oh, Dios mío –dijo ella entre gemidos.

Él le separó las piernas y empezó a lamer. Prudence cerró los dedos sobre su cabello, cada vez más excitada. Sus inconscientes jadeos espoleaban a Roan, cuya lengua la exploraba con una intensidad minuciosa, implacablemente atento a sus reacciones.

Al cabo de unos minutos, ella llegó al clímax. Y, tras dedicarle una sonrisa de absoluta satisfacción, hizo algo que lo dejó sorprendido: agarrar su duro miembro.

Roan respiró hondo, a punto de perder el aplomo. Pero se dio cuenta de que Prudence no sabía qué hacer, así que puso una mano sobre sus dedos y le enseñó el movimiento adecuado. Para ella, fue toda una revelación. Sonrió como si hubiera descubierto una mina de oro, y lo masturbó sin inhibición alguna.

Él la detuvo cuando ya estaba a las puertas del orgasmo. Y ella volvió a sonreír, aunque de un modo distinto, más sensual. Empezaba a ser consciente del poder que tenía y, por lo visto, le gustaba.

–Me vuelves loco –dijo Roan–, completamente loco. No sé qué habría sido de mí si no te hubiera conocido.

–No me olvides –le rogó.

–No te olvidaré jamás.

Roan la penetró con dulzura y, a continuación, se

dio la vuelta de tal manera que ella quedó a horcajadas sobre él. Luego, cerró las manos sobre sus nalgas y se movió un poco, animándola a tomar el control. Y Prudence no necesitó más indicaciones. Aceptó el desafío y marcó el ritmo mientras pudo, inclinada sobre su cuerpo.

El final los dejó completamente saciados, sumidos en un silencio mágico que Prudence rompió mientras apoyaba la cabeza en el hombro de Roan.

–¿Siempre es así? ¿Tan apasionado? –preguntó.

Roan le apartó el pelo de la cara y le acarició la espalda.

–No lo sé –contestó–. Nunca había disfrutado tanto.

Ella sonrió de oreja a oreja y, tras asaltar su boca durante unos segundos, se tumbó de espaldas, lo tomó de la mano y se quedó mirando el techo.

Roan estuvo a punto de gemir. ¿Qué le estaba pasando? Su corazón albergaba emociones completamente nuevas para él. Era como si Prudence hubiera abierto una puerta en lo más profundo de su interior y hubiera accedido a zonas que nadie más conocía. De repente, se sentía vulnerable. Pero, al mismo tiempo, deseaba cerrar esa puerta para que su dulce amante no pudiera escapar.

Perdido en sus pensamientos, se sobresaltó cuando ella se apoyó en un codo, lo miró con una sonrisa y dijo:

–¿Podemos hacerlo otra vez? Aún no ha amanecido... Tenemos tiempo, ¿verdad?

Roan le acarició la mejilla.

—¿De dónde has salido tú? —preguntó con ironía—. ¿Qué habré hecho para merecer semejante bendición?

Prudence soltó una carcajada y se puso sobre él.

—Aún no has contestado a mi pregunta. ¿Tenemos tiempo? —repitió.

—Por supuesto que sí. Tenemos tiempo de sobra.

Capítulo 11

La mañana llegó muy deprisa. Demasiado para ella, que se había quedado dormida tras hacer el amor una y otra vez durante las horas anteriores, y que se despertó cuando la luz del sol entró por la pequeña ventana.

Roan estaba de lado, con un brazo por encima de su estómago. Prudence lo apartó, le acarició el pecho y se sentó en la cama. Había un olor extraño en la habitación, pero lo reconoció en seguida: era el pollo que había sobrado.

–Eres insaciable –dijo él, abriendo los ojos de repente.

–Sí, es posible que lo sea.

Prudence le dio un beso en los labios y se levantó. Sus actividades nocturnas habían sido tan apasionadas que le dolía todo el cuerpo, pero era un dolor absolutamente delicioso. Cada punzada de agujetas era un recordatorio de la magia que habían compartido, de una magia que no quería perder.

Pero había llegado el momento de despedirse. Ella tenía que volver a su vida anterior, y Roan tenía que encontrar a Aurora y cumplir la promesa que le había hecho a su familia, así que se levantó, abrió el baúl y sacó un vestido de color verde oscuro, con ribetes marrones. Su aventura había terminado, y estaba decidida a afrontar la realidad de la forma más digna posible, aunque le partiera el corazón.

Mientras se vestía, oyó que Roan se levantaba, se lavaba en la jofaina y rebuscaba entre sus cosas. Los ojos se le habían llenado de lágrimas, y se mantuvo de espaldas a él para que no la viera.

¿Cómo era posible que se hubiera enamorado en tan poco tiempo? ¿Cómo era posible que hubiera encontrado el amor por pura casualidad? Prudence no tenía respuestas para esas preguntas, y tampoco las tenía para otras, igualmente importantes: ¿Podría estar con otros hombres después de haber estado con Roan? ¿Podría mirarlos a los ojos sin ver sus ojos? ¿Sería capaz de vivir sin él?

Roan terminó de vestirse, y Prudence se puso a ordenar sus pertenencias sin más motivo que ganar tiempo para recuperar el aplomo. No quería que notara su tristeza. No quería que la recordara como una jovencita compungida que lloraba por la pérdida de su amante. Había provocado aquella situación con plena conciencia de lo que hacía, y saldría de ella con la cabeza bien alta.

Prudence había dado por sentado que Roan se marcharía inmediatamente y, a decir verdad, lo prefería así. No estaba segura de poder soportar una despedida larga. Pero el destino tenía otros planes, y el lacayo de los Bulworth se presentó en la taberna mucho antes de lo previsto, para sorpresa de ambos.

–Nos dijeron que vendría al mediodía –gruñó Roan al verlo.

El criado, que no podía tener más de dieciocho o diecinueve años, bajó la cabeza y dijo con nerviosismo:

–Lo siento, señor. El señor Bulworth me ha dicho que viniera, y yo me he limitado a cumplir sus órdenes.

Prudence se acercó a Roan y le puso una mano en el brazo. Estaba más atractivo que nunca. Se había peinado y cambiado de ropa, y le pareció absolutamente imponente. Pero el brillo de sus ojos había desaparecido.

–No te preocupes. Teníamos que despedirnos en algún momento, y este es tan bueno como cualquiera –dijo ella, girándose a continuación hacia el criado–. ¿Puede llevar mi baúl?

–Naturalmente, señorita.

El joven levantó el baúl y se lo cargó al hombro. Prudence intentó sonreír a Roan, y fracasó en el intento.

–Te pediría que me escribieras, pero supongo que no tiene sentido. Solo serviría para que me sintiera peor.

Roan la tomó de la mano repentinamente.

–Ven conmigo a West Lee.

–Weslay –le corrigió.

–Diremos que eres prima mía, y que has venido para acompañarla a casa.

Ella sacudió la cabeza.

—En cuanto abra la boca, sabrán que soy inglesa. Y hasta cabe la posibilidad de que alguien me reconozca –dijo–. Penfors es vizconde, como ya sabes, y puede que conozca a lord Merryton o conociera a mi difunto padrastro.

—Pero...

—No insistas –lo interrumpió con pesadumbre–. No tenemos más remedio que separarnos. He violado todas las normas sociales al marcharme contigo, y tendré suerte si me admiten otra vez en Blackwood Hall. Además, cuanto más tiempo sigamos juntos, más me dolerá la despedida. Haces que desee cosas que no puedo tener, cosas que... ¿Lo entiendes? ¿Comprendes lo que te digo?

Roan suspiró y le apretó la mano.

—Sí, claro que lo entiendo. Y tienes razón. Pero si no fuera porque debo encontrar a mi hermana... –él sacudió la cabeza–. ¿Cuándo volverás a Blackwood Hall? Puedo pasar a verte, antes de regresar a mi país.

—¡No! –exclamó ella, consciente de que el lacayo los estaba mirando–. Eso es imposible.

—Prudence...

—No –repitió–. Solo empeorarías las cosas.

—No quiero que te vayas, Pru. No estoy preparado para perderte.

Las palabras de Roan le rompieron el corazón.

—Oh, por Dios. A veces desearía que fueras más inglés, es decir, más sensato.

—Y yo desearía que fueras mucho menos sensata

de lo que eres. Pero somos como somos, ¿verdad? Y sigo diciendo que no quiero separarme de ti.

Prudence se mordió el labio con fuerza, para no llorar.

–Bueno, será mejor que...

–Sí, será mejor –dijo él, tragando saliva.

Roan la tomó del brazo y la acompañó al carruaje que la estaba esperando. Prudence subió entonces, se sentó y se inclinó lo suficiente para darle un beso en la mejilla: un beso casto, educado, socialmente aceptable. Un beso desesperante en esas circunstancias.

–Que tenga buen viaje, señorita Cabot –dijo él.

–Lo mismo digo, señor Matheson.

–¿Nos vamos ya? –preguntó el cochero.

–Sí, por favor –respondió Prudence.

El carruaje se puso en marcha, y ella se giró para mirar a Roan, que se había quedado al borde del camino, mirándola.

–Hace buen tiempo para esta época del año –declaró el joven lacayo–. Ha llovido tan poco que los Tatlinger van a perder toda la cosecha. De hecho, se rumorea que tendrán que vender su propiedad al señor Bulworth.

–Sí, es verdad, ha llovido muy poco.

El joven siguió hablando, pero Prudence no le prestó demasiada atención. Su mente estaba en otra parte, enganchada al hombre que la había conquistado en solo cuarenta y ocho horas, al hombre que había nadado con ella en pleno campo, que se había bañado con ella en una posada y que le había hecho el amor hasta volverla loca.

No tenía sentido, pero se había enamorado de él.

Justo entonces, se le ocurrió algo que transformó su tristeza en preocupación. ¿Qué pasaría si se había quedado embarazada? Habían sido muy apasionados y, si su pasión tenía consecuencias imprevistas, las cosas se podían complicar. La alta sociedad no era precisamente comprensiva. Eran capaces de presentar cargos contra Roan, o de denunciarla a ella por comportamiento inmoral.

—Por lo que tengo entendido, los Tatlinger llamaron a los hijos de los Ferguson para que los ayudaran con la cosecha —continuó el joven—. Pero los Ferguson son unos enclenques que no sirven para nada. Bueno, menos Bobby Ferguson, que es alto y fuerte.

Prudence miró al criado con perplejidad, sin saber qué le estaba contando. Luego, se giró hacia la ventanilla y se preguntó si había hecho lo correcto al marcharse de la posada.

¿Por qué se preocupaba por su honor? Ya no tenía honor que defender. Lo había perdido cuando se marchó con Roan y se convirtió en su amante. Y, si lo había perdido, ¿qué importaba lo que hiciera ahora? No empeoraría la situación por el procedimiento de acompañarlo a Weslay. Era tan mala que no la podía empeorar.

Además, había muy pocas posibilidades de que Penfors adivinara su verdadera identidad. No se habían visto ni una sola vez. Y, aunque tuviera invitados, era altamente improbable que alguna la reconociera. Nadie viajaba a Howston Hall en esa época del año. Estaba muy lejos de Londres y hacía demasiado calor.

¿Qué estaba haciendo entonces?

Las dudas de Prudence dieron paso a un problema que no se había planteado hasta ese momento. Roan era extranjero, y no tenía contactos en la aristocracia inglesa. ¿Qué pasaría si llegaba a la mansión del vizconde y le decían que no sabían nada de Aurora? O, peor aún, ¿qué pasaría si se negaban a recibirlo?

No podía dejarlo solo. La había ayudado cuando más lo necesitaba, y hasta se podía decir que le había salvado la vida.

—¡Dé la vuelta! —ordenó al criado.

—¿Cómo?

—¡Dé la vuelta! —repitió.

El joven la miró como si pensara que se había vuelto loca, pero ella se mantuvo en sus trece.

—¡Quiero volver!

Prudence se mostró tan inflexible que el criado detuvo el carruaje y, a continuación, lenta y laboriosamente, dio la vuelta.

—El señor y la señora Bulworth me están esperando, señorita. ¿Qué voy a decir cuando me pregunten por usted?

—Diga que me ha estado esperando y que no he llegado.

—Pero eso es mentira…

—¿Cómo se llama?

—¿Quién? ¿Yo? Robert, señorita.

—Mire, Robert… Tengo algo muy importante que hacer. Estaba dispuesta a olvidarlo porque sé que la señora Bulworth me espera en su casa; pero me he dado cuenta de que, si no lo hago, me sentiré terriblemente culpable. Dígale eso cuando la vea. Dígale que tengo un compromiso, y que llegaré tan pronto como me sea posible.

—No sé, no sé —dijo, inseguro—. El señor Bulworth me despedirá si piensa que he faltado a mis obligaciones.

—¡Esa es precisamente la cuestión! Solo faltará a sus obligaciones si no vuelvo pronto a la posada. Necesito que me ayude, Robert.

—Pero…

—¿No puede ir más deprisa? —lo interrumpió.

—Ya vamos tan deprisa como podemos, señorita.

—Oh, concédame ese favor. Tengo que volver enseguida, o será demasiado tarde.

—Está bien.

El criado sacudió las riendas, y los caballos se pusieron a correr de tal manera que el carruaje se sacudía y pegaba botes constantemente. Quince minutos más tarde, estaban de vuelta en el pueblo. Pero a Prudence se le encogió el corazón cuando vio que se habían llevado las sacas de correo que estaban en la entrada del despacho de billetes. Al parecer, la diligencia ya se había ido.

—Oh, no…

—¿Qué hacemos ahora? —preguntó Robert.

Prudence saltó del carruaje sin contestar y corrió a la oficina.

—¿Ya se ha ido la diligencia? —preguntó al funcionario.

–Sí. Nunca llega tarde –contestó–. Se marchó hace un rato.

–¿En qué dirección?

–A esta hora solo pasa una, la del norte.

Prudence volvió rápidamente a la calle y miró a Robert, sopesando la posibilidad de salir en busca de Roan. Pero su carruaje solo tenía dos caballos, y la diligencia tenía cuatro. Era imposible que la alcanzaran.

Había llegado demasiado tarde.

Capítulo 12

Roan se sentía enfermo. No físicamente enfermo, pero enfermo de todas formas.

Se había sentado en el pescante trasero de la diligencia, entre su equipaje y dos sacas de correo, porque no estaba de humor para compartir espacio con nadie. De hecho, el caballero y la joven mujer que viajaban dentro se habían quedado mudos cuando abrió la portezuela y, tras echarles un vistazo, la cerró sin decir una sola palabra. Necesitaba estar solo.

¿Qué demonios había hecho? ¿Cómo era posible que se hubiera dejado arrastrar a una aventura amorosa?

Intentó convencerse de que solo había eso, una simple aventura. Prudence era una joven extraordinariamente bella, y no tenía nada de particular que un hombre sano como él, con sus propias necesidades físicas, hubiera caído en la tentación. Además, había tenido amoríos con muchas mujeres, y había dado por sentado que se olvidaría de ella en cuanto llegaran a Himple y se despidieran.

Pero Prudence seguía en sus pensamientos. La extrañaba tanto que casi le dolía.

¿Dónde estaba el antiguo Roan? ¿Dónde estaba el Roan que no se dejaba controlar por las emociones? ¿Dónde estaba el Roan capaz de aceptar un matrimonio de conveniencia por motivos puramente económicos? Por lo visto, se había quedado en algún lugar de Inglaterra, atrapado en el caos de una ensoñación romántica.

El cochero se detuvo en una aldea para cambiar los caballos y, poco después, retomaron la marcha. Roan cerró entonces los ojos e intentó pensar en otra cosa, pero sus preocupaciones dieron paso a un insistente y tórrido recordatorio de su última noche de amor. Veía a Prudence como si siguiera en la posada. Veía su cuerpo desnudo, sus cálidas curvas, su mirada de deseo. Se veía a sí mismo dentro de ella.

Desesperado, clavó la vista en la distancia y cruzó los dedos para que llegaran pronto a su destino. Con suerte, su mal de amores sería un mal fugaz.

Al cabo de unos segundos, vio un carruaje que avanzaba a marchas forzadas. La persona que lo conducía sacudía las riendas como si la vida le fuera en ello, y Roan no supo si intentaba adelantarlos o alcanzarlos. Fuera como fuera, el guardia de la diligencia sacó un trabuco y se preparó para lo peor.

—¿Qué ocurre? —preguntó uno de los pasajeros—. ¿Son bandoleros?

El guardia no dijo nada, pero Roan mantuvo la

calma porque sabía perfectamente que los bandoleros no iban en carruajes, sino a caballo. Y, un momento después, su calma se transformó en sorpresa.

Era el criado de los Bulworth.

—¡Detengan el carruaje! —gritó—. ¡Deténganlo!

—¡Siéntese, señor! —ordenó el guardia—. Si se cae,
se romperá el cuello.

—¡Deténganlo! —volvió a gritar.

—¿Es que se ha vuelto loco? ¿Quiere que nos ro-
ben? ¡Podrían ser asaltantes de caminos!

—¡No son asaltantes de caminos! ¡Vienen a buscarme a mí!

—Pues que esperen a la siguiente parada.

—¡Detengan la maldita diligencia! —rugió.

El guardia lo vio tan fuera de sí que se giró hacia
el cochero y le pidió que parara, cosa que hizo. Roan
saltó entonces a tierra y corrió hacia el carruaje de
Prudence. Sus dos pobres caballos echaban espuma
por la boca, como si no hubieran dejado de correr en
todo el día.

—¿Qué diablos estás haciendo? ¿Qué inmensa y estúpida locura te ha podido empujar a hacer algo tan
insensato? —le preguntó.

—Llevarte a Weslay —contestó ella.

Roan sacudió la cabeza y le dio un beso en la mejilla. Luego, la sacó del carruaje, la llevó a la diligencia y la metió en su interior sin contemplaciones.

—Hagan sitio, por favor —ordenó a los pasajeros.

—Tengo que recoger mi equipaje... —dijo Prudence.

—No te preocupes, ya me encargo yo.

Roan recogió el baúl y la maleta, los cargó en la diligencia y, acto seguido, dio un billete al criado de los Bulworth sin molestarse en mirar su valor. El dinero era lo último que le importaba en ese momento. Estaba tan feliz que le habría regalado toda su fortuna de buena gana.

Solventado el problema, pagó el pasaje de Prudence al cochero y se sentó con ella, que estaba explicando la situación a sus acompañantes.

—Tenía intención de viajar mañana, pero mi padre se encuentra muy mal y… bueno, decidí alcanzar la diligencia y acompañar a mi primo, al que ya conocen.

El caballero que estaba a su lado la miró con una sonrisa irónica, como si no le hubiera creído ni media palabra.

—¿Tanto esfuerzo para reunirse con su primo? —preguntó.

Roan le lanzó una mirada de advertencia.

—Sí, en efecto —contestó Prudence, que se giró hacia Roan—. No estarás enfadado conmigo, ¿verdad?

—Por supuesto que no. Pero, ¿cómo has podido...?

—¡Ni yo misma lo sé! —exclamó ella con entusiasmo—. Empezaba a creer que no te alcanzaría nunca.

—Bueno, tampoco me extraña tanto. Estas diligencias son tan lentas que hasta una tortuga las podría alcanzar.

Roan lo dijo con humor, restando importancia al asunto. Quería dar la sensación de que solo había sido una extravagancia de su supuesta prima y, aunque sus acompañantes no parecieron muy convencidos, le importaba muy poco lo que pensaran. Prudence estaba allí, con él. Se había subido a un carruaje y lo había seguido. Era un acto tan insensato, absurdo y ridículo como profundamente romántico.

—Oh, vaya, he perdido el sombrero —dijo ella con ojos brillantes.

—Qué espanto —dijo él, feliz.

Estaban tan contentos de verse que rompieron a reír como si fueran dos niños, llamando la atención de los demás. Pero nadie se volvió a interesar por el suceso hasta que volvieron a parar para cambiar otra vez el tiro de caballos. Roan bajó entonces a estirar las piernas, y el caballero lo siguió.

—Su prima es una joven verdaderamente bella —dijo.

Roan frunció el ceño.

—¿Y qué?

—Es inglesa, ¿no? Y, por su acento, usted debe de ser de los Estados Unidos.

—¿Qué está insinuando?

—Nada —dijo, encogiéndose de hombros—. Nada en absoluto.

El caballero sonrió y se alejó. Había conseguido que Roan se sintiera incómodo, porque la reputación de Prudence le preocupaba. Sin embargo, se recordó que solo era un pasajero, y que lo perderían de vista en cuanto llegaran a su destino.

La diligencia siguió en dirección norte. Cruzó antiguos puentes de piedra y pasó por delante de un castillo en ruinas, que desapareció poco a poco en la espesura. El sol descendía lentamente, y Roan se empezó a cansar del viaje. Quería estar con Prudence donde nadie los molestara. Y ya estaba a punto de morir de impaciencia cuando el cochero gritó:

—¡Weslay! ¡Llegamos a Weslay!

Prudence se giró hacia la ventanilla y, tras llamar la atención de Roan, le enseñó una majestuosa mansión con dos torreones que se alzaba en lo alto de una colina. Tenía tantas chimeneas que él pensó que podían calentar todo el valle del río Hudson.

—Es Howston Hall —dijo el caballero—, la casa del vizconde de Penfors.

Roan se quedó sorprendido. No esperaba que fuera el domicilio de Penfors.

—Es enorme —acertó a decir.

—Tiene dieciséis habitaciones de invitados.

—¿Cómo lo sabe? —preguntó Roan.

—Su excelencia es amigo mío. Conozco bien la propiedad.

Prudence y Roan se pusieron tensos. Esperaban librarse de él cuando llegaran a Weslay, y ahora resultaba que iban al mismo sitio.

La diligencia giró a la derecha y se internó en una preciosa localidad de casas blancas sobre las que se alzaban las torres de dos iglesias distintas. Se detuvo en el centro, en una zona ajardinada, y enseguida se acercaron varios hombres que tiraron de los caballos hacia el patio de una posada.

Roan cruzó los dedos para que el caballero desapareciera en su interior, pero se quedó con ellos. Y, para empeorar las cosas, Prudence estaba tan animada por haber llegado a Weslay que cometió el error de decir:

—Tendremos que alquilar un carruaje para llegar a la mansión.

—¿Van a Howston Hall? Discúlpeme, pero tenía entendido que iban a ver a su pobre padre, que se encuentra mal.

Prudence parpadeó.

—Y es cierto —replicó—. Pero, ya que estamos aquí, nos gustaría saludar a lord Penfors.

—¡Excelente! Entonces, no es necesario que alquilen ningún carruaje. Pueden viajar en el mío —dijo con una sonrisa.

—Oh, no se preocupe por nosotros. No queremos molestar.

—No sería ninguna molestia, señorita…

—Se lo agradecemos mucho, pero nos quedaremos un rato en el pueblo. Es muy bonito.

Lejos de rendirse, el caballero insistió.

—Me temo que Weslay no es tan cosmopolita como el barrio Mayfair —dijo con jovialidad—. Aquí no hay carruajes en cada esquina. Si yo estuviera en su lugar, aceptaría mi ofrecimiento, que hago de buena gana… pero, ¿está segura de que su padre no la echará de menos?

Roan notó el rubor de Prudence, y supo que no ardía precisamente en deseos de viajar en su carruaje. Sin embargo, sospechaba que el caballero tenía razón y que, si no aceptaban su oferta, se verían obligados a ir a pie.

—El padre de mi prima está en buenas manos —intervino rápidamente—. Solo queremos presentar nuestros respetos a su benefactor.

—¿Su benefactor? —dijo el caballero, al borde de la risa.

Roan quiso pegarle un puñetazo, pero se contuvo.

—¿Tiene algo que decirme, señor? —preguntó en tono de desafío.

—No, salvo que estaré encantado de llevarlos a la mansión.

En otras circunstancias, Roan habría optado por alejarse de él. Aquel individuo les podía causar muchos problemas. Sin embargo, suponía que Aurora estaba en Howston Hall, y no tenía más remedio que ir a buscarla, así que dijo:

—En tal caso, aceptamos su ofrecimiento. Pero, ¿con quién tenemos el honor de hablar?

—Con lord Stanhope —respondió el caballero—. ¿Y usted es…?

—El señor Matheson.

Stanhope se giró hacia Prudence con la evidente intención de preguntar su nombre, pero Roan habló antes de que pudiera abrir la boca.

—Vamos a buscar nuestro equipaje.

—No es necesario. Mi criado puede...

—Son baúles muy pesados, y ya hemos molestado bastante —lo interrumpió Roan—. ¿Me acompañas, prima? Tú puedes llevar la maleta.

Roan tomó a Prudence del brazo y la alejó de Stanhope.

—Esto es una catástrofe —dijo ella en voz baja—. No tendría que haber venido.

—Puede que no, pero no sabes cuánto me alegro de que cambiaras de opinión. Cuando te he visto, me he sentido el hombre más feliz del mundo –le confesó–. Además, no creo que debas preocuparte demasiado por ese tipo. Solo siente curiosidad.

–¡Ese tipo es lord Stanhope! ¡Es un conde!

–¿Y qué?

–Que lo conozco…

–Cálmate, Pru. Si pierdes el aplomo, se dará cuenta y sospechará todavía más de nosotros. ¿Qué es eso de que lo conoces?

Ella respiró hondo.

–Es la primera vez que nos vemos, pero he oído hablar de él. Honor lo conoce en persona. Es amigo de mi familia, y miembro del club de Augustine, mi hermanastro –explicó–. Si llega a saber quién soy y lo que he hecho, se enterará todo Londres.

–No te preocupes. Eres mi prima, ¿recuerdas? Aquí no hay ninguna señorita Cabot que…

Prudence le pegó un codazo.

–¡Ay!

–No digas mi apellido en voz alta…

–Solo quería decir que esa señorita no está en Weslay, sino en Blackwood Hall.

Prudence le pegó otro codazo.

–¡Pero si no he pronunciado tu apellido! –protestó él.

–Pero has mencionado mi casa –declaró ella, enfadada–. Blackwood Hall es un sitio muy conocido, Roan.

–Está bien, lo entiendo.

–No te lo tomes a broma. Si esto se llega a saber, seré el hazmerreír de toda la alta sociedad. Oh, ¿por qué creí que podía ser como mis hermanas? Nunca he sido como ellas –se quejó–. Y mírame ahora. ¡Soy la peor de todas! Merryton y Augustine se llevarán un disgusto terrible. ¡Me echarán de su casa!

–Disculpen –intervino Stanhope, que se acercó en ese momento–. Solo les quería decir que mi criado llevará sus pertenencias al carruaje.

Prudence apretó los labios, cada vez más incómoda. Stanhope sonrió como si supiera que eran amantes y se fue por donde había llegado.

–Ánimo –dijo Roan, mirándola–. Nos libraremos pronto de él.

–Puede que tú te libres de él, pero mi caso es distinto –replicó ella con una sonrisa triste.

Cuando llegó el criado, le señalaron los bártulos que debía cargar. Luego, se dirigieron al carruaje y se sentaron en su interior, juntos. Stanhope se acomodó en el asiento de enfrente, y Roan lo observó con detenimiento, preguntándose si era un peligro real. Su aventura, que hasta entonces había sido intensamente placentera, había empezado a ser enorme y fastidiosamente problemática.

–Discúlpeme, señorita, pero aún no tengo el honor de conocer su nombre –dijo Stanhope durante el trayecto.

–Matheson –replicó ella, para sorpresa de Roan–. Soy la señorita Matheson.

Stanhope arqueó una ceja.

–Encantado de conocerla. Pero dígame, ¿de qué parte de Inglaterra es? Tengo la sensación de que ya nos habíamos visto. ¿Tal vez en el club Almack?

–Lo dudo, milord. Soy del oeste, y no suelo ir a Londres –respondió ella, sacudiendo la cabeza–. Le agradezco mucho que nos haya ofrecido su carruaje. Es muy bonito. Y se nota que es nuevo, porque la suspensión no podría ser más suave.

Roan miró a Prudence con desconcierto. ¿La suspensión?

–Sinceramente, no sé si es nuevo o es viejo –declaró Stanhope, sin apartar la vista de Prudence–. Lo he alquilado.

–¿Dónde vive usted, señor? –preguntó Roan.

–En Londres, cerca de Grosvenor Square.

–¿Acaba de llegar de la capital? ¿Qué noticias se cuecen por ahí?

Roan interrogó a Stanhope con preguntas de todo tipo, para impedir que él interrogara a Prudence. Y todo iba bien hasta que se interesó por el comercio londinense, sin más intención que satisfacer su curiosidad.

–Ah, el comercio. Yo no me preocupo por esas cosas –dijo Stanhope con desdén–. Entonces, ¿ustedes son primos?

–Sí, así es.

–¿Primos hermanos? ¿O primos segundos? –se interesó.

Roan y Prudence respondieron al mismo tiempo, e incurrieron en lo que parecía ser una contradicción. Él dijo que eran primos por parte de su hermano y ella, que lo eran por parte de su madre.

–¿Cómo? –dijo Stanhope–. Perdónenme, pero resulta de lo más confuso.

–Ni mucho menos –afirmó Prudence con seguridad–. Es que mi madre se casó con el hermano de su padre.

–Ah…

Stanhope sonrió de oreja a oreja. Viajaban juntos en un carruaje, y los tres sabían que toda esa historia era mentira, pero él era el único que se estaba divirtiendo.

Una vez más, Roan se preguntó por sus intenciones. ¿Qué pretendía? De momento, daba la impresión de que solo se quería reír un rato a su costa. Y, si solo se trataba de eso, no tenían motivos para preocuparse.

Justo entonces, el carruaje llegó a una curva desde la que se veía Howston Hall. Roan se salió momentáneamente de la conversación, asombrado con la grandeza del lugar. ¿Cómo era posible que su hermana estuviera allí? ¿Qué había hecho para conseguir que la invitaran? Y, sobre todo, ¿quién la había invitado?

Tras cruzar un bosquecillo y un jardín lleno de rosales, se detuvieron en el vado de la impresionante mansión, que casi parecía un palacio. Tenía tres pisos de altura, y un sinfín de balcones cuyas filas se extendían hasta las dos torres, cubiertas de hiedra. Frente a la entrada había una fuente con tres peces de mármol que vertían chorros de agua y, junto a la fuente, dos pavos reales que picoteaban en la hierba.

Roan nunca había estado en ningún sitio tan grandioso. La mansión de su familia era una de las más grandes y elegantes del valle del Hudson, pero parecía una choza en comparación con aquella.

Mientras la admiraba, aparecieron un mayordomo y dos lacayos, que se quedaron delante del carruaje. El cochero bajó entonces del pescante y abrió la portezuela. Stanhope bajó en primer lugar y, acto seguido, ofreció una mano a Prudence.

—Bienvenido, milord —dijo el mayordomo—. *Madame...*

Roan descendió del vehículo y se puso junto a Prudence. Segundos después, se presentaron dos personas más: un hombre bajo y rechoncho, de alrededor de sesenta años y una mujer igualmente rolliza, aunque más alta.

—¡Milord! —exclamó el hombre—. ¡Menos mal que ha llegado!

—Sí, menos mal —dijo la mujer—. ¡Se ha perdido toda la diversión! ¡Redmayne estuvo a punto de matar a lady Vanderbeck!

—¿De matarla? ¿Cómo? ¿Con una pistola? —preguntó Stanhope.

—No, con una raqueta de bádminton. No le habríamos permitido que jugara con pistolas. Aún me acuerdo de lo que pasó la última vez —intervino el hombre—. Ah, pero veo que ha venido con amigos, señor... ¡Bienvenidos a Howston Hall!

Roan quiso responder al caluroso saludo, pero no pudo porque varios jinetes aparecieron al galope y se detuvieron bruscamente en el vado.

—¡Es usted incorregible, Penfors! —dijo el primero, una mujer que llevaba ropa de montar—. ¡No me dijo que el camino estaba lleno de agua!

—¿Lo está? —respondió el hombre bajo que acababa de salir de la mansión–. No sabía nada al respecto. ¿Y tú, querida?

–No, yo tampoco lo sabía. Habrá sido cosa de Cyril –dijo su rolliza acompañante, mirando al mayordomo–. ¡Cyril! ¿Que es eso de que han mojado el camino?

La amazona se fijó entonces en Stanhope y exclamó, sonriendo:

–¡Miren quién está aquí! ¡El mayor sinvergüenza de Inglaterra! ¡Sabía que vendría!

Stanhope soltó una carcajada.

–Me encanta que me llamen sinvergüenza, *madame*. Aunque no creo ser merecedor de tan gran cumplido.

La mujer tomó del brazo a Stanhope y, tras mirar al señor de la casa, señaló a un joven caballero que seguía montado en un enorme y precioso caballo de color azabache.

–Ah, Penfors… espero que extienda su hospitalidad al señor Fitzhugh. Acaba de llegar de Escocia, y viene con la bolsa llena. Según parece, ha conseguido vender su castillo.

–Eso está hecho, señor Fitzhugh –replicó–. Huelga decir que estaremos encantados de tenerlo con nosotros.

Fitzhugh le dio las gracias, desmontó y se puso a hablar con Stanhope y la mujer vestida de amazona mientras el resto de los jinetes se dirigía a los establos. Penfors se quedó entonces a solas con Prudence y Roan, a quien dijo:

–Discúlpeme. Creo que no nos han presentado.

–Me temo que no, aunque somos nosotros quienes debemos pedirle disculpas por presentarnos en su casa sin previo aviso. Soy el señor Roan Matheson, y ella es...

–¡Cyril! –exclamó Penfors, interrumpiéndolo–. ¡Prepara una habitación para el señor y la señora Matheson!

–¡Oh, no! –dijo Prudence, con intención de puntualizar que no era la esposa de Roan–. Nosotros no...

–Tonterías, *madame*. Stanhope es amigo mío, y sus invitados son bien recibidos en Howston Hall. Nos encargaremos de que les preparen una habitación. Pero no en el ala oeste, por supuesto –declaró, girándose hacia Roan–. El ala oeste solo es para los bribones que se presentan de improviso.

Penfors rompió a reír. Y su esposa, que se había acercado, le recriminó su actitud.

–¡Oh, vamos! ¡Eso no es verdad! Aquí no aceptamos bribones –dijo, mirando a Prudence.

–¿Que no los aceptamos? Se nota que no te fijaste mucho en los invitados de anoche –ironizó Penfors.

Su esposa hizo caso omiso del comentario y, tras tomar a Prudence de la mano, preguntó:

–¿Viene sin doncella?

–Sí, es que...

–Bueno, no se preocupe por eso. Tenemos criados de sobra. Cualquiera diría que toda la población de Weslay trabaja aquí.

–Cierto, muy cierto –afirmó su marido–. Pero dígame, señor Matheson... ¿Es un buen jugador de cartas?

–Bueno, soy de los que no ganan ni pierden muy a menudo.

Penfors volvió a reír.

–Su acento es bastante extraño. Seguro que estudió en Eton, ¿eh? Sí, seguro que es por eso –dijo–. Yo estudié en Cambridge.

–¡Déjalo en paz de una vez! –protestó su esposa–. El caballero y la dama acaban de llegar. Querrán darse un baño antes de la cena, y no tienen mucho tiempo.

–No, no lo tienen –dijo, consultando su reloj.

Lady Penfors cambió entonces de actitud y dijo a Roan, con ironía:

–Cuide de su mujer, señor Matheson. Mi marido tiene razón cuando afirma que Howston Hall está llena de bribones.

La señora de la casa se llevó a Prudence al interior, dejando a Roan en compañía de Penfors, a quien no le pasó desapercibida su incomodidad.

–No se preocupe por su esposa, caballero –declaró de repente–. Mi mujer y yo solo estábamos bromeando. Mi casa es un lugar seguro.

–¿Hasta para los bribones? –replicó Roan.

Penfors estalló en carcajadas.

–¡Fantástico! ¡Por fin un hombre con sentido del humor! –dijo–. Sospecho que nos vamos a llevar bien, señor Matheson.

Penfors le dio una palmadita y lo llevó dentro.

Capítulo 13

Su habitación era increíblemente lujosa. Tenía una cama enorme, de cuyo dosel pendían unos preciosos brocados. Los suelos estaban cubiertos de anchas alfombras, y desde los balcones se veía la laguna de la parte trasera de la propiedad.

Sin embargo, Prudence no prestó atención a ninguna de esas cosas. Se había metido en un buen lío. Se sentía como si volara hacia el sol que se empezaba a ocultar en el horizonte. Había permitido que la luz de Roan la deslumbrara, y se había lanzado sin darse cuenta contra una bola de fuego.

Nerviosa, cruzó los brazos y se puso a caminar de un lado a otro. Cada vez que pasaba por delante de él, fruncía el ceño. Y repitió la misma rutina hasta que Roan se sirvió un brandy, se sentó como si no pasara nada y apoyó los pies en un pequeño taburete.

—¿Cómo es posible que estés tan relajado? —preguntó—. ¿No te das cuenta de que vamos directos al sol?

—¿Cómo?

Ella sacudió una mano con irritación. No estaba de humor para explicar la metáfora de sus volátiles emociones.

–Stanhope sospecha de mí. Estoy segura –dijo.

–¿Y qué?

–¿Cómo que y qué? ¿Es que no eres consciente de lo que implica?

Roan sacudió la cabeza.

–Stanhope no sabe quién eres. Tiene una vaga idea, pero nada más.

–¿Una vaga idea? ¿Qué significa eso?

Roan suspiró, dejó la copa de brandy en la mesita y se echó hacia delante.

–Significa que se ha hecho una idea aproximada de la clase de mujer que eres.

–¿Qué estás insinuando? –bramó.

Él se levantó y le puso las manos en el talle.

–No te ofendas, Pru. No lo he dicho con intención de insultarte. Stanhope sabe que nuestra relación no es precisamente de carácter familiar y, como es lógico, ha llegado a la conclusión más fácil.

–¿Cómo es lógico?

Roan le acarició el cuello.

–En estas circunstancias, sí. Es la explicación más sencilla –contestó–. Pero eso carece de importancia… No sabe quién eres. No te había visto nunca. Y, cuando yo encuentre a Aurora, nos iremos de aquí y no lo volverás a ver.

–¿Cómo sabes que no lo volveré a ver?

Prudence se apartó de él con brusquedad y, tras unos segundos de silencio, añadió:

–Discúlpame, Roan. Me has dado la experiencia más maravillosa de toda mi vida. Pero ese hombre me preocupa tanto que... ¡Oh, Dios mío! –Prudence gimió–. ¿Cómo he podido ser tan estúpida?

Roan llevó una mano a su barbilla y la subió suavemente, para que no tuviera más opción que mirarlo a los ojos.

–No, no permitiré que te castigues de esa forma. Tú no eres estúpida. Eres la mujer más bella y vibrante que he tenido el honor de conocer. Y me partirías el corazón si te alejaras de mí por culpa de ese petimetre. Pero no me vas a partir el corazón, ¿verdad?

Ella sonrió.

–No.

–Me alegro –dijo, tomándola entre sus brazos–. Si hubieras contestado otra cosa, me habría visto obligado a estrangular a Stanhope antes de la cena.

Prudence suspiró y apoyó la cabeza en su pecho.

–¿Y qué hacemos ahora?

–Bueno, tengo que preguntar por Aurora. Sugiero entonces que aceptemos el baño que nos ha ofrecido lady Penfors. Después, cenaremos con nuestros anfitriones e intentaré sonsacarles. Puede que conozcan el paradero de mi hermana –respondió–. Pero, en cualquier caso, nos iremos de Howston Hall tan deprisa que se olvidarán de nosotros.

–¡No lo entiendes, Roan! ¡Stanhope es conde, y se mueve en los mismos círculos sociales que mi familia!

–Escúchame –dijo con paciencia–. Si coincides

con él en el futuro y es tan poco caballeroso como para interrogarte al respecto, solo tienes que negarlo. Prudence Cabot no ha estado nunca en este lugar.

—¿Cómo que no? ¡Estoy aquí, contigo!

—No, tú eres Prudence Matheson. Además, me dijiste que tu vida es de lo más aburrida, y que no sales nunca de Blackwood Hall. Nadie creería que una joven tan casta e inocente se hubiera escapado de su casa para presentarse en Howston Hall sin invitación y en compañía de un hombre.

—Dicho así, parece fácil —admitió ella.

—Es tan fácil como el paso que diste en Ashton Down cuando te subiste a la diligencia. Las cosas se han complicado un poco, pero no es ningún problema que no podamos solventar. Solo es una cena, Pru. Hemos sobrevivido a unos bandidos y cruzado media Inglaterra en una yegua vieja… ¿Crees que un cretino como Stanhope tiene alguna posibilidad de derrotarnos? No, eso es imposible. Somos un equipo formidable.

Prudence sonrió a regañadientes. Quería creer que Roan estaba hablando en serio. Lo quería con todas sus fuerzas, porque no tenía el menor deseo de regresar a su vida anterior. De haber sido por ella, habrían seguido eternamente de viaje por Inglaterra, la Europa continental y el mundo entero. Pero con una condición: que estuvieran solos.

—Anda, ven aquí.

Roan se apretó contra ella y le dio un beso tan cargado de afecto que Prudence se sintió en el paraíso. Un paraíso demasiado breve, porque alguien llamó a la puerta y los interrumpió. Eran los criados que llevaban la bañera y las doncellas que cargaban el agua.

—Bueno, te dejaré a solas para que te puedas bañar —dijo Roan, que alcanzó su bebida y se marchó al saloncito contiguo.

Prudence se encontró bastante mejor después de bañarse, cuando se sirvió una copita de brandy y se sentó en una silla para que una de las doncellas le arreglara el pelo. De repente, se sentía capaz de enfrentarse a Stanhope. Solo se trataba de tomárselo como un divertimento, y de estar siempre uno o dos pasos por delante de él.

La doncella le recogió el cabello en un tocado alto, y Prudence se puso un vestido de color dorado con bordados verdes, que combinó con un collar de esmeraldas, unos pendientes a juego y sus zapatos preferidos de satén. Tras dos días de duro viaje, volvía a ser una dama de la alta sociedad.

Por fin, entró en el saloncito y miró al hombre que la estaba esperando, de espaldas a la puerta. Se había cambiado de ropa, y se había puesto un frac oscuro.

—¿Roan?

Roan se dio la vuelta, y Prudence pensó que parecía un príncipe. Llevaba un chaleco de franjas doradas y negras, y una camisa blanca cerrada con un pañuelo. No había visto a un hombre tan guapo en toda su vida. De hecho, lo encontró tan adorable que se preguntó si no se habría enamorado de él.

—Dios mío, qué bella eres…

Ella se ruborizó.

—Gracias —acertó a decir.

Roan sacudió la cabeza, mirándola con adoración.

—Eres sencillamente exquisita, Pru. Aunque estoy seguro de que te lo dirán muy a menudo. Supongo que tendrás toda una legión de admiradores.

Prudence soltó una carcajada nerviosa.

—¿Una legión? No, en modo alguno.

Roan se acercó y le acarició la mejilla.

—Pues deberías tenerla, porque lo mereces —afirmó—. Tu belleza me ciega todos los días, pero esta noche estás particularmente memorable.

Ella sonrió.

—¿Sabes que te adoro, Roan?

—¿Lo dices en serio?

—Por supuesto que sí —contestó—. Tú también estás muy guapo. Y también supongo que te lo dirán muy a menudo.

Roan le dio un beso y llevó las manos a sus caderas.

—Eres la viva imagen de la tentación. Si pudiera, te arrancaría el vestido ahora mismo y te haría el amor toda la noche —dijo con intensidad—. Cada vez que lo pienso, me asombra que aparecieras ese día en Ashton Down, justo a tiempo de cruzarte en mi camino. ¿Qué habré hecho para ser tan afortunado?

—Yo me pregunto lo mismo —le confesó.

—Y yo me lo preguntaré hasta el fin de mis días —dijo él, besándole la frente—. Venga, anímate un poco, Prudence. Si les sonríes a ellos como me sonríes a mí, estarán comiendo de tu mano en menos que canta un gallo.

—Es posible, pero yo preferiría volver al arroyo

donde estuvimos, encender un fuego y acurrucarme contra ti.

Roan soltó una carcajada.

—Bueno, nadie podrá decir que Roan Matheson no sabe cortejar a una dama.

Solo eran las siete y media. Faltaba un buen rato para la cena, pero ya había dos docenas de personas en el salón y, por su aspecto, cualquiera habría pensado que llevaban varias horas tomando vino.

Penfors los recibió en la puerta y los presentó como amigos de Stanhope, sin dar más explicaciones. Prudence supuso que el mencionado diría algo al respecto, pero Stanhope se limitó a sonreír y a mirarla a ella con humor, como si fueran cómplices de una pequeña travesura.

Entre tanto, Roan escudriñó el grupo en busca de su hermana. Y, mientras la buscaba, se le acercó un hombre delgado que lo sometió a un interrogatorio en toda regla cuando supo que era de Nueva York. Se interesó por el comercio, se interesó por la marina mercante y hasta quiso saber si había estado alguna vez en Filadelfia.

Roan parecía encantado con el caballero, que se llamaba lord Vanderbeck. Sin embargo, Prudence lo encontró tan aburrido que se concentró en la tarea de localizar a Aurora con la mirada. Y estaba tan ensimismada en su misión que se llevó un susto cuando lady Penfors apareció a su lado.

—Si sigue con Vanderbeck, se morirá de aburrimiento –dijo en voz alta, como si no le importara que su invitado la oyera–. Venga conmigo. Hay otras personas con las que hablar.

Lady Penfors le presentó al pelirrojo señor Fitzhugh, que admiró descaradamente su escote. También le presentó al señor y la señora Gastineau, que apenas la miraron, así como al señor Redmayne y a su acompañante, el señor True, que a su vez señaló a su hermana, la viuda Barton. Era la mujer vestida de amazona que había saltado de su montura para saludar a Stanhope.

Justo entonces, Stanhope clavó la vista en Prudence y caminó hacia ella con intención de decirle algo, pero lady Penfors se interpuso.

–Me asombra usted, Stanhope. ¿Cómo es posible que no haya presentado a nuestras amigas?

Prudence se giró hacia la viuda y la saludó.

–Encantada de conocerla.

–Lo mismo digo –replicó la señora Barton, que sonrió y la miró de arriba abajo–. Dios mío… es toda una belleza, querida.

–Gracias.

–Pero aún no me ha dicho su nombre.

–Es la señora Matheson –intervino lady Penfors.

–Pues lleva un vestido verdaderamente precioso – afirmó Barton con aprobación–. Yo diría que es obra de la señora Dracott.

Prudence se quedó asombrada con el buen ojo de la viuda. Efectivamente, era un vestido de la señora Dracott, la modista más famosa de Londres. Pero eso la puso nerviosa, porque sus creaciones costaban tanto dinero que solo estaban al alcance de la élite de la aristocracia. Y admitir que llevaba una de sus prendas equivalía a admitir que ella era mucho más de lo que parecía ser.

Por suerte para ella, Barton reparó en su incomodidad y, tras romper a reír, dijo:

—Oh, discúlpeme. Es obvio que me he equivocado. Los vestidos de la señora Dracott son tan caros que casi nadie los puede comprar. Me temo que soy de lo más insensible... tiendo a olvidar que la mayoría no es tan afortunada como yo.

Barton se apartó un poco, con la evidente intención de que Prudence viera su vestido, de color rosa pálido.

—Es muy bonito —dijo con sinceridad.

—Gracias —replicó la señora Barton, que le guiñó un ojo—. Pero el suyo me gusta mucho más. Es tan perfecto que me gustaría pintarlo. ¿Quién lo ha hecho?

Prudence carraspeó y respondió a toda prisa:

—Mi madre.

Stanhope soltó una risita.

—¿De qué se ríe? —preguntó Barton, inclinándose hacia él—. ¿Cree acaso que las modistas caras son las únicas que saben hacer vestidos? Si la señora afirma que lo ha hecho su madre, será verdad.

—Si usted lo dice...

Stanhope sonrió a Prudence, quien tuvo la extraña y desagradable sensación de que conocía a su madre y de que sabía que no estaba en condiciones de hacer nada y, mucho menos, un vestido tan elaborado.

–Tiene unas faldas absolutamente deliciosas –comentó Barton–. Seguro que flotan como nubes cuando baila con él… Pero, ¿qué estoy diciendo? ¡Pues claro! Organicemos un baile. ¡Lady Penfors!

Lady Penfors volvió a su lado, y se mostró encantada con la propuesta.

–Magnífica idea. Sí, sí, por supuesto. Bailaremos después de cenar –dijo–. ¡Cyril! ¿Dónde te has metido! ¡Cyril! ¡Manda a un criado a buscar a los músicos del pueblo!

–¿Músicos? ¿A estas horas? –intervino Prudence, que no sentía el menor deseo de bailar–. ¿No es muy tarde?

–Solo es tarde para presentar objeciones –declaró la señora Barton–. Ya hemos tomado una decisión.

El mayordomo se presentó a toda prisa y, tras mantener una breve conversación con su señora, llamó a un lacayo y se fue con él. Lady Penfors dio entonces varias palmadas, como si pretendiera conseguir la atención de un grupo de niños.

–¡Un momento, por favor! ¡Un momento! Cyril me acaba de decir que ya podemos pasar a cenar –anunció.

Roan apareció segundos después al lado de Prudence.

–Prométeme una cosa –dijo en voz baja–. Si ves que lord Vanderbeck viene hacia mí, pégame un tiro.

–¿Has encontrado a Aurora? –susurró Prudence.

Él sacudió la cabeza.

–No, no la he visto. He intentado averiguar si todos los invitados de la mansión están presentes, pero Vanderbeck no se ha apartado de mí.

Roan no pudo decir nada más, porque el señor Fitzhugh se acercó entonces a ella y le empezó a soltar un discurso sobre la escasez de lluvia y lo reseco que estaba el césped del jardín.

Ya en el comedor, Prudence se sintió aliviada al observar que Stanhope se había sentado en el extremo opuesto de la larga mesa, y que Roan estaba enfrente de ella. A su derecha, se sentó la señora Gastineau y, a su izquierda, lord Mount, un anciano caballero que tenía dificultades auditivas; quizá, por la enorme cantidad de pelo que salía de sus orejas.

Nadie se interesó por su presencia en Howston Hall. Nadie los miró como si sospechara algo. Y, con el transcurso de los minutos, ella empezó a bajar la guardia. Por lo visto, Roan había acertado al decir que se estaba preocupando sin motivo; solo tenía que sonreír, dar conversación a sus acompañantes y pasar la velada de la mejor manera posible.

La cena fue de lo más agradable. Tomaron sopa de primero y faisán de segundo. Bebieron vino y charlaron sobre los juegos que sus anfitriones habían organizado para el día siguiente. Prudence se dedicó a observar a todos los invitados, y se tranquilizó un poco más cuando se dio cuenta de que Stanhope era la única persona que estaba relacionada de algún modo con ella o con su familia.

Durante los postres, Roan tuvo ocasión de dirigirse a lord Penfors para preguntar por el paradero de su hermana.

—Según mis cálculos, Aurora tendría que haber llegado aquí hace quince días, más o menos —comentó.

—¿Y dice usted que es su hermana?

Lord Penfors habló en voz tan alta que sobresaltó a varias personas, entre las que se encontraba Prudence. Y, cuando ella echó un vistazo a su alrededor, notó que Stanhope la estaba observando.

—Sí, Aurora Matheson —contestó Roan—. Me escribió una carta donde decía que se iba con unos amigos y que tenían intención de visitarle a usted.

—¿A mí? —preguntó Penfors.

Roan se empezó a preocupar.

—Es una joven de cabello rojizo y ojos marrones.

—Ah, sí, ahora me acuerdo. Es de los Estados Unidos. Una chica encantadora, con mucho carácter —afirmó—. Y caza muy bien.

—¿Que caza muy bien? —dijo Roan, asombrado.

—¡Ahora lo entiendo! —exclamó Penfors—. Cuando hablamos por primera vez, pensé que su acento extraño se debía a que había estudiado en Eton. Pero no es inglés, ¿verdad? ¡Es estadounidense!

—En efecto.

—Vaya, un yanqui —intervino el señor Gastineau—. Mi abuelo estuvo allí en el setenta y siete, cuando su país era colonia nuestra. Pasó un invierno terrible. Perdió dos dedos.

—Sí, los inviernos de mi país pueden ser feroces —declaró Roan, que se giró de nuevo hacia Penfors—. Discúlpeme, milord, pero ¿sabe dónde está mi hermana?

—Creo que se fue, aunque no estoy seguro —respondió.

—¿Adónde?

Penfors miró a su mujer, que estaba en el lado contrario de la mesa, y preguntó a viva voz:

—¿Sabes dónde se fue la joven yanqui?

—¿Cómo? ¿Qué has dicho? —dijo su esposa—. ¿Se puede saber por qué estás gritando?

—¡La joven yanqui! —repitió—. ¿Dónde está?

—Ah, te refieres a esa jovencita tan guapa —dijo lady Penfors, que sonrió repentinamente—. Es una gran cazadora.

—Sí, sí, pero ¿sigue aquí? ¿O se ha ido?

—¿Cómo?

—¡Que si sigue aquí!

—No hace falta que grites. Te oímos perfectamente —protestó su esposa—. Veamos… coincidió en Howston Hall con los Villeroy, que estaban de visita. Y creo recordar que se fue con ellos a Londres. ¡Cyril! ¿Cuándo se fueron los Villeroy?

—Hace dos semanas, *madame* —respondió el mayordomo.

—¡Dos semanas! —gritó lady Penfors, como si nadie hubiera oído a Cyril.

—¿Y se fue a Londres? —preguntó Roan, frunciendo el ceño.

Lady Penfors soltó una risita pícara y dijo a su esposo:

—Se encaprichó de Albert. ¿Te acuerdas?

—¿Albert? —intervino Roan—. ¿Quién es Albert?

—Alber —puntualizó lord Penfors—. Se empeñaba

en llamarlo Albert, pero se pronuncia Alber. Los Villeroy son franceses, no ingleses.

—¿Quién se empeñaba? ¿Mi hermana?

—No, mi esposa.

—¡No te oigo! ¿Qué dices? —gritó lady Penfors.

—Nada, nada, tómate tu pudin. Solo queremos que nos confirmes que se fue a Londres con el chico de los Villeroy.

—Sí, se fue con Albert.

—¡Alber! —bramó lord Penfors.

—Por todos los demonios —susurró Roan.

—No se alarme, señor —dijo lord Penfors con amabilidad—. Los franceses ya no son tan insufriblemente lascivos como eran. Ese joven no supone ninguna amenaza para su hermana. Es tan debilucho que no lo creo capaz de levantar una sábana sin sudar.

—Ah, sí, Albert Villeroy —declaró la señora Gastineau, que soltó una carcajada—. Un muchacho delgado, de pómulos altos y manos finas.

—Por mí, como si tiene manos de orangután —gruñó Roan.

Lord Penfors rio.

—Vaya, veo que nuestro amigo se ha enfadado. No le hace gracia que su hermana se haya ido con ese joven… No se preocupe, señor Matheson. Su hermana es tan bella como inteligente. De hecho, juega muy bien a las cartas.

Prudence notó que Roan estaba a punto de perder la paciencia, y decidió intervenir.

—Discúlpeme, pero ¿tiene idea de en qué parte de Londres viven los Villeroy?

–¡Por supuesto que la tengo! He cenado muchas veces en su casa. Viven en Upper George Street, en la mejor zona de Mayfair. ¿La conoce?

–Sí –respondió Prudence sin pensar.

–Pues fin del problema –dijo Stanhope con humor, mirando a Roan–. Su prima sabe dónde están los Villeroy, así que solo tiene que darle un escudo y una espada para que vaya a buscarla y la rescate.

–¿Su prima? –preguntó lady Penfors, perpleja.

Todo el mundo se giró hacia Prudence, que se ruborizó. Estaba segura de que Stanhope los iba a acusar de ser un par de mentirosos. Pero, justo entonces, lord Penfors exclamó:

–¡Es usted un bribón, Stanhope! Sí, puede que la señora sea demasiado joven para el señor Matheson, pero no le tome el pelo con sus maldades. Sabe perfectamente que no es su prima, sino su mujer.

Stanhope inclinó la cabeza en gesto caballeroso.

–Tiene razón, lord Penfors. Debería morderme la lengua antes de decir ciertas cosas –dijo–. Perdóneme, *madame*. Es evidente que malinterpreté sus palabras. Pensé que, además de ser marido y mujer, eran primos.

–¡Por Dios, Stanhope! –intervino la anfitriona de la casa–. Usted lo debería saber mejor que nadie. ¡Son amigos suyos!

–Así es, milady. Lo son.

Prudence guardó silencio y miró a Roan, que apretaba los dientes.

–¡Oh, vaya! ¡Qué tarde se ha hecho! –dijo la anfitriona de la casa, dirigiéndose a su marido—. Ya es hora de que los caballeros os toméis vuestro brandy.

Lady Penfors se levantó de la mesa y se llevó a las mujeres al gran salón, para supervisar los preparativos del baile. Los músicos del pueblo habían llegado durante la cena, y se pusieron a afinar sus instrumentos.

Los hombres aparecieron al cabo de unos minutos, y lady Penfors ordenó que se abriera la velada con unos cuantos bailes tradicionales. Roan miró a Prudence y caminó hacia ella con intención de invitarla a bailar, pero la señora Barton lo interceptó poco antes de que alcanzara su objetivo.

—Permítame que le enseñe, señor —dijo con una sonrisa sensual—. Supongo que no conoce nuestros bailes.

—Bueno, yo...

—Oh, no se haga de rogar —lo interrumpió, apretándose descaradamente contra su cuerpo—. Ardo en deseos de bailar con un yanqui tan alto y guapo como usted, aunque imagino que los estadounidenses no bailarán tanto como nosotros.

Roan no tuvo más remedio que aceptar. Y, mientras él bailaba con la viuda, Stanhope se acercó subrepticiamente a Prudence.

—¿Señora Matheson?

Prudence se sobresaltó al oír su voz.

—Es señora, ¿verdad? —continuó él.

Ella se armó de valor y clavó la vista en sus brillantes ojos azules.

—¿Qué pretende, milord?

Stanhope sonrió con inocencia.

—¡Bailar! ¿Qué si no? Aunque le confieso que estoy conchabado con la señora Barton. En cuanto vio a su marido, me preguntó por él. Y, conociéndola como la conozco, sé que hará lo posible por robárselo —dijo—. De hecho, se supone que tengo que distraerla para que ella tenga las manos libres.

—¿Eso es lo que está haciendo? ¿Distraerme?

—Por supuesto. Pero anímese, por favor. Si frunce el ceño de esa manera, llamará la atención de la gente —dijo—. Y sospecho que no quiere llamar la atención.

Prudence guardó silencio.

—Vamos, prima —insistió Stanhope con sorna—. No tiene más remedio que bailar conmigo.

Ella soltó un suspiró de frustración y se dejó llevar. Para entonces, Roan ya estaba bailando con la señora Barton, y Prudence se quedó sorprendida al observar sus evoluciones. Había dado por sentado que no conocería los bailes ingleses, pero los conocía bien y se movía con toda naturalidad.

—Tiene que mirarme a los ojos —protestó Stanhope.

Prudence apartó la vista de Roan y miró a su acompañante, muy seria.

—¿No me va a dedicar ni la más pequeña de las sonrisas? Puede que esté enfadada conmigo por el comentario que hice durante la cena, pero estoy seguro de que comprenderá mi confusión. Primero, me dijo que era prima del señor Matheson y que iba a ver a su padre enfermo... y ahora resulta que son marido y mujer.

Prudence observó sus ojos azules y su recta mandíbula. Stanhope era un hombre muy atractivo y, en otras circunstancias, se habría sentido halagada por su interés. Pero las circunstancias no eran precisamente buenas, ni aun descontando la vergüenza que sentía. Había acumulado tantas mentiras que no sabía qué decir. Y, si seguía mintiendo, se arriesgaba a ensuciar un poco más su ya manchada reputación.

—¿Se ha quedado sin habla? —preguntó él.

—¿Qué quiere que diga? Es obvio que sabe la verdad.

Stanhope arqueó una ceja.

—¿La verdad?

—No finja, amigo mío. Soy consciente de lo que sospecha, y reconozco que está en lo cierto. El señor Matheson y yo somos amantes. Nos hemos fugado.

—¿En serio? —dijo mientras la giraba—. ¡Qué apasionante! Aunque supongo que tendrá sus motivos.

—Los tengo.

—No me diga que se ha quedado embarazada…

—Por supuesto que no —replicó con indignación.

Stanhope se encogió de hombros.

—Solo lo he dicho porque es una de las razones más habituales para fugarse con alguien. Aunque reconozco que, personalmente, nunca he oído hablar de ninguna jovencita que se comporte de un modo tan escandaloso… Con excepción de las hermanas Cabot, claro está.

Prudence se asustó tanto que trastabilló, pero

Stanhope la sostuvo y la volvió a girar con tanta sol-
tura como si hubiera estado esperando su tropiezo.

—No se asuste —dijo él.

Ella trago saliva. ¿Cómo no se iba a asustar?
Stanhope sabía quién era, y se encontraba en posición de hacerle daño. Pero, ¿qué intenciones tenía?
¿Querría extorsionarla? ¿Querría dinero a cambio de
su silencio?

—Deduzco por su expresión que no me imaginaba
tan perceptivo —continuó Stanhope—. No me ha engañado en ningún momento, señorita.

—Está equivocado. Yo no soy…

—Vamos, señorita Cabot, deje de mentir —la interrumpió—. ¿Nadie le ha dicho nunca que se parece
muchísimo a su hermana Grace? Es tan guapa como
ella, o quizá más.

—¿Conoce a mi hermana?

—Sí, por supuesto. Y también tengo el placer de
conocer a la encantadora señora Easton —respondió,
refiriéndose a Honor.

Prudence se llevó una mano al estómago, sintiéndose súbitamente mareada.

—Por el amor de Dios… No se desmaye, querida
mía —dijo él con preocupación—. No tiene nada que
temer. Su secreto está a salvo conmigo.

Prudence lo miró con desconfianza. Conocía bien
a la élite de la sociedad londinense, y sabía que sus
miembros podían ser de lo más traicioneros.

—No me voy a desmayar, milord —replicó con frialdad—. ¿Qué quiere de mí? ¿Dinero? Porque, si es así,
se va a llevar un disgusto. No tengo nada.

–No sabe cuánto me ofende su acusación, señorita Cabot. No quiero nada en absoluto. Soy un caballero, y no me aprovecharía nunca de una mujer.

Prudence no creyó a Stanhope. No sabía nada de él, pero estaba convencida de que mentía. Y, en cuanto tuvo ocasión, rompió el contacto y dijo:

–Discúlpeme. Se me han quitado las ganas de bailar.

Stanhope se volvió a encoger de hombros.

–Como quiera. Disfrute de la velada.

Él dio media vuelta y se alejó con las manos por detrás, como si paseara tranquilamente por un jardín. Y ella no supo qué hacer. Se sentía como si todos los invitados estuvieran al tanto de lo que había hecho.

–¿Pru?

Prudence se giró hacia Roan, que se acababa de acercar.

–¿Qué ha ocurrido? ¿Qué te pasa?

Ella respiró hondo.

–Nada, nada. Es que estoy cansada –mintió–. Creo que me voy a acostar.

–Pero los Penfors…

–Pídeles disculpas de mi parte, por favor.

Roan abrió la boca para decir algo, pero ella se fue tan deprisa que no pudo. Se fue sin mirar atrás y, al llegar al pasillo, se giró hacia la enorme escalera de Howston Hall y subió los escalones a toda prisa, como una ladrona.

Cuando llegó a su habitación, cerró la puerta con llave y se apoyó en ella. Luego, se dio cuenta de que Roan no podría entrar y abrió la cerradura, aunque sin moverse de donde estaba. Tenía miedo de que Stanhope se presentara de improviso.

Pero no se presentó.

A pesar de ello, estaba tan convencida de que Stanhope se iría de la lengua que se empezó a preguntar dónde y cómo lo haría. ¿En un museo? ¿En la ópera? ¿En voz baja? ¿A viva voz, para que todo el mundo se enterara?

Casi podía oír la risa de la gente. Casi podía ver la cara de horror de lord Merryton y la expresión de enfado de Easton.

—Te lo has buscado tú misma —se dijo.

Al principio, se había intentado convencer de que se había comportado así por culpa de Honor y Grace. Sentía tanta envidia de sus hermanas que se había subido a esa diligencia para vivir su propia aventura. Pero Honor y Grace eran inocentes. La responsabilidad era enteramente suya, desde las decisiones que había tomado hasta las mentiras que había dicho, pasando por sus deseos y su total desprecio del decoro.

En efecto, se lo había buscado ella misma. Y sin dudarlo un momento. Primero, había obligado al criado de los Bulworth a seguir al carruaje de Roan; después, se había hecho pasar por su prima y esposa delante de los Penfors y, finalmente, por si todo lo anterior fuera poco, iba a compartir cama con él.

Prudence sacudió la cabeza. Siempre se había creído superior a sus hermanas mayores. Pero los hechos demostraban que era tan susceptible al deseo como ellas.

Se apartó de la puerta, se sentó en la alfombra y

se quedó mirando las molduras del techo mientras pensaba en el pasado. Recordó su idílica infancia en Longmeadow; recordó las cenas y fiestas de sus primeros años en Londres y recordó el aburrimiento de los últimos, cuando se dedicaba a pasear por los pasillos de Blackwood Hall sin nada que hacer, sintiéndose completamente vacía.

No podía negar que sus días con Roan habían sido los más felices de su vida. Por primera vez en mucho tiempo, volvía a respirar. Reía, soñaba y albergaba esperanzas.

Justo entonces, la puerta se abrió.

—Dios mío… ¿Qué estás haciendo ahí?

Roan se inclinó sobre ella, la levantó y la cubrió de besos mientras le tocaba la cara como buscando una herida.

—¿Qué ha pasado? Dímelo —dijo, entrecerrando los ojos—. ¿Ha sido Stanhope? ¿Te ha hecho algo? Si ese tipo te ha tocado, te aseguro que…

Ella sacudió la cabeza.

—No, no me ha tocado. Se ha comportado como un caballero perfecto —afirmó—. Pero sabe quién soy. Lo sabe.

Roan palideció.

—Sabe que soy Prudence Cabot.

Él dio un paso atrás, preocupado.

—¿Qué te ha dicho? ¿Qué quiere?

Prudence soltó una carcajada amarga.

—Nada en absoluto. Dice que no quiere nada y que no tiene intención alguna de revelar mi secreto. Pero no me lo creo.

–Maldita sea…

–Tengo que volver a casa –dijo con tristeza–. Tengo que estar allí cuando se enteren de lo que ha pasado.

Roan le puso las manos en la cintura y la miró a los ojos.

–¿Quieres volver a Blackwood Hall? Porque si eso es lo que quieres, te llevaré y se lo explicaré yo mismo.

Esta vez fue ella quien sacudió la cabeza.

–No, me refería a la casa de Honor. Ella sabrá qué hacer.

Prudence le devolvió la mirada y se dio cuenta de que estaba atrapado en una situación imposible. La quería ayudar, pero no podía. No podía renunciar a su vida y a su propio país para casarse con ella.

–Está bien. En ese caso, hablaré con el mayordomo y le pediré que nos prepare un carruaje a primera hora de la mañana.

–No, no te vayas –le rogó–. Quédate conmigo.

–Solo voy a pedir ese carruaje –replicó, acariciándole la cara–. Volveré enseguida.

–No, quédate, por favor –insistió ella–. Cuando salgas por esa puerta, será el principio del fin. Y no quiero que esto termine. Aún no.

Roan la miró con desesperación.

–Oh, amor mío…

Él la tomó entre sus brazos y la meció durante unos minutos. Luego, la empezó a acariciar lentamente, y Prudence se excitó. Su pulso se había acelerado y su piel había aumentado de temperatura. No deseaba otra cosa que rendirse a la pasión del momento, olvidar sus preocupaciones y dejarse llevar.

Por fin, Roan la besó en los labios. Sus caricias ya no eran cautas, sino intensas y lujuriosas. Desataron una oleada que pasaba una y otra vez por su sexo y por sus pechos, alejándola de la orilla de la sensatez e internándola en el mar de la pasión. Cada segundo era un mundo entero de placer. Cada segundo era un mundo entero de necesidad.

Roan le desabrochó el vestido, se lo quitó y, a continuación, la liberó rápidamente de la camisa y las enaguas.

—¿Cómo es posible que cada día me parezcas más hermosa?

En respuesta, Prudence le quitó el chaleco y lo empezó a desnudar mientras él le acariciaba los senos.

—No quiero que esto termine —dijo ella.

Ya desnudos, Roan la tomó en brazos y la llevó a la cama, donde la miró con hambre antes de llevar la boca a sus pezones y succionarlos de un modo exquisito. Prudence se abandonó al placer, hundiéndose en sus aguas. Había superado la ansiedad de sus primeras veces, y era capaz de hacer cualquier cosa con él.

—No sabes cómo te deseo, Pru. Podría morir de deseo.

—No, eso nunca.

Roan lamió sus pechos y acarició sus pliegues, explorándola sin pudor alguno hasta que se puso sobre ella y la penetró con un movimiento rápido, que repitió varias veces antes de cambiar de ritmo. Prudence se sentía como si flotara; era una sensación tan increíblemente pura que toda su atención estaba concentrada en él y en su propio cuerpo. Había empezado a jadear, y Roan seguía adelante, implacable.

El orgasmo llegó de repente, y llegó para los dos. Pero él tuvo la fuerza de voluntad necesaria para salir de ella tras una última y poderosa acometida.

Al sentir su cálida semilla en el estómago, Prudence se emocionó. Era tan atento y estaba tan preocupado por su bienestar que no quería dejarla embarazada. Y, en ese instante, supo que ya no podía vivir sin él.

—Ven conmigo a los Estados Unidos —dijo repentinamente.

—¿Cómo?

—Cásate conmigo, Pru.

Prudence lo miró con asombro.

—Pero me dijiste que…

—Sé lo que te dije, y también te dije que no hice ninguna promesa a Susannah. No estamos comprometidos. Apenas la conozco —le recordó—. A decir verdad, mi padre es el único problema. Se llevará un disgusto cuando se lo diga.

—No puedes hacer eso, Roan.

—Puedo y quiero —dijo, apartándole el pelo de la cara—. Estoy enamorado de ti, Prudence. He intentado convencerme de que no era posible, de que no me podía enamorar tan deprisa, en tan poco tiempo, pero estoy enamorado. Lo notó aquí, en lo más profundo de mi corazón. Y, aunque soy consciente de que tendremos que superar algunos obstáculos, sé que los podremos superar. Cásate conmigo. Ven conmigo a mi país.

—Mi familia está aquí, Roan. Mis hermanas, mis sobrinos, mi madre… No los puedo abandonar —afirmó—. Además, ni siquiera estamos seguros de que sintamos lo mismo en otras circunstancias.

—¿Qué significa eso? —preguntó, confundido.

—Significa que todo esto, todo lo que he vivido contigo, ha sido mágico. Es como si hubieras surgido de la nada para satisfacer mis deseos. Me has dado una aventura más apasionante de lo que nunca habría podido imaginar. Pero me pides que me case, que me vaya a un país extranjero y adopte costumbres distintas y hasta una familia distinta —contestó—. Es demasiado, Roan. No nos conocemos suficientemente bien.

Roan se puso tan triste que Prudence se sintió culpable. Sin embargo, el amor no la cegaba hasta el extremo de ver la realidad. ¿Qué pasaría si descubría cosas de su marido que no le gustaban? ¿Qué ocurriría si su familia la rechazaba? ¿Cómo podría sobrevivir, lejos de su familia y su patria?

Él frunció el ceño, como si intentara encontrar una respuesta.

—Quédate en Inglaterra, conmigo.

—No puedo, Pru. La empresa de los Matheson depende de mí, y los míos dependen de esa empresa. Además, me he comprometido a construir el canal del que hablé. Hay muchas cosas en juego. Y también está Aurora, como ya sabes. Le dije a mi madre que la llevaría de vuelta a Nueva York.

–Lo comprendo, pero yo estoy en el mismo caso. Mi familia también me necesita.

Los ojos de Prudence se llenaron de lágrimas, y él le acarició el cabello.

–Piénsalo, por favor. Prométeme que lo pensarás.

–Roan, yo…

–No, no me contestes hasta que lleguemos a Londres. Solo te pido que lo pienses –insistió–. Te daré la luna, te daré el sol, te daré lo que quieras. Y te aseguro que todo seguirá como hasta ahora.

–No puedes asegurarme eso.

–Por supuesto que sí –dijo, mirándola con intensidad–. Sé lo que estoy diciendo. Piénsalo, por favor.

Prudence se apartó de él y se tumbó de espaldas, confundida. Roan la había conquistado, pero era un fantasma que ya se estaba yendo a su país de origen, arrastrado por sus obligaciones. Y sabía que lo iba a echar terriblemente de menos cuando se fuera. Iba a ser terriblemente doloroso.

¿Qué podía hacer? ¿Acompañarlo? ¿Abandonar su hogar para internarse en un mundo desconocido? Su parte más práctica se negaba en redondo. Le decía que su madre y sus hermanas la necesitaban y que, si se casaba con él y se marchaba a los Estados Unidos, la magia desaparecería bajo el peso de una realidad que destruiría su amor.

Su parte más práctica le decía todo eso y muchas cosas más, pero su corazón no se atenía a razones.

Adoraba a Roan. Y quería casarse con él.

Capítulo 14

Roan intentaba dormir, pero no podía. Tenía miedo de que Prudence se esfumara si cerraba los ojos, así que no los cerraba.

Durante su vigilia, se acordó de lo que había pensado en Ashton Down, cuando la vio por primera vez. En ese momento, Prudence solamente era una mujer bella, de curvas, labios y ojos que habrían llamado la atención de cualquier hombre. Luego, cuando emprendieron viaje, la encontró encantadoramente insensata. Se parecía mucho a Aurora, y se dijo que le seguía la corriente en sus sueños de aventura como se la habría seguido a su hermana.

Sin embargo, la aventura de Prudence se había convertido en la aventura de Roan Matheson, de un hombre que había crecido en el campo, que había viajado solo a la frontera canadiense y que había cruzado los lugares más inhóspitos de su país. ¿Quién le iba a decir que un viaje por la tranquila y pastoril

Inglaterra se transformaría en el mayor y más apasionante desafío de su vida?

Las cosas habían cambiado. Él había cambiado. Y su propuesta de matrimonio no obedecía a un impulso imprudente, sino a un hecho indiscutible que no podía negar: se había enamorado de Prudence Cabot.

Por supuesto, estaba el problema de Susannah Pratt. Tendría que romper su compromiso informal, y no esperaba que fuera fácil. Pero no se sentía responsable. Apenas se conocían. Sus familias los querían juntos por simple y pura conveniencia, y había grandes posibilidades de que Susannah le estuviera agradecida. Y si no se lo agradecía, peor para ella. Estaba dispuesto a enfrentarse a su odio, al enfado del señor Pratt y al disgusto de su propio padre.

Por desgracia, la euforia de sus sentimientos románticos chocaba una y otra vez contra la urgencia de localizar a Aurora. Había imaginado que la encontraría en Howston Hall, pero se había ido a Londres con un joven.

¿En qué estaba pensando su hermana? ¿Habría hecho algo tan espectacularmente estúpido como lo que había hecho Prudence?

Cuando amaneció, se vistió a toda prisa, cerró su baúl y despertó a su amante con un beso. Después, salió de la habitación, se encargó de que una doncella subiera a ayudar a Prudence y pidió que les prepararan un carruaje para llevarlos al pueblo.

—¿A qué hora sale la diligencia de Londres? —preguntó al mayordomo.

—A las diez en punto, señor —respondió Cyril—. Los llevará a Manchester, que solo está a un día de Londres.

Roan asintió y miró la hora en un reloj de pared. Serían dos días de viaje en una diligencia abarrotada, dos días más de deseo, dos días para que Prudence cambiara de opinión y aceptara su oferta de matrimonio.

No sabía mucho de amor. Era la primera vez que estaba enamorado de verdad. Pero sabía dos cosas: que Prudence tenía que decidir por sí misma y que, si no estaba tan decidida como él a afrontar cualquier problema que pudiera surgir, su relación estaría condenada al fracaso. Venían de mundos completamente distintos, y había un océano entre ellos.

¿Le estaría pidiendo demasiado?

Roan suspiró y desestimó la pregunta. Ya lo pensaría más tarde, cuando encontrara a su hermana y se quitara ese peso de encima.

Al cabo de unos minutos, apareció el carruaje.

—¿Dónde están los demás? —preguntó Roan mientras los criados cargaban sus pertenencias.

—Su excelencia se acostó poco antes del alba, al igual que sus huéspedes —respondió Cyril—. No se han levantado todavía.

Roan pensó que no se levantarían en varias horas, y le pareció extraño que pudieran vivir de ese modo, sin más ocupación que matar el tiempo y acostarse a las tantas.

Prudence apareció después, algo más pálida que de costumbre. Se había puesto un precioso vestido de color amarillo, y Roan ya la estaba ayudando a subir al carruaje cuando apareció Stanhope.

—¿Se marcha ya, señor Matheson?

Roan cerró la portezuela, caminó hasta él y lo miró a los ojos.

—¿Qué demonios quiere? —preguntó en voz baja.

Stanhope arqueó una ceja como si todo el asunto le pareciera de lo más divertido.

—Desearle buen viaje —contestó—. Espero que nos veamos en Londres.

Roan no dijo nada. Dio media vuelta, subió al carruaje y ordenó al cochero que se pusiera en marcha.

Prudence estuvo poco comunicativa durante el trayecto al pueblo. Una vez allí, compraron los billetes de la abarrotada diligencia y se acomodaron donde les fue posible: ella, en el interior del vehículo y él, en la parte superior. El tiempo era cálido e incómodamente húmedo, y Roan se sintió como si sus preocupaciones hubieran dejado de ser incorpóreas y hubieran adoptado la densa forma del sudor.

Al llegar a Manchester, reservaron una habitación en una posada. Sin embargo, el viaje había sido tan largo y pesado que se derrumbaron juntos en la cama y se quedaron dormidos hasta la mañana siguiente, cuando se subieron a una diligencia que, para espanto de ambos, estaba aún más abarrotada que la anterior.

Tras otro día interminable, llegaron a Londres. El sol se estaba ocultando, y Roan se preocupó un poco cuando vio que Prudence oscilaba. Al parecer, su aventura la había dejado al borde del agotamiento absoluto.

—Buscaré un sitio para pasar la noche —dijo, tomándola del brazo.

Ella sonrió, pero sin alegría.

—No es buena idea. Llevo muchos años en Londres, y soy muy conocida en la zona de Mayfair. Es mejor que vaya a la casa de mi hermana.

Roan se frotó la sienes. La perspectiva de separarse de Prudence le disgustaba tanto que le había provocado una jaqueca.

—Dame la dirección y te llevaré yo mismo.

—¿Y qué harás tú?

Él se encogió de hombros.

—No lo sé. Buscaré una habitación en alguna parte.

Ya se había hecho de noche cuando llegaron a Audley Street. El ambiente estaba muy cargado, y Roan lo notaba en la garganta y el pecho a pesar de que habían alquilado una calesa para que los llevara a su destino.

El cochero bajó el equipaje y lo dejó en la acera. Roan le pagó por sus servicios y se giró hacia el edificio que estaba ante ellos. Tenía cuatro pisos de altura, y dieciséis balcones enormes que daban a la calle.

—No sé qué decir —declaró Prudence.

Él le pasó un brazo alrededor de la cintura y le dio un beso en la sien.

—No te preocupes. Hablaré con ellos y les diré lo que ha pasado.

Prudence sonrió una vez más.

—Te lo agradezco mucho. Eres un encanto. Pero

tengo la sensación de que solo serviría para empeorar las cosas.

—¿Y qué les vas a contar?

Prudence le dio un beso y contestó:

—La verdad, supongo. O casi toda la verdad.

Roan se sintió completamente perdido. No soportaba la idea de perderla. No soportaba la idea de volver a los Estados Unidos sin su amada.

—Oh, Pru —dijo, atrapado entre la esperanza y la desesperación—. Solo hemos estado juntos unos cuantos días, pero sé que no puedo vivir sin ti.

—A mí me ocurre lo mismo.

—Pues no te vayas.

Prudence le acarició la mejilla.

—Ojalá fuera tan fácil —replicó—. Pero no lo es.

Roan iba a insistir, sin embargo, en ese momento, Prudence caminó hasta la puerta del edificio y dio tres golpes con la aldaba. Al cabo de un rato, apareció un hombre con una vela que movió de lado a lado, para verlos mejor. Era alto y delgado, de cabello oscuro y ojos más oscuros todavía. Roan supuso que sería Easton, pero se equivocaba.

—Vaya —dijo, arqueando una ceja—. Tengo la sensación de que esta va a ser una noche interesante. Bienvenida, señorita Prudence. Y bienvenido también usted, señor.

El hombre dio un paso atrás y les hizo una reverencia.

—Gracias, Finnegan. Permítame que le presente al señor Matheson —dijo Prudence—. Roan, este es Finnegan, el mayordomo del señor Easton.

–Mayordomo y ayuda de cámara –puntualizó, sonriendo a Roan–. Pasen, por favor.

Prudence entró y Roan la siguió a regañadientes, desconcertado con Finnegan. Su actitud era bastante descarada, y del todo impropia en un criado.

–Estoy seguro de que el señor y la señora Easton se alegrarán enormemente cuando la vean con vida, señorita Prudence.

–¿Están cenando? Quizá sea mejor que esperemos en una salita.

–Terminaron de cenar hace un rato, y los niños ya se han ido a la cama –declaró el mayordomo–. Están en el salón verde. Acompáñenme.

Finnegan los llevó por una escalera, y Roan se dedicó a admirar el interior de la casa. Era muy elegante, de materiales nobles y anchas alfombras que no veía bien por la falta de luz, pero que sentía claramente bajo los pies.

Cuando llegaron a la primera planta, Finnegan comentó:

–Me alegra observar que no ha terminado como dice la señorita Mercy. Estaba convencida de que unos piratas la habían raptado y se la habían llevado a la India.

–Sí, ya imaginaba que se habría inventado alguna historia terrible. Pero, ¿cómo lo sabe, Finnegan? ¿La ha visto hace poco?

–Por supuesto. Toda su familia está en la capital. Se plantaron aquí cuando usted desapareció, y no han dejado de hacer conjeturas desde entonces.

Prudence miró a Roan con nerviosismo. Finnegan

se detuvo delante de unas puertas de caoba y abrió sin llamar.

–¿Qué estás haciendo, Finnegan? –protestó un hombre–. Te he dicho mil veces que llames antes de entrar.

–Discúlpeme, pero ha venido alguien a quien la señora y usted querrán ver –replicó el mayordomo.

–No quiero ver a nadie. Estoy harto de invitados. Y, por favor, no vuelvas a permitir que lady Chatham entre en esta casa. Es una dama insufrible.

–Vamos, George… –se oyó la voz de una mujer.

Prudence se giró una vez más hacia Roan, respiró hondo, se puso tan recta como pudo y entró en la sala.

–¡Prudence! ¡Dios mío! ¿Dónde te habías metido? –exclamó la otra mujer–. ¡Estábamos terriblemente preocupados!

Roan la siguió, y vio que ya estaba en brazos de la que, sin duda alguna, debía ser su hermana. Al fondo, había una chimenea en la que ardía un fuego, y, junto a la chimenea, un hombre tan alto como él que lo miraba con la misma desconfianza que le habría dedicado él mismo de haberse encontrado en su lugar.

–¿Quién diablos es usted? –bramó–. ¿Dónde estabas, Prudence? ¿Cómo es posible que nos hayas hecho esto? ¡Explícate ahora mismo!

El hombre, que debía ser George Easton, agarró a Prudence de los brazos, le dio un beso en la mejilla y la miró con recriminación.

–¿Y bien? ¿No tienes nada que decir? –insistió.

–Dejé una nota en Ashton Down donde…

–¡Una nota! –intervino su hermana–. ¡Sí, eso es verdad! ¡Y menuda nota! Te limitabas a decir que te ibas con un conocido. Con uno que nadie más conoce… ¿Es él?

Roan quiso contestar, pero no pudo. George Easton se abalanzó sobre él y le dio un puñetazo en la mandíbula, que lo hizo retroceder, sorprendido.

–¡George, no! –gritó Prudence, que se interpuso rápidamente entre ellos–. ¡No es culpa suya, sino mía! De hecho, siempre estaré en deuda con él.

George miró a Roan con rabia, y Roan lo miró del mismo modo. Comprendía el enfado del cuñado de Prudence, pero no iba a permitir que lo atacara otra vez.

–Por favor, tranquilizaos un poco. Roan, te presento a mi hermana y a su marido. George, Honor… os presento al señor Matheson –dijo Prudence, nerviosa–. ¿Nos podemos sentar? Tengo muchas cosas que decir.

–Sí, desde luego que sí –replicó Honor–. Finnegan, trae una botella de brandy y unas copas.

–Y whisky para el caballero, si no me equivoco –intervino George–. ¿Quién es usted? ¿De dónde ha salido?

–¿Quiere que conteste a esa pregunta? ¿No se enfadará más?

Easton suspiró.

–Sí, es posible que me irrite más –contestó–. Pero le pido disculpas. Puede que lo haya juzgado de forma prematura. ¿De dónde es?

–De Nueva York.

—Oh, Dios mío —dijo George.

Honor se dirigió entonces a su hermana.

—Será mejor que empieces a hablar, Pru. Augustine está fuera de sí, y a Grace le va a dar algo. El doctor Linford nos envió una nota donde nos informaba de que no te presentaste en Ashton Down, y de que uno de sus hombres te estaba buscando desde ese día —dijo—. Pero esta mañana ha llegado otra, y nos hemos quedado de piedra al saber que obligaste a su cochero a llevarte a Himple en lugar de llevarte a la casa de Cassandra.

Prudence carraspeó.

—Siéntese, señor Matheson —dijo George.

—Si no le importa, prefiero seguir de pie —replicó Roan, que aún no se fiaba de su anfitrión.

Sin embargo, Prudence se sentó. Y con tanta pesadez como si cargara con todo el peso del mundo.

—No sé por dónde empezar.

—Empieza por el principio, por Blackwood Hall —sugirió George—. Fue el último sitio donde te vieron.

Prudence se puso a hablar. Narró la secuencia de los acontecimientos anteriores a su llegada a Ashton Down y añadió que Roan y ella se habían conocido allí.

—No sabía llegar a Weslay, así que lo acompañé a comprar el billete de la diligencia. El pobre había venido a Inglaterra en busca de su hermana, Aurora, que aparentemente estaba en Howston Hall. Y luego... bueno, decidí irme con él.

—¿Irte con él? —preguntó George, asombrado.

—¿Por qué? —se interesó Honor—. ¿Cómo es posible que te fueras con un desconocido? Eso no es propio de ti, Prudence. Siempre has sido sensata. No alcanzo a imaginar por qué…

–Porque me gustaba, Honor –la interrumpió–. ¿No es evidente? ¡Me gustaba! Me había encaprichado de él y, cuando me puse a pensar en la vida que me esperaba en Blackwood Hall, una vida de soledad y aburrimiento, decidí aprovechar la oportunidad y disfrutar de una pequeña aventura. Tenía intención de bajarme en Himple y seguir con mi plan original, pero entonces se rompió una rueda y apareció Linford.

–¿Cómo? –dijo George, que se giró hacia su esposa–. ¿De qué rayos está hablando?

Prudence respiró hondo y se lo contó todo. Les dijo que había huido para no encontrarse con Linford, que Roan había ido en su busca por miedo a que le pasara algo, que habían comprado una yegua vieja y que, al final del día, tras acampar junto a un arroyo, los asaltaron unos bandidos.

–Qué horror –dijo Honor.

–Roan me salvó la vida –afirmó su hermana.

–¿Que yo te salvé? No, fuiste tú quien me salvó a mí. Le pegaste un tiro a ese hombre –puntualizó Roan.

Honor se quedó atónita.

–¿Mataste a un hombre?

–No. Bueno, creo que no.

–Pues tendrías que haberlo matado –declaró George–. La próxima vez, dispara al corazón.

–No podría estar más de acuerdo –dijo Roan.

George lo miró con respeto, como si su opinión sobre él hubiera cambiado.

—¡Oh, Pru! —Honor tomó de la mano a Prudence—. Pobrecilla... Debió de ser terrible para ti. Pero, ¿qué pasó después?

—Bueno, Roan hizo un fuego y yo me senté a su lado con la pistola, por si los bandidos regresaban.

—¿Toda la noche?

—Sí, toda la noche.

El cuñado de Prudence volvió a mirar a Roan; pero, esta vez, con cara de pocos amigos. Y Roan lo miró del mismo modo.

—¿Lo mato ahora mismo? ¿O hay algo que todavía no hayas contado? —preguntó George.

—¡George! —protestó su esposa.

—No es culpa suya, sino mía —afirmó Prudence.

—Eso no es del todo cierto, Pru —dijo Roan—. Pero no me voy a disculpar por nada de lo que hemos hecho.

—¿Ah, no? —lo desafió George.

—Esposo mío, ¿tengo que recordarte que tú también has violado las normas del decoro? —preguntó Honor.

—¡Esto es distinto!

—No, no lo es.

Honor le acarició la cara y, como él se tranquilizó un poco, Prudence aprovechó la ocasión para seguir con su historia.

—Llegamos a Himple al día siguiente. Yo tenía intención de ir a casa de los Bulworth, así que nos despedimos y me subí al carruaje de su criado. Pero cambié de opinión y le ordené que siguiera a la diligencia de Roan.

Prudence no dio más explicaciones al respecto, y nadie se las pidió. De hecho, sus familiares se limitaron a escucharla atentamente hasta que llegó a la parte de Howston Hall.

—¿Y qué hiciste para que permitieran que te alojaras con él? —preguntó Honor—. ¿Decir que eras la otra hermana del señor Matheson? ¿Hacerte pasar por su hija?

—¿Hija? —preguntó Roan, ofendido—. Solo tengo treinta años, *madame*.

—¿Qué crees que hice, Honor? —dijo Prudence en voz baja—. No podía decir que era su amante, así que me presenté como su esposa.

—Oh, no…

—¿Lo ves? —intervino George—. ¡Tendría que haber pegado un tiro a este individuo! ¡Aunque aún estoy a tiempo de hacerlo!

—Si tiene algo que discutir conmigo, dígamelo y saldremos a la calle ahora mismo —replicó Roan, en tono de amenaza.

—¡Oh, por todos los demonios! ¡Basta ya! —bramó Honor, que se dirigió otra vez a su hermana—. ¿Te hiciste pasar por su esposa?

—Sí, pero me temo que hay algo peor.

—¿Peor? —preguntó su cuñado—. ¿Cómo puede haber algo peor?

—Lord Stanhope estaba en Howston Hall. Bueno, coincidimos en la diligencia de Himple, pero eso carece de importancia. Y sabe quién soy.

–¿Cómo es posible? No te había visto en toda su vida –le recordó su hermana.

–No, ni él ni el propio lord Penfors. Y yo pensé que estaría a salvo. Pero Stanhope lo adivinó porque, según sus propias palabras, me parezco mucho a Grace.

–Y tiene razón –observó George–. Parecéis gemelas.

–Qué exagerado eres. No se parecen tanto –afirmó Honor–. Pero, ¿qué te dijo Stanhope?

–Que mi secreto estaba a salvo con él.

–¿Y tú le creíste?

–En absoluto. Creo que tiene intención de extorsionarme para sacarnos dinero.

–Dudo que Stanhope se contente con un poco de dinero –dijo George, aparentemente preocupado.

–Dios mío… –Honor sacudió la cabeza–. Será mejor que Merryton no se entere de nada. Conociéndolo, sería capaz de hacer cualquier cosa.

–Sí, Merryton tiene apego a las soluciones drásticas. Y puede que fuera lo mejor –comentó su esposo–. Pero, ¿qué pasó después, Pru?

–No pasó nada –contestó Roan–. Mi hermana no estaba en Howston Hall, así que pedimos un carruaje y volvimos a Londres.

–Por lo visto, Aurora se había ido dos semanas antes, en compañía de los Villeroy –explicó Prudence.

–¿Los Villeroy? ¿Los que viven en Upper George Street? –preguntó Honor, perpleja–. ¿Qué estaban haciendo en la mansión de los Penfors? Son personas bastante reservadas, que no se dejan ver en sociedad.

–No sé cómo serán, pero sé que tienen un hijo y que mi hermana se ha encaprichado de él –declaró Roan–. Es importante que la encuentre. Se comprometió con un hombre en los Estados Unidos, y debo llevarla a casa.

–¿Y usted? ¿Qué pretende hacer con mi cuñada, a la que ha arrastrado por media Inglaterra? –dijo George.

–No te pongas así. Comprendo tu enfado, pero nosotros no tenemos derecho a criticar su actitud –le recordó Honor–. De hecho, no estamos arrepentidos de lo que hicimos. Y Grace y Merryton se encuentran en la misma situación.

–Y que lo digas –intervino Prudence–. Ni siquiera tuvisteis la decencia de pedir disculpas.

–¿Por qué teníamos que pedir disculpas? –dijo Honor, súbitamente enfadada.

–Por todo, Honor. Vuestro comportamiento nos ha complicado las cosas a Mercy y a mí. Destrozasteis la reputación de la familia –afirmó–. Y no te atrevas a negarlo, porque lo sabes de sobra.

–¡No sigas, Prudence! –exclamó George, furioso.

–Habéis malinterpretado mis palabras. Sí, nos complicasteis mucho las cosas, pero no lo he dicho con intención de criticar –se defendió Prudence–. Ahora os entiendo, Honor. Comprendo lo que hicisteis. El corazón nos arrastra por caminos que no siempre podemos controlar. Lo he descubierto hace poco.

–Mi situación no se parecía nada a la tuya. Hice lo que hice porque me preocupaba el futuro de mis hermanas.

—Tu situación era como la mía. Te enamoraste de George y te casaste.

Honor se quedó momentáneamente boquiabierta.

—¿Te vas a casar con él? —preguntó, señalando a Roan—. No puedes hacer eso.

—Por supuesto que puedo. Si quisiera casarme con él, me casaría con él. Y nadie me lo podría impedir.

—¡Ni lo pienses! ¡Te vas a quedar aquí, con nosotros! ¡Y no se hable más!

—Aún no he decidido lo que voy a hacer, Honor. Pero te aseguro que no voy a renunciar a mi felicidad por lo que George, Merryton, Grace o tú misma opinéis al respecto. Es mi vida, y la viviré como yo quiera.

Honor se giró hacia Roan y dijo:

—¡Esto es culpa suya! ¿Qué ideas le ha metido en la cabeza?

—Yo no le he metido nada en la cabeza, señora. Su hermana tiene ideas propias. Y bastante buenas, debo añadir.

Prudence sonrió.

—¡Tonterías! ¡Ha abusado de una jovencita inocente que…!

—Basta, Honor —dijo su hermana.

Honor la miró durante unos segundos y guardó silencio.

—Bueno, no hay duda de que tenemos un problema —dijo George, visiblemente irritado—. ¿Qué vamos a hacer?

—Yo debo encontrar a mi hermana —declaró Roan.

—Sí, claro —dijo Honor—. Váyase entonces.

—No puede ir a casa de los Villeroy a estas horas. Es muy tarde —observó su marido—. Iremos mañana por la mañana.

—¿Iremos? —preguntó Roan, desconcertado—. ¿Por qué habla en plural?

George bufó.

—No sé cómo se harán las cosas en Nueva York, pero estamos en Londres. Nadie llama a la puerta de una familia de la nobleza si no lo han presentado antes.

—¿Y piensa presentarme usted?

—Por supuesto que sí —respondió George—. Es la única forma de que se marche a su país y nos deje en paz.

—Gracias —dijo Roan con ironía—. Y ahora, si me disculpan, me voy.

—¿Que se va? ¿Adónde? —preguntó Honor.

—A buscar una posada donde pasar la noche.

—No, se quedará aquí.

—Honor… —empezó su esposo.

—Quiero que se quede, George. El señor Matheson ha tenido la amabilidad de acompañar a mi hermana hasta nuestra casa. Y cualquiera sabe lo que habría sido de ella si no la hubiera ayudado.

—Sí, pero tienen una relación de carácter amoroso. ¿No te parece que tu idea es un tanto extravagante?

—¿Después de que se quedara en Howston Hall haciéndose pasar por su esposa? —Honor soltó una carcajada sin humor—. Yo diría que no es una idea extravagante, sino bastante más sensata que la tuya.

George no se atrevió a discutir con Honor. Pero

su mirada se clavó en la espalda de Roan como un puñal cuando Finnegan apareció a petición suya y lo acompañó a una de las habitaciones de invitados.

La habitación era pequeña, pero tenía una cama de aspecto cómodo y un balcón, que Finnegan abrió inmediatamente. La brisa nocturna sacudió las cortinas, y Roan notó la humedad del aire en la piel.

Era consciente de que habían organizado un buen lío. Y, hasta cierto punto, comprendía el enfado de Easton. Pero no se arrepentía de nada. Las cosas buenas tendían a ser difíciles, y estaba acostumbrado a luchar por ellas. Además, Prudence había demostrado una entereza digna de elogio, y la quería más que nunca.

Se acercó al balcón y dejó que la brisa le acariciara la cara mientras pensaba en la sonrisa y los ojos de Prudence. Se acordó del primer baño que se dieron juntos, y de lo que había sentido cuando ella perdió el miedo a su propia sensualidad y lo volvió loco de deseo. Nunca habría imaginado que el amor pudiera ser tan satisfactorio. Y ahora que lo sabía, no estaba dispuesto a renunciar a él.

Seguiría con ella en cualquier caso, pasara lo que pasara. Se mostraría tan firme como la propia Prudence. O más.

Sin embargo, el cansancio del viaje hizo mella en él y, cuando se tumbó en la cama, no pudo hacer otra cosa que apagar la luz y dejarse arrastrar a un sueño profundo, del que despertó al oír una voz.

–¿Roan?

Roan abrió los ojos y se encontró ante una Prudence vaporosa, que parecía salida de un sueño. Llevaba el pelo suelto y un fino camisón.

–¿Qué haces aquí, Pru? No sé si es una buena idea. Tu cuñado se podría presentar, y no tengo mi pistola a mano.

Ella sonrió.

–Estamos a salvo. Acabo de oír los ronquidos de George.

Roan no se quedó muy convencido, pero su desconfianza no evitó que se excitara.

–Vuelve a tu habitación –dijo, llevando las manos a las caderas de Prudence–. Si nos ven, se enfadarán mucho.

Prudence se inclinó y le dio un beso.

–Lo sé. Solo quería darte las gracias.

–¿Por qué?

–Por haberme dado la mayor aventura de mi vida. Por enseñarme a vivir.

–No me des las gracias, por favor. Tengo la sensación de que te estás despidiendo de mí.

Ella sacudió la cabeza.

–No, no me estoy despidiendo –declaró–. Te adoro, Roan. No sé si te lo había dicho antes, pero te adoro.

Roan pensó que, efectivamente, ya se lo había dicho antes. Y también pensó que no le había dicho lo que más le importaba: si estaba enamorada de él. ¿Se habría engañado a sí mismo? ¿Sería posible que no lo quisiera?

–Quiero tu amor, Prudence. Quiero que te cases conmigo.

Ella no dijo nada.

–Pru, yo…

Prudence lo acalló con un beso, y él metió las manos por debajo del camisón y le acarició las piernas, subiendo lentamente.

Roan se dijo que por fin tenía lo que quería. Había encontrado a la mujer de su vida, y no iba a permitir que las circunstancias los separaran, por muy distintos que fueran sus mundos. Luego, Prudence se tumbó sobre él y dio paso a otra noche de amor, arrojándolos al feliz olvido del placer sexual.

Roan se despertó a la mañana siguiente con el canto de los pájaros bajo un cielo gris. Prudence se había marchado como si fuera el fantasma salido de sus sueños que le había parecido durante la noche.

Al recordarlo, pensó que no olvidaría nunca esos instantes. Recordaría el destello de sus ojos, la suavidad de su piel y la voluptuosidad de su sonrisa. Recordaría la intensidad de las emociones que le provocaba. Y, especialmente, recordaría que la amaba como no había amado nunca: con todo su corazón.

Capítulo 15

Prudence estaba física y emocionalmente hundida.

En solo una semana había pasado de desear algo que llenara sus días a tener algo que llenaba sus días y sus noches por completo, sacudiéndola con un sinfín de sentimientos tan potentes como contradictorios. Cuando estaba con Roan, era feliz; cuando no lo estaba, se sentía peor que nunca.

¿Se había enamorado? Aparentemente, sí. Pero cabía la posibilidad de que no fuera amor, sino simple encaprichamiento. Y, aunque estuviera enamorada, ¿lo seguiría estando si se marchaba con él a los Estados Unidos? ¿Qué pasaría cuando se viera en una tierra extraña? ¿Lo querría más? ¿O lo querría menos?

Prudence se levantó más tarde de lo habitual y, cuando salió de la habitación, descubrió que Honor y Edith, su hija mayor, ya habían empezado a desayunar. Pero no eran las únicas personas que estaban allí. Junto al balcón se encontraba Augustine; su familiar cuerpo rechoncho se balanceaba, mientras canturreaba para sí mismo.

—Buenos días —dijo Prudence, nerviosa.

—Vaya, vaya. ¡Pero si es Prudence Martha Cabot en persona! Te debería encerrar en una torre —dijo su hermanastro.

—¡No puedes encerrar a la tía Pru! —protestó Edith, que rompió a llorar al instante—. ¡Mamá! ¡Mamá! ¡No permitas que encierre a la tía!

—Augustine no va a encerrar a nadie —le aseguró su madre—. Solo es una broma.

Augustine se acercó a la niña y dijo:

—Tu mamá tiene razón. Solo es una broma. Sin embargo, tienes que prometerme que no te escaparás nunca, como ha hecho tu tía. ¿Me lo prometes?

—Te lo prometo.

Edith se levantó de la silla y corrió hacia Prudence, que la tomó en brazos.

—Bueno, no se puede decir que yo me escapara. Me fui a vivir una aventura, que no es lo mismo —afirmó.

—Sí, supongo que es una forma de verlo —ironizó Honor, que le quitó a la pequeña—. Vamos, Edith. Tu niñera te está esperando.

Honor y su hija salieron de la habitación, y a Prudence se le hizo un nudo en la garganta. Tal como estaban las cosas, ni siquiera sabía si volvería a ver pronto a su sobrina.

—¿Se puede saber qué has hecho, querida Prudence? —preguntó Augustine con ansiedad—. ¡Estábamos tan preocupados por ti! Tienes que ser más cuidadosa con tu reputación.

Prudence estuvo a punto afirmar que su reputación era cosa suya, y que prefería el amor a un concepto tan vago. Pero se limitó a disculparse.

—Lo siento, Augustine.

Augustine la tomó de la mano con afecto.

—Tenía la esperanza de que esto quedara en la familia, pero es demasiado tarde. Anoche, cuando estaba en el club, se me acercó lord Stanhope.

Prudence se quedó helada.

—¿Y qué dijo?

—Que acababa de volver de Howston Hall, donde había tenido el imprevisto honor de conocerte en persona.

Prudence se sintió culpable. Augustine era un hombre encantador; una buena persona, que ansiaba una vida sencilla y sin complicaciones. Pero había tenido la mala suerte de cruzarse con un canalla como Stanhope, quien habría disfrutado enormemente al hablarle de su imprudente hermanastra.

—¿Solo dijo eso?

—Bueno, añadió que vendría esta tarde a mi casa, porque necesitaba hablar conmigo en privado —contestó con nerviosismo—. Y, cuando se lo he contado a Honor, me ha dicho que estuviste en Howston Hall con un hombre.

—Oh, Dios mío…

—Mira, no te voy a interrogar sobre ese caballero. No creo que lo pudiera soportar —dijo Augustine, justo cuando Honor volvía a la sala—. Pero será mejor que te vayas a Blackwood Hall y pongas tierra de por medio.

—¿Para qué? ¿De qué serviría? —replicó Prudence, que se detuvo junto al balcón—. La gente hablará de todas formas y, por otra parte, ¿qué importa lo que digan? Ya han dicho todo lo que tenían que decir sobre las hermanas Cabot.

—¡Claro que importa! —bramó Augustine—. ¿Qué pretendes? ¿Destrozar la reputación de toda la familia?

—Está bien. Échame de tu casa como si fuera una ladrona.

—Augustine no pretendía insultarte, Pru —intervino Honor.

—No, no lo pretendía. Solo he dicho eso porque tu situación me preocupa. Y creo sinceramente que deberías alejarte de Londres durante una temporada, hasta que se calmen las aguas —comentó él, muy serio—. Nos has dado un susto de muerte, Prudence. Te ruego que no lo vuelvas a hacer.

—No, por supuesto que no —dijo Prudence con amargura—. Seré una chica buena. Me encerraré en una habitación y guardaré silencio hasta que la gente me diga que hable.

—Pru…

—Descuida, Augustine —lo interrumpió—, no volveré a complicarte la vida. Incluso es posible que me case con el hombre misterioso sobre el que no quieres preguntar. Eso resolvería tus problemas.

Su hermanastro la miró con asombro.

—¿Cómo? ¡No te puedes casar con ese sinvergüenza!

—¡No es un sinvergüenza! ¡Es todo un caballero, aunque sea de los Estados Unidos!

—¿De dónde has dicho que es? —bramó, espantado.

—¡Basta, Prudence! —gritó Honor.

—Me he limitado a decir la verdad —se defendió su hermana.

Honor se giró hacia Augustine.

—¿Puedes dejarnos un momento a solas? Yo me encargaré de este asunto. Además, sospecho que Monica te estará esperando en casa —dijo, refiriéndose a la mujer de Augustine—. Debe de estar ansiosa por saber algo de Pru.

—Sí, tienes razón —replicó su hermanastro, visiblemente deprimido.

Augustine salió del comedor, y Honor miró a Prudence con ira.

—¿Ya estás contenta? Has sacado al pobre Augustine de sus casillas.

Prudence se sentó.

—Lo siento. No quería perder los estribos.

Su hermana suspiró.

—¿Es cierto lo que has dicho? ¿Quieres casarte con ese hombre?

—No lo sé. Siento cosas que no había sentido nunca. Es algo tan abrumador… una especie de angustia que se me pone aquí —explicó, llevándose una mano al pecho—. A veces creo que va a pasar, pero no pasa. Y no deja de crecer.

—Oh, querida mía —dijo Honor, sacudiendo la cabeza—. ¿Qué vamos a hacer contigo?

Prudence guardó silencio.

—Grace y Mercy van a venir esta tarde —continuó Honor—. ¿Qué te parece si lo discutimos entre las cuatro? Tu situación nos afecta a todas, y deberías tener la cortesía de hablarlo con tus hermanas.

—¿Que mi situación os afecta? ¿Cómo puedes decir eso? Discúlpame, pero se trata de mi vida —replicó con irritación.

—Claro que nos afecta. Tú misma dijiste ayer que mis decisiones te habían complicado las cosas; y si eso es cierto en mi caso, también lo es en el tuyo —argumentó—. Además, ¿crees que nos agrada la idea de que te vayas a Estados Unidos? Somos tus hermanas, Pru. Solo te pido un poco de consideración.

Prudence miró a su preciosa hermana mayor, a quien había adorado siempre. Tenía ojeras, como si hubiera dormido mal por culpa suya. Y también tenía razón. No se podía ir sin hablar con sus hermanas, con las tres mujeres que ocupaban el centro de su mundo. Pero las cosas habían cambiado, y ahora compartían espacio con una persona muy especial, Roan.

—Está bien —dijo—. Sabes que os quiero con locura, y que sería incapaz de haceros daño intencionadamente.

—Lo sé, cariño.

Honor sonrió con debilidad y le puso una mano en el hombro.

—¿Dónde están? —preguntó Pru.

—Supongo que te refieres a Matheson y a mi esposo… Se han ido a casa de los Villeroy —respondió.

Prudence imaginó el alivio de Roan cuando llegara a Upper George Street y se reencontrara con su hermana, a quien escudriñaría con detenimiento, como para asegurarse de que seguía siendo una joven inocente.

—¿A qué hora se han ido?

—A las nueve en punto. George me aseguró que estarían de vuelta al mediodía.

Honor se acercó al bufé, sirvió comida en un plato y se lo dio a su hermana.

—Anda, come algo —dijo—. Estás muy pálida.

Los hombres no volvieron al mediodía, como habían prometido. Y dos horas más tarde seguían sin dar señales de vida.

Prudence estaba tan nerviosa que se puso a caminar de un lado a otro, sin saber qué hacer. En determinado momento, se acercó al vestíbulo y se encontró con Honor y con sus hijos, Edith, Tristan y Wills.

—¿Adónde vais? —preguntó a su hermana.

—A ver a lady Chatham. Si no llevo a los niños, se presentará en casa. Y mi marido no la soporta —le recordó.

—Pero George y Roan siguen sin volver…

—¿Quién es Roan? —preguntó Tristan, arrugando la nariz.

—Nadie —contestó Honor con rapidez—. No te preocupes, Pru. Se habrán retrasado por algún motivo sin importancia. ¿Por qué no lees un rato? Te vas a volver loca si sigues así, sin hacer nada.

Prudence pensó que su hermana tenía razón, así que intentó leer. Pero no se podía concentrar, y terminó haciendo lo mismo que unos minutos antes.

De vez en cuando, se detenía ante un balcón y contemplaba la lluvia, sin dejar de dar vueltas a su problema. Era una rutina desesperante. Examinaba sus emociones de un modo obsesivo, en un intento vano de entender lo que sentía.

¿Dónde se habrían metido?

Ya se disponía a volver a la lectura cuando oyó que alguien se detenía ante la puerta principal. Prudence corrió a la parte delantera, apartó la cortina de un balcón y miró hacia abajo, pero llovía tanto que solo pudo distinguir la silueta de un hombre que llevaba sombrero.

¿Sería Roan?

Al cabo de unos instantes, Finnegan se presentó ante ella con una bandejita de plata en la que había una tarjeta de presentación. Y Prudence supo que no era del hombre de sus sueños. Evidentemente, Roan no se habría molestado en dar una tarjeta al mayordomo. No habría sido lógico.

Desconcertada, la alcanzó y, tras echarle un vistazo rápido, la soltó como si le quemara. Era de lord Stanhope.

Prudence sopesó la posibilidad de pedirle a Finnegan que hablara con él y le dijera que viniera más tarde, con la excusa de que George no estaba en casa. Pero le pareció una cobardía. Ella era la principal responsable de lo que estaba pasando, y se sintió en la obligación de afrontar las consecuencias.

–¿Se han ido todos? –preguntó.

–Sí, señorita –dijo Finnegan.

Prudence asintió.

—Muy bien. Hágalo pasar.

El mayordomo se dio la vuelta, pero ella lo detuvo.

—Ah, Finnegan…

—¿Sí?

—Deje la puerta abierta. Y no se vaya muy lejos, por favor.

Finnegan sonrió.

—No se preocupe. Estaré fuera, por si me necesita —le aseguró—. ¿Está segura de que quiere recibirlo?

Prudence sacudió la cabeza.

—No, no lo estoy en absoluto. Pero no tengo más remedio.

—Como quiera.

Stanhope se presentó en la sala un minuto después. Y al verla, sonrió.

—Señorita Cabot… Gracias por recibirme.

—Buenas tardes, milord —dijo ella con frialdad.

—Me alegra observar que llegó a casa sin problemas. De hecho, parece más descansada.

Prudence lo miró de arriba abajo. Llevaba un traje oscuro, con chaleco, camisa blanca y pañuelo al cuello. Se había peinado hacia atrás, y su cabello le pareció tan rubio como el suyo.

—¿En qué le puedo ayudar?

Stanhope arqueó una ceja.

—Parece incómoda, señorita Cabot. ¿Tanto le disgusta mi presencia?

—En absoluto, milord. Es que tengo muchas cosas que hacer.

—En ese caso, le evitaré los rodeos —declaró—. Sin embargo, estaría mejor si se sentara.

Prudence no se quería sentar, pero tampoco quería dar la impresión de estar asustada, así que se acercó al sofá y se acomodó. Stanhope se puso junto a ella y sonrió como si fueran amigos de toda la vida.

—¿Y bien? —preguntó Prudence.

—¿Nos vamos a saltar las trivialidades? ¿No quiere que hablemos del tiempo? ¿No me va a preguntar por mi viaje? A fin de cuentas, Weslay está muy lejos de Londres.

—¿Para qué? Sé por qué ha venido.

Stanhope rio.

—No, no creo que lo sepa, señorita Cabot. He venido a hacerle una propuesta.

—¿Una propuesta? —dijo ella, más incómoda que nunca.

—Sí, pero no se preocupe. No es nada indecente.

—¿De qué se trata?

Él suspiró.

—Está bien, iré directamente al grano. Creo que nos podríamos ayudar el uno al otro.

Prudence frunció el ceño.

—¿Ayudarnos? ¿Cómo?

Stanhope admiró su cuerpo y dijo:

—No se lo tome a mal, pero la encuentro muy atractiva. De hecho, estoy seguro de que cualquier caballero de esta ciudad estaría encantado de ser su esposo.

—Discúlpeme, pero me acaba de decir que su propuesta no era de carácter indecente.

—Mire, señorita Cabot… sabe tan bien como yo que las aventuras de sus hermanas y la enfermedad de su madre le han complicado mucho las cosas. Y, si se llega a saber que estuvo en Howston Hall con un hombre, no habrá nadie que se quiera casar con usted.

–¿Ha venido a insultarme? –replicó, intentando mantener la calma–. Porque, si es así, está perdiendo el tiempo. No me ofendo con facilidad.

–¿Insultarla? Ni mucho menos, señorita Cabot. He venido a pedir su mano.

Prudence se quedó atónita.

–Como puede imaginar, eso implica que estoy dispuesto a pasar por alto las razones que la convierten en un mal partido. De hecho, me importan muy poco –continuó–. La encuentro atractiva en muchos sentidos, aunque reconozco que su dote no me vendría mal. Mis finanzas no están en buen estado.

Ella no supo qué decir. Si no hubiera conocido a Roan, la oferta de Stanhope le habría parecido digna de agradecimiento. Evidentemente, habría preferido algo más romántico y menos comercial, pero su mundo era así. La gente se casaba por mejorar su situación social o económica. A veces, el matrimonio incluía algún tipo de afecto y, a veces, no.

Pero ya no era la de antes. Su forma de ver las cosas había cambiado, y no soportaba la idea de vivir sin amor.

–Estoy seguro de que no habrá oído ni una sola crítica contra mi persona –insistió él, dando por sentado que estaba de acuerdo con su razonamiento–. Mi reputación es tan impecable como mi título, que la convertiría a usted en condesa de Stanhope, con todos los privilegios que eso conlleva. Además, seré un buen marido y un buen padre de los hijos que tengamos. Y quién sabe… hasta es posible que, con el tiempo, nos lleguemos a querer.

Prudence intentó decir algo, pero fue incapaz. No podía creer lo que estaba oyendo.

—Soy consciente de que mi propuesta es del todo inesperada, y comprendo que pueda estar sorprendida, pero espero que la aprecie en lo que vale. Nuestro matrimonio sería conveniente para los dos, ¿no le parece?

—No.

—¿No?

—No, milord. No me voy a casar con usted.

Stanhope frunció el ceño.

—¿Por qué? ¿Es que ha recibido otras ofertas?

—Por supuesto. Me voy a casar con el señor Matheson.

Él la miró con asombro.

—¿Cómo?

—He dicho que me voy a casar con…

—Sí, la he oído, pero no entiendo nada. ¿Va a abandonar a su familia para marcharse a los Estados Unidos? ¿O es que ese yanqui se va a quedar aquí?

—Me voy a ir a los Estados Unidos.

Stanhope se frotó la mandíbula.

—¿Y qué piensa su familia? ¿Qué opinan Beckington, Merryton, Easton? Porque no puedo creer que les parezca bien.

Prudence no respondió a su pregunta.

—Comprendo. Aún no se lo ha dicho.

–Lo que opine mi familia es irrelevante. Estoy enamorada de Roan.

–¡Ah, el amor! –dijo Stanhope con sorna–. No
confunda el amor con unos cuantos revolcones en un
pajar, por así decirlo. No se engañe a sí misma.

–Eso es asunto mío, milord.

Prudence se levantó, y él hizo lo mismo.

–Comete un error, señorita Cabot. Le he ofrecido
una solución perfecta para sus problemas.

–Usted no me ha ofrecido una solución, sino una
transacción comercial sin emoción alguna –replicó.

Stanhope la miró con intensidad y dijo:

–Piénselo bien. Concédame la gracia de sopesar
tranquilamente mi oferta. Volveré dentro de cuarenta
y ocho horas, por si cambia de opinión.

–Puede volver cuando quiera, pero no cambiaré
de opinión.

Stanhope se encogió de hombros.

–Tengo entendido que su hermana quiere entrar
en la escuela de Bellas Artes de Lisson Grove –dijo
de repente.

Prudence entrecerró los ojos.

–¿A qué viene eso? Mi hermana no guarda ninguna relación con este asunto.

–Puede que no, pero resulta que esa escuela se
mantiene gracias a las donaciones de mi abuelo –le
informó Stanhope–. Una palabra mía y la señorita
Mercy Cabot tendrá que buscarse otro lugar.

Ella se quedó sin aliento. Le parecía terriblemente
injusto que Mercy pagara las consecuencias. Estaba
muy ilusionada con la escuela. Se había comprado

un montón de lienzos y pinturas, y había hecho una lista de todas las cosas que se iba a llevar.

–No, no se atrevería a hacer algo así…

–Francamente, creo que todos saldríamos ganando si supiera ver las ventajas de mi oferta. Usted sería condesa y tendría dos mansiones a su disposición; yo conseguiría el dinero de su dote y su hermana podría ir a esa escuela.

–¡Si está buscando una dote, búsquese otra mujer! Seguro que hay muchas interesadas.

–Sí, supongo que sí. Pero no soy tan desalmado como cree –dijo–. Le he ofrecido el matrimonio porque usted me gusta. La encuentro muy atractiva.

Prudence sacudió la cabeza.

–¿Que no es tan desalmado? Me está amenazando con castigar a mi hermana pequeña –le recordó–. Pero, ¿por qué? ¿De qué le serviría?

–Me serviría de venganza, señorita Cabot. Si rechaza mi oferta, su familia lo pagará.

–Es usted un canalla –bramó.

Él sacudió la cabeza.

–No, solo soy una persona práctica. Y usted también debería serlo. Había veinticuatro invitados en Howston Hall, señorita. Es obvio que, más tarde o más temprano, alguien atará cabos y descubrirá que la joven que se hizo pasar por la señora Matheson era Prudence Cabot. ¿Qué cree que le pasará a su familia cuando la gente se entere? Serán el hazmerreír de todos –dijo con expresión triunfante–. En fin, supongo que sabe lo que hace.

Stanhope le dio la espalda y se fue, dejándola

sumida en una depresión tan profunda que, cuando Finnegan la vio, le sirvió un whisky y se lo puso en la mano.

–¿Se encuentra bien?

–No –dijo en voz baja.

–¿Puedo hacer algo por usted? –preguntó, muy preocupado.

–No, gracias, Finnegan. Solo necesito descansar un poco. Si me disculpa…

Prudence salió a toda prisa y no paró hasta llegar a su habitación. Estaba loca por hablar con Roan. Estaba segura de que él sabría lo que debía hacer. Necesitaba su consejo, su comprensión, su cariño.

Pero Roan no aparecía. Y, con el transcurso de la tarde, Prudence se convenció de que solo podía hacer una cosa: casarse con Stanhope.

Capítulo 16

Grace y Mercy entraron en la casa en compañía de Honor y los niños. Y, mientras Honor dejaba a sus hijos con la institutriz, las dos primeras arrastraron a Prudence al salón y la interrogaron sobre los sitios donde había estado y las cosas que había hecho.

Los ojos de Mercy, que sostenía una caja de madera pulida, brillaban de entusiasmo. Reía cuando Prudence llegaba a alguna parte especialmente cómica de su aventura y, al igual que Grace, soltaba gritos ahogados cuando mencionaba los momentos más difíciles. Pero ninguna de las dos parecía particularmente sorprendida con la narración, y su atribulada hermana dedujo que Honor o Augustine les habían contado casi todo.

Terminada la historia, Grace se le acercó y le dio un fuerte abrazo.

—Bueno, ahora que he visto que te encuentras bien, ¿te puedo hacer una pregunta? —dijo—. ¿Es que has perdido la maldita cabeza?

–¡Grace! –protestó Mercy.

–¡No sabes el disgusto que nos has dado a mi marido y a mí! Merryton ha sido muy generoso contigo, y solo te pedía que cuidaras tu reputación y la reputación familiar. ¿Cómo has podido ser tan descuidada? ¿Cómo has podido ser tan imprudente?

–¿Y tú? –replicó Prudence.

Grace la miró con irritación.

–¡No te atrevas a echarme en cara mis propios errores! Puede que diera pasos equivocados, pero fue una suerte que los diera. Merryton y yo somos muy felices. Y, por otra parte, mi situación no se parecía nada a la tuya. Intentaba salvar a la familia.

–Sí, claro. Honor y tú estáis convencidas de que sois las únicas con derecho a portarse mal. Pero mi situación no es tan distinta como dices. Solo quería salvarme.

–¿Salvarte? No te entiendo.

–Honor y tú estáis casadas. Y Mercy tiene su arte –replicó–. Yo no tenía nada, y necesitaba vivir una aventura.

Mercy abrió entonces la caja que sostenía y le enseñó su contenido. Eran cuatro pinceles de diferentes tamaños, con mangos de nácar.

–Mira. Me los ha regalado Augustine, y tengo entendido que le han salido muy caros. Son de marta cibelina.

–Guarda eso, Mercy –ordenó Grace–. No es un momento adecuado para que empieces con tus cosas.

Prudence clavó la vista en su hermana pequeña, que se ajustó las gafas y miró los pinceles. Estaba radiante de alegría, y pensó que se hundiría completamente si rechazaban su ingreso en la Lisson Grove.

—¿Sabes que se presentaron cien personas para las seis plazas libres? ¡No me lo puedo creer! Es la escuela de Bellas Artes más prestigiosa de Inglaterra, y he conseguido que me den una de esas plazas.

—Mercy, déjalo ya —insistió Grace—. Tu hermana ha hecho algo terrible, y es importante que se lo hagamos ver.

—¿De qué estáis hablando? —dijo Honor, que entró en ese momento.

—De los problemas de Prudence, naturalmente. Le he pedido una explicación, y no me la quiere dar —contestó Grace.

Prudence se encogió de hombros.

—¿Qué quieres que te diga? ¿Que me equivoqué? Está bien, me equivoqué. Pero no me arrepiento en absoluto.

—¡Oh, Pru! —dijo Grace, frustrada.

—Ya me he disculpado. ¿Qué más quieres que haga? No puedo cambiar el pasado —dijo.

—¡Está visto que no tienes remedio!

Mercy se bajó un poco las gafas y, tras observar a Prudence como si fuera una extraña pieza de museo, preguntó:

—¿Te encuentras bien? Lo digo porque tu comportamiento reciente no es propio de ti.

—Al contrario, Mercy. Es tan propio de mí que me habría traicionado si hubiera hecho otra cosa. Por fin me he encontrado a mí misma. He dejado de estar a la sombra de Honor y Grace, y de sufrir pasivamente las consecuencias de lo que hicieron –replicó–. Estoy segura de que tú me entenderás.

–Sí, desde luego que sí. Te comprendo muy bien.

Grace se quedó como si le hubieran dado una bofetada, pero Honor se limitó a encogerse de hombros y decir:

–¿No se lo vas a contar, Pru?

–¿Qué tiene que contarnos? –preguntó Grace–. ¿Es que hay algo más?

Tres pares de ojos se clavaron en Prudence, esperando una respuesta. Y Prudence se quedó súbitamente sin habla. A fin de cuentas, estaba ante las personas más importantes de su vida. Se querían con locura, y formaban un equipo que ella estaba a punto de romper.

–¿Qué ocurre, Pru? ¡Nos tienes en ascuas! –dijo Mercy–. ¿Qué nos tienes que contar?

Prudence respiró hondo.

–Me han hecho una oferta de matrimonio.

–¿Quién? –se interesó Grace–. No será del hombre con el que has estado retozando.

–Sí, Roan me ha pedido el matrimonio. Pero no me refería a esa oferta.

–¿Cómo? –intervino Honor, desconcertada–. ¿De qué estás hablando, Pru? Cuando me marché esta mañana, no tenías más oferta que la del señor Matheson. ¿Has recibido otra desde entonces?

Prudence asintió.

–En efecto. De lord Stanhope.

Sus tres hermanas la sometieron a un interrogatorio exhaustivo, hablando al mismo tiempo e interrumpiéndose unas a otras. Y Prudence les contó lo sucedido, aunque obviando el pequeño detalle de la amenaza de Stanhope. Conocía a Mercy, y sabía que se negaría a ir a la escuela de Bellas Artes en esas circunstancias.

—¡No me lo puedo creer! —exclamó Honor—. ¿Y qué le has dicho?

Prudence no llegó a contestar porque, justo entonces, se oyó la puerta principal.

—¡Es George! —anunció Honor.

Las cuatro hermanas salieron disparadas hacia el vestíbulo, donde se encontraron con un George completamente empapado.

—Está diluviando —dijo mientras daba su gabardina al mayordomo.

Prudence pasó ante él y echó un vistazo al exterior, esperando que Roan llegara detrás. Pero solo vio al mozo que llevaba el caballo a los establos.

—Estábamos muy preocupadas. ¿Dónde te habías metido? —preguntó Honor.

George se inclinó sobre ella y le dio un beso.

—Siento haber tardado tanto —se disculpó.

—¿Y Roan? —preguntó Prudence.

—Supongo que vendrá dentro de una o dos horas —respondió George, liberándose del pañuelo que llevaba al cuello—. Veo que tenemos reunión de las hermanas Cabot… ¿Y Merryton? ¿No ha llegado todavía?

—Llegará más tarde —dijo Grace—. ¿Qué ha pasado?

—Si me dais un whisky y me lleváis ante un buen fuego, os lo contaré todo.

George pasó un brazo alrededor de la cintura de su esposa y guiñó un ojo a Prudence.

—¡Cuéntalo de una vez! —protestó Mercy—. ¡Estamos locas por saberlo!

Él suspiró.

—Ay, Mercy... no imaginas el día que he tenido —dijo George, antes de girarse otra vez hacia Prudence—. Lo que voy a decir te parecerá extraño, pero reconozco que no eres la joven más tozuda e irresponsable con quien he hablado esta semana.

—¿Se puede saber qué ha ocurrido? —preguntó Honor, perdiendo la paciencia.

George se mantuvo en sus trece hasta que llegaron al salón y su mujer le sirvió un vaso de whisky. Solo entonces, cuando ya se había sentado, dijo:

—Como sabéis, Matheson y yo fuimos esta mañana a la residencia de los Villeroy, donde el caballero yanqui preguntó por su hermana. El señor Villeroy le confirmó que la señorita Aurora Matheson había sido su huésped durante varias semanas, y que precisamente acababan de volver con ella de Howston Hall.

—¿Y qué hacían en Howston Hall? —preguntó Honor.

—Eso carece de importancia —intervino Prudence—. Menos mal que Roan ha encontrado a su hermana.

—Bueno, yo no diría tanto.

Prudence frunció el ceño, esperando una explicación.

—Tu amigo supuso que había encontrado a su hermana —continuó George—, y pidió a los Villeroy que llamaran a la joven. Pero los Villeroy se miraron de forma extraña e hicieron caso omiso de su petición.

—¿Cómo que hicieron caso omiso? —dijo Mercy.

George tomó un poco de whisky y siguió hablando.

—Tuve la impresión de que se iban por las ramas para no responder a la pregunta de Matheson, es decir, dónde estaba la señorita Aurora. De hecho, la señora Villeroy cambió súbitamente de conversación y se puso a discutir con su marido sobre el desayuno.

—¿Sobre el desayuno? No entiendo nada —admitió Prudence.

—Nosotros tampoco lo entendíamos —respondió George, que soltó una carcajada—. Por lo visto, ella había pedido a los criados que se llevaran el desayuno antes de tiempo, y él se había enfadado por dicho motivo. Pero, al cabo de unos minutos de discusión absurda, Matheson perdió la paciencia e insistió en ver a su hermana. Y fue entonces cuando el señor Villeroy confesó que Aurora se había ido.

—¿Ido?

—Sí, ido.

George miró a las cuatro hermanas lentamente, como si disfrutara de tenerlas en ascuas. Y, tras sonreír otra vez, añadió:

—Se había ido con Albert, el hijo de los Villeroy.

Honor, Grace, Prudence y Mercy soltaron un grito ahogado al mismo tiempo.

—Nuestro anfitrión nos explicó que su hijo se había encariñado tanto de la joven que le había pedido el matrimonio. Y, al parecer, la joven había aceptado su oferta –prosiguió–. El señor Matheson estuvo a punto de perder los estribos, pero se tranquilizó momentáneamente cuando el señor Villeroy le informó de que su esposa y él se habían opuesto a las pretensiones de su vástago.

–¿Por qué? –se interesó Mercy.

–Porque les pareció que su hijo no se podía casar con una plebeya de los Estados Unidos que ni siquiera tenía dote –respondió George–. Pero, desgraciadamente, su hijo nos les hizo caso.

–¿Insinúas que se han fugado? –preguntó Prudence.

–Eso me temo. Albert y Aurora se han fugado a Gretna Green.

–Oh, Dios mío –intervino Honor–. Qué desastre.

–Matheson no sabía nada de Gretna Green, y me tocó explicarle que es un pueblo de Escocia donde los hijos se pueden casar sin el consentimiento de sus padres. Casi le dio un ataque. No podía ni hablar. Pero el señor Villeroy puntualizó que se habían fugado esa misma mañana, y Matheson se calmó.

–¡Qué excitante! –dijo Mercy.

–Sí, puede que lo sea –replicó George, encantado con el interés de las hermanas–, pero el amigo de Prudence no era de la misma opinión. Me preguntó dónde estaba Gretna Green y, cuando apunté hacia el norte, me pidió que le vendiera un caballo. Intenté decir que no tenía caballos que vender, pero Villeroy declaró que, si tenía intención de ir al norte, le prestaría una montura y viajaría con él.

—¿Y os fuisteis a Gretna Green? –preguntó Honor, incrédula.

—Bueno, yo no podía permitir que un francés y un estadounidense viajaran solos a Escocia. Se habrían metido en un montón de líos. Así que hablé con un criado y le pedí que fuera a buscar mi caballo.

—No es posible que hayáis ido a Gretna Green en un día. Y, mucho menos, que hayáis vuelto –observó su mujer.

—No, claro que no, pero la suerte estaba del lado de Matheson. Ha llovido tanto que las carreteras son casi intransitables, y la diligencia de los jóvenes amantes iba tan despacio que los alcanzamos en Oxford –George soltó una carcajada al recordarlo–. ¡Tendríais que haber visto la cara de la señorita Aurora cuando reconoció a su hermano! Estaba tan fuera de sí que creí que los iba a matar.

—¿Y qué pasó después? –preguntó Prudence, nerviosa.

—Que Villeroy se llevó a su hijo y Matheson, a su hermana. Yo he vuelto antes porque la joven tenía muchas cosas que recoger, tanto en la diligencia como en el domicilio de los Villeroy –le informó–. Los he invitado a quedarse en casa, Honor. Matheson dice que partirán hacia Liverpool el fin de semana.

Prudence se sintió como si la tierra se estuviera abriendo bajo sus pies. Se alegraba de que Roan hubiera encontrado a Aurora, pero le dolía terriblemente que su relación estuviera a punto de terminar.

—¡Finnegan! –gritó George–. ¿Dónde estás, Finnegan?

El mayordomo apareció un momento después.

–Tendremos más invitados para cenar. Llegarán alrededor de las ocho.

–Muy bien, señor.

Finnegan asintió y se fue.

–Necesito otro whisky –dijo George–. Creo que me lo he ganado.

Honor sirvió una segunda copa a su marido y, mientras se la servía, Prudence declaró:

–Yo también necesito un whisky.

Sus hermanas no se lo discutieron.

Capítulo 17

El final de la aventura de los jóvenes fue todo un acontecimiento en Oxford. Mientras la gente observaba la escena con asombro, Roan se llevó a Aurora y dejó su caballo al señor Villeroy, quien se llevó a su vez a su ruborizado y combativo hijo.

Aurora no protestó en ningún momento. Y, cuando subieron al carruaje que los iba a llevar a Londres, miró a su hermano y dijo, con lágrimas en los ojos:

—Me alegro mucho de verte.

Roan, que estaba preparado para darle una buena reprimenda, se enterneció tanto ante su pesadumbre que sacudió la cabeza y suspiró.

—¿En qué estabas pensando, Aurora? Sabías que nuestra familia no aprobaría esa unión. Además, te comprometiste con el señor Gunderson. Yo pensaba que le tenías afecto.

—¡Y se lo tengo! Ni siquiera sé por qué acepté la oferta de Albert. No tenía intención de marcharme con él. Pero me besó, me dijo que lo acompañara y me fui. Todo era tan maravillosamente romántico...

—Romántico —repitió él con desprecio—. ¿Te ibas a casar con un hombre porque te parecía romántico?

—Sí, sé que es inexplicable. Pero lo amo.

Él la miró con incredulidad.

—¿Que lo amas? Por Dios, Aurora, qué cosas dices. ¿Por qué no volviste a los Estados Unidos con la tía Mary y el tío Robert? Sabías que Gunderson te estaba esperando. Y entonces no estabas enamorada de Albert Villeroy —le recordó.

—No, pero Albert me convenció de que Inglaterra está llena de sitios interesantes y, cuando me contó que se iba con sus padres y que se iban a alojar en mansiones de todo el país, perdí la cabeza. De todas formas, escribí una carta el señor Gunderson y se lo dije. Le expliqué que volvería a casa a finales de verano.

—Pero no le dijiste por qué, Aurora. Y es un joven inteligente, como bien sabes.

Ella bajó la mirada.

—Mira, comprendo que quisieras divertirte un poco antes de casarte con Gunderson. Pero el hijo de los Villeroy no me parece un hombre adecuado para ti.

—Lo sé, lo sé... ¿Qué te puedo decir? Me he enamorado de Albert. Lo quiero con toda mi alma. Y, a pesar de ello, no imaginas lo aliviada que me he sentido cuando te he visto. He comprendido que debía volver a casa y poner fin a esta aventura.

A Roan se le encogió el corazón. ¿Sería posible que Prudence hubiera sentido lo mismo al ver a su familia? ¿Se habría arrepentido de lo que habían hecho? Tras unos momentos de angustia, llegó a la conclusión de que Prudence no se habría arrepentido de nada. Sus sentimientos no eran tan frívolos como los de Aurora.

—Supongo que lo he estropeado todo —continuó ella.

—Si te refieres a Gunderson, creo que sí.

Aurora suspiró.

—¿Sabes una cosa? Lo echo de menos.

—Pues tienes una forma muy extraña de demostrarlo.

—Lo sé, y me siento terriblemente avergonzada.

—Entonces, ¿por qué te has portado así? —preguntó, intentando comprenderla.

—No me castigues más. Sé que he sido una estúpida.

—Eso es innegable.

Aurora sollozó un par de veces y dijo:

—Bueno, no todo está perdido.

—¿De qué estás hablando ahora?

—De tu compromiso con Susannah Pratt, por supuesto. Tú eres mejor que yo, y sé que no faltarías a tu palabra —respondió su hermana—. ¡Oh, me siento fatal! Papá no me perdonará en la vida.

Roan le dio una palmadita en el hombro.

—Te perdonará. Siempre te perdona. En cambio, a mí no me pasa ninguna.

—¿A ti? ¿De qué tendría que perdonarte, si no haces nada que le disguste? Además, eres un hombre, y los hombres pueden hacer lo que quieran.

–Eso no es del todo cierto. Tengo más libertad que tú, pero también tengo más responsabilidades –puntualizó.

Roan era dolorosamente consciente de su propia incoherencia. En efecto, siempre había sido un hombre de honor, que no faltaba nunca a su palabra. Y, aunque no se hubiera comprometido formalmente con Susannah, le había dicho a su padre que se casaría con ella.

¿Qué podía hacer? Se había enamorado de Prudence, y ya no se imaginaba con otra mujer. Si cumplía su palabra, se traicionaría a sí mismo y la traicionaría a ella. Si no la cumplía, traicionaría a su familia.

–Sí, puede que tengas razón. Pero, cuando te cases con Susannah, podrás seguir haciendo lo que quieras. Y, cuando yo me case con Sam Gunderson, tendré que obedecerlo.

Roan guardó silencio.

–¿Adónde vamos? ¿Embarcaremos esta misma noche? Lo digo porque me gustaría despedirme de mis amigos –continuó.

–Eso va a ser difícil. No pretenderás que te deje ir después de lo que has hecho –respondió–. Pero, en cuanto a tu pregunta, esta noche nos alojaremos en la residencia del señor y la señora Easton. Ya pensaremos mañana en las despedidas.

–¿Easton? No los conozco. ¿Son amigos de la tía Mary?

–No, son amigos míos.

Roan no dio más explicaciones, porque tenía miedo de no poder parar si mencionaba a Prudence.

–¿Tuyos? ¿Cómo es posible que tengas amigos en Londres? ¿Cuánto tiempo llevas aquí?

–Unos cuantos días.

Aurora ladeó la cabeza.

–Hay algo que no me estás contando –afirmó, entrecerrando los ojos.

Roan se dio cuenta de que su hermana se enteraría más tarde o más temprano, así que cambió de opinión y le contó todo lo sucedido, incluido el hecho de que se había enamorado de Prudence Cabot.

Aurora lo escuchó sin decir una sola palabra y, cuando terminó de hablar, preguntó tranquilamente:

–¿Qué vas a hacer con Susannah?

–Susannah y yo no estamos formalmente comprometidos.

–Lo sé, pero todo el mundo espera que…

–Se lo diré en cuanto lleguemos a Nueva York.

Aurora asintió.

–¿Y qué dirá papá?

Roan le apretó el hombro con afecto.

–Bueno, sospecho que se va a enfadar con nosotros.

Su hermana se giró hacia la ventanilla y se puso a mirar el paisaje, sin decir nada más.

Merryton y sus hijos llegaron a la residencia de los Easton poco antes de la hora de cenar. Y era evidente que Grace ya le había contado lo sucedido, porque ni siquiera se dignó a mirar a Prudence.

–Milord… –dijo ella, intentando romper el hielo.

–Me alegro de que estés bien, Pru. Pero, sinceramente, preferiría hablar de este asunto en un momento más oportuno.

Segundos después, Mercy entró a toda prisa en el saloncito verde y gritó:

–¡Está aquí!

–¡Mercy, me has dado un susto de muerte! –se quejó Honor–. ¿De quién estás hablando?

–Del yanqui.

Roan ya se había quitado la chaqueta y el sombrero cuando las hermanas Cabot salieron a recibirlo. Al ver a Prudence, él sonrió. Parecía cansado, pero también aliviado de haber conseguido su objetivo. Y no estaba solo, sino en compañía de una preciosa joven de ojos intensos y cabello rojo que, en ese momento, le estaba dando su capa a Finnegan.

–Gracias –dijo con acento de Nueva York.

Prudence, que fue la primera en llegar, pensó que la señorita Aurora Matheson se parecía mucho a su hermano. Tenían los mismos pómulos y la misma nariz.

–Encantada de conocerla, señora Easton –dijo Aurora, mirando a Pru–. Espero que me disculpe por presentarme en su casa a estas horas.

–No soy la señora Easton, sino la señorita Prudence Cabot –replicó, ofreciéndole una mano.

Roan se acercó y dijo:

–Permíteme que te presente a mi hermana, Aurora Matheson.

–Es un placer, señorita. He oído hablar mucho de usted.

Aurora sonrió.

—Espero que en buenos términos —dijo con ironía.

Roan presentó a Aurora al resto de las hermanas, y la joven se sintió en la obligación de reiterar sus disculpas a la anfitriona de la casa.

—Discúlpenos por llegar tan tarde. He intentado convencer a mi hermano para que nos alojáramos en el encantador hotel que está en la esquina, pero ha insistido en que viniéramos —explicó.

—Ha hecho bien —dijo Honor como amabilidad.

—Eso espero. Mi comportamiento parece indicar otra cosa, pero me disgusta la idea de causar molestias a nadie —replicó Aurora, que no parecía avergonzada de los motivos que la habían llevado allí.

—No es ninguna molestia, señorita Matheson.

—Llámeme Aurora, por favor.

—Como prefiera… Pero supongo que estará hambrienta —declaró Honor, cambiando de conversación—. ¿Qué le parece si nos tomamos una copita de vino? La cena se servirá dentro de media hora.

—Se lo agradezco mucho, porque no he comido en todo el día. Mi aventura ha tenido la consecuencia indeseada de dejarme con el estómago vacío —dijo, lanzando una mirada a su hermano.

Mercy soltó una risita al oír el comentario de Aurora, y miró a sus hermanas para ver si estaban tan sorprendidas como ella por la franqueza y el descaro de la joven.

—En ese caso, sígame.

Honor llevó a Aurora escaleras arriba. Mercy y Grace las siguieron, y Prudence y Roan aprovecharon la oportunidad que les habían ofrecido inadvertidamente de quedarse un momento a solas.

—¿Te encuentras bien? —preguntó ella.

—Sí, aunque ha sido un día agotador. ¿Y tú?

—Me ocurre lo mismo que a ti.

Él sonrió y le puso una mano en el brazo.

—Será mejor que subamos. Ardo en deseos de hablar contigo, pero tengo miedo de lo que pueda pasar si Aurora se queda a solas con tus hermanas.

La desconfianza de Roan estaba justificada. Cuando la presentaron a Easton y Merryton, Aurora volvió a disculparse por presentarse a horas intempestivas y sin invitación adecuada, pero dando la impresión de que, en realidad, le importaba muy poco. Sin embargo, su actitud cordial y algo frívola le ganó las simpatías de todo el mundo. Era tan alegre que casi se olvidaron de que se había fugado esa misma mañana con un francés.

Mientras Aurora hablaba con entusiasmo de un baile al que había asistido la primavera anterior, Prudence preguntó a Roan:

—¿Estaban muy mal los caminos?

—Sí que lo estaban, y me parecieron peores porque tú no viajabas conmigo —replicó con una sonrisa.

Ella se ruborizó un poco.

—Me habría encantado ir. Aunque solo hubiera sido por ver tu cara cuando la encontraste.

—Bueno, supongo que estaba rojo de furia. Tuve que echar mano de toda mi fuerza de voluntad para no sacarla de la diligencia y darle unos cuantos azotes –le confesó–. Esa chica es terrible. Lo siento por el hombre que se case con ella.

Durante la cena, Prudence se quedó maravillada con el desparpajo y la tranquilidad de Aurora. Se comportaba como si fuera una vieja amiga de la familia. Y hasta se permitió el lujo de ironizar después de que George hiciera un comentario sobre su viaje a Oxford.

–Cuánta razón tiene, milord –dijo–. El firme estaba tan embarrado que nuestra diligencia parecía una tortuga. ¡Qué aburrimiento! Espero no haberle causado demasiadas molestias, señor Easton. No era mi intención.

–¿Molestias? –intervino Roan–. Nos has causado bastante más que unas simples molestias.

–Vaya, veo que no me has perdonado todavía –replicó con humor, antes de girarse hacia Prudence–. Señorita Cabot, tengo entendido que estuvieron en Howston Hall. Es un lugar precioso, ¿verdad?

–Sí, lo es –contestó Prudence.

–Me quedé encantada con los cisnes y los pavos reales. Deberíamos tener cisnes y pavos reales en casa… ¿no crees, Roan?

Aurora siguió por el mismo camino, tan contenta y charlatana como si no hubiera pasado nada en absoluto. Y Prudence no salía de su asombro. Había imaginado que estaría profundamente triste, pero parecía feliz. ¿Cómo era posible que fuera tan insensible? ¿No le preocupaban las consecuencias de su comportamiento? Al fin y al cabo, había complicado la vida a muchas personas y hecho daño a alguna, empezando por Albert.

Prudence miró a su familia, que observaba a su vez a Aurora como si estuvieran en presencia de una criatura extraña. Merryton daba golpecitos en la mesa. George permanecía inmóvil, subyugado. Y Mercy no dejaba de reír.

Por supuesto, Prudence también se dedicaba a mirar a Roan. Y, cada vez que sus miradas se encontraban, descubría un destello nostálgico en sus ojos. ¿Estaría pensando lo mismo que ella? ¿Se sentiría igualmente deprimido ante su inminente separación? ¿Qué pasaría cuando volviera a los Estados Unidos? ¿Se comportaría como su hermana? ¿Olvidaría todo y se reiría de su aventura inglesa?

Excepción hecha de Aurora, Mercy era la única persona que se lo estaba pasando en grande. Era evidente que la hermana de Roan le parecía muy divertida, y Prudence se acordó otra vez de la caja de pinceles y de lo que pasaría si no se casaba con Stanhope.

Después de cenar, Roan anunció que Aurora y él se retirarían a sus habitaciones. Era lo más adecuado, habida cuenta de las circunstancias. Pero George lo miró y preguntó:

—¿Podemos hablar un momento?

—No faltaba más.

—Acompáñanos, Merryton.

Los tres hombres salieron del comedor, para horror de Prudence. ¿Qué pretendía George? No lo sabía, pero le habría gustado estar presente.

Justo entonces, llegó Finnegan.

—Me he tomado la libertad de llevar las pertenencias de la señorita Matheson a la habitación azul –anunció.

–La acompañaré –se prestó Prudence.

–Muchas gracias –dijo Aurora.

La habitación azul estaba al final del corredor y, cuando Aurora vio el panel blanco del cabecero de la cama y el baldaquino de bordados, suspiró.

–Parece muy cómoda. Mucho más cómoda que la cama de la casa de los Villeroy, que está llena de bultos.

Prudence se apoyó en el tocador.

–Debe de estar agotada –dijo.

–Un poco. Sinceramente, me aterra la idea de viajar a Liverpool. Los caminos están en condiciones deplorables. Aún me duele todo el cuerpo por la experiencia de hoy.

Prudence miró a Aurora en el espejo del tocador.

–¿Puedo preguntarle una cosa?

–Por supuesto.

–¿No está triste?

–¿Triste? –Aurora se quedó pensativa durante unos segundos–. Sí, supongo que estoy algo triste, aunque no tanto como el pobre Albert. Parecía tan deprimido cuando mi hermano nos alcanzó que tuve miedo de que rompiera a llorar.

A Prudence le molestó enormemente que fuera tan frívola.

–Pero, ¿no estaba enamorada de él?

Aurora la miró con humor y se sentó en la cama.

–Sí, bueno, creí que lo estaba. Y es obvio que lo estaba, porque no me habría ido con él si no lo hubiera estado. Pero, cuando vi a Roan, me sentí increíblemente aliviada. Me sentí como si me acabara de salvar de mí misma.

Prudence miró a Aurora con escepticismo, aunque guardó silencio.

—Sé lo que está pensando, querida Prudence. Primero me fugo para casarme con Albert, y luego me alegro de que me rescaten. No es muy congruente... Será que no estaba enamorada de él, sino encaprichada —dijo—. El deseo se parece mucho al amor, ¿no cree? ¿No se ha encontrado nunca en esa situación?

A Prudence se le hizo un nudo en la garganta. ¿Qué diferencia había entre el amor y el deseo? ¿Se habría engañado a sí misma al pensar que estaba enamorada de Roan? ¿Sería un simple encaprichamiento?

—No, creo que no.

—Lo siento por Albert. Tengo la sensación de que lo suyo es amor de verdad —comentó—. Mi padre está en lo cierto. Somos demasiado impetuosos.

—¿Somos?

—Sí, Roan y yo.

Prudence frunció el ceño.

—Roan puede ser muy apasionado cuando quiere —continuó Aurora—, aunque también es un hombre pragmático. De hecho, fue él quien me convenció de que me casara con el señor Gunderson. Dijo que sería una unión muy ventajosa para la familia, y que no debía ver el matrimonio como una institución romántica, sino como una oportunidad. Y a mí me pareció bien. En parte, porque aprecio a Gunderson.

–Sí, es evidente que la gente se suele casar por motivos como el dinero y las conveniencias sociales –dijo Prudence, pensando en Stanhope–. Pero también se casa por afecto.

–Y afecto es lo que siento por el señor Gunderson. O lo que Roan siente por Susannah Pratt. Afecto, no amor –declaró Aurora–. Es una buena puntualización, señorita Cabot.

Prudence se quedó helada.

–¿Qué ocurre? ¿He dicho algo malo?

–No, no, es que…

Aurora se acercó al tocador, alcanzó un espejo de mano y fingió que lo admiraba.

–Siento mucho lo que ha pasado, ¿sabe? Mi reputación ha salido mal parada de esta aventura, y dudo que Gunderson me perdone. Por eso es doblemente importante que Roan cumpla la promesa que hizo a nuestro padre y al señor Pratt y se case con Susannah. Aunque estoy segura de que la cumplirá. Siempre ha sido un hombre de palabra –afirmó–. Si dice que va a hacer algo, lo hace.

Aurora dejó el espejo y miró a Prudence.

–Como ya he dicho, mi hermano siente afecto por Susannah. Tuvo que abandonarla para venir en mi busca, y arde en deseos de volver.

Prudence entrecerró los ojos. Empezaba a pensar que Aurora estaba informada de lo que había pasado entre Roan y ella. Y lo supo con toda certeza cuando sonrió y dijo, mirándola con intensidad:

–La vida es más fácil cuando huimos de las complicaciones innecesarias, ¿no cree?

El comentario eliminó cualquier sombra de duda. Le estaba pidiendo que no se interpusiera entre Roan y Susannah Pratt.

—Oh, pues sí que estoy cansada —dijo Aurora con ligereza.

—Sí, por supuesto. Me iré para que pueda descansar.

Prudence salió de la habitación, pensando en la conversación que habían mantenido. La familia de Roan esperaba que se casara con Susannah, y la propia Aurora había manifestado claramente el mismo deseo.

Al pasar por delante del despacho de George, oyó voces. No pudo oír lo que decían, y siguió hasta el saloncito donde se habían reunido sus hermanas, pero no llegó a entrar. Estaba tan deprimida que se fue a la cama, se acostó y se quedó mirando el balcón que daba a la calle. Habría dado cualquier cosa por hablar con Roan.

Ya no llovía. El cielo se abría lentamente y, entre las nubes, asomaba una luna gris. Una luna tan triste y solitaria como ella.

Capítulo 18

Roan salió del despacho a las doce y media, y se dirigió a su habitación. Estaba indignado con la propuesta que George Easton le había hecho. Era evidente que lo había tomado por un vulgar sinvergüenza.

Easton tenía barcos y, al parecer, estaba interesado en comprar algodón en los Estados Unidos y venderlo en Inglaterra. Le había ofrecido que fuera su socio al otro lado del Atlántico, pero con una condición: que dejara en paz a Prudence.

–Estoy seguro de que comprenderá nuestra preocupación –le había dicho–. Hace cinco días, Prudence se fue de Londres para visitar a una amiga que acaba de tener su primer hijo. Y hoy, está considerando la posibilidad de marcharse a los Estados Unidos con un hombre al que apenas conoce.

Roan había estado a punto de estrangular a George y a Merryton, que discutían de la situación con tanta tranquilidad como si no estuvieran hablando del futuro de una mujer, sino de una yegua. Pero, en lugar de estrangularlos, se limitó a decir que él no había abusado en modo alguno de su cuñada, que no la había seducido con malas intenciones y que se podía meter sus palabras donde le cupieran.

–Tranquilícese, Matheson –dijo George mientras Merryton servía más whisky en las copas–. Usted mismo acaba de salvar a su hermana de una situación parecida.

–Yo no soy Albert Villeroy. No soy un jovencito que no comprende las cosas de la vida. Me quiero casar con Prudence porque estoy enamorado de ella. Y, aunque soy consciente de que cinco días no son demasiado, eso no cambia el hecho de que la amo. Además, no creo que ustedes sean las personas más adecuadas para echármelo en cara. Si no recuerdo mal, hicieron lo mismo que yo.

Merryton repartió las copas que había servido. No era un hombre muy hablador; pero, cuando dio su whisky a Roan, dijo:

–Piénselo bien, amigo mío. Los grandes cambios implican responsabilidades grandes.

Roan no necesitaba que se lo recordaran. Lo sabía de sobra, y estaba dispuesto a asumir la responsabilidad de casarse con Prudence, quien le dio una buena sorpresa cuando llegó a su habitación.

Daba por sentado que Prudence aparecería en algún momento de la noche, pero supuso que lo haría más tarde, y que llegaría en camisón para acostarse con él. Sin embargo, estaba completamente vestida. Ni siquiera se había soltado el pelo.

Roan se acercó a ella, dejó la vela con la que se había iluminado hasta entonces y la besó como si no se hubieran visto en muchos días. Parecía preocupada. Y lo debía de estar, porque en lugar de rendirse a sus atenciones, le puso las manos en el pecho y lo apartó.

—¿Qué sucede? –preguntó él.

—Roan…

—¿Qué pasa? –dijo, acariciándole la cara–. ¿Te encuentras bien? Pareces enferma, Pru. Oh, Dios mío. No me digas que te has quedado embarazada.

—¿Cómo? No, no, no se trata de eso.

—¿Estás segura?

—Completamente.

—¿Entonces?

—Tengo algo que decirte.

Roan dio un paso atrás, y Prudence respiró hondo.

—Stanhope ha venido a verme.

Roan se quedó atónito.

—¿Stanhope? ¿Qué quería ese canalla? ¿Ha venido a extorsionarte? Ven, vamos a hablar con tus cuñados. Los acabo de dejar en el despacho.

—Ha venido a ofrecerme el matrimonio –dijo tranquilamente.

Él frunció el ceño.

—No entiendo nada.

—No hay mucho que entender. Quiere casarse conmigo porque necesita mi dote.

—¿Tu dote?

—Sí. Por lo visto, tiene dificultades económicas. Y ha pensado que nuestra boda sería conveniente para los dos –respondió–. Él solucionaría sus problemas y yo tendría el marido que no puedo tener por culpa de mi mala reputación.

–¿Cómo que no puedes tenerlo? ¡Te he pedido que te cases conmigo! –le recordó–. Supongo que se lo habrás dicho…

–Sí, por supuesto.

–¿Y?

–Stanhope opina que sería una estupidez que rechazara su oferta y me fuera contigo a tu país –contestó–. De hecho, es posible que yo opine lo mismo.

Roan clavó la vista en los ojos de Prudence, que se habían llenado de lágrimas.

–¿Qué estás diciendo? ¿Qué demonios estás diciendo?

Ella sacudió la cabeza. Estaba muy nerviosa. Extrañamente nerviosa.

–No lo sé. Puede que me haya dejado llevar por mis emociones.

–¿Cómo? –Roan se acercó y la tomó entre sus brazos–. ¿Has llegado tú misma a esa conclusión? ¿O ha sido por algo que ha dicho ese hombre?

Prudence abrió la boca para decirle la verdad, pero no se atrevió.

–Es lo más lógico, Roan. Mi familia está aquí. Mi vida está aquí. No puedo abandonarlo todo por una aventura amorosa de unos cuantos días. Además, puede que nos hayamos engañado a nosotros mismos. Puede que hayamos confundido el amor con el deseo.

Roan se sintió como si le hubieran clavado un puñal en el corazón.

–¡Te amo, Prudence! No sé como es posible, pero te amo. Y sé que tú me amas a mí –replicó–. ¿Qué ha pasado para que, de repente, lo pongas en duda? ¿Insinúas que la oferta de Stanhope te importa más que nuestro amor?

–¡Claro que no!

–¿Qué ocurre entonces? ¿Es que tienes miedo? Sé que mi país está muy lejos, pero no te estoy pidiendo que abandones a tu familia. Vendremos a Inglaterra con tanta frecuencia como quieras –le prometió.

Prudence volvió a sacudir la cabeza.

–No es tan fácil.

–Pues anoche lo era. Era tan fácil que te acostaste conmigo otra vez –le recordó–. Lo siento, Prudence, pero no te creo. Me estás ocultando algo.

–No te estoy ocultando nada. Sencillamente, la oferta de Stanhope me parece más práctica.

–¡Maldita sea! –bramó–. ¿Cómo es posible que me hagas esto?

–No quiero hacerte esto. Tienes que creerme, Roan. No es lo que quiero hacer, sino lo que tengo que hacer.

Roan se apartó de ella.

–No merezco una cosa así, Pru.

–Lo sé –dijo, derramando una lágrima.

–Eres una egoísta, una irresponsable sin sensibilidad. Me has robado algo que no recuperaré nunca. Y, por si eso fuera poco, me has convertido en cómplice de la pérdida de tu virginidad, que yo tampoco te puedo devolver. ¿Lo sabe Stanhope? ¿Se lo has dicho?

Ella se mordió el labio inferior y bajó la cabeza.

—Nos has puesto en peligro a los dos, y ahora te comportas como si no significara nada —continuó Roan—. Vine a Inglaterra en busca de mi hermana, pero tú te subiste a esa diligencia y transformaste mi viaje en algo muy diferente. Me he enamorado de ti, Prudence. Y no te habría pedido el matrimonio si tú no me hubieras hecho creer que también me querías.

—Lo siento. Lo siento mucho…

—Tendría que haberlo sabido. Tendría que haberme dado cuenta, pero estaba tan ciego que no lo quise ver. Nunca has estado dispuesta a marcharte conmigo.

—¡Eso no es verdad!

—Buenas noches, Pru.

Él abrió la puerta de la habitación.

—Roan…

—Buenas noches —repitió, implacable.

Prudence salió sin que él se dignara a mirarla de nuevo. Estaba tan furioso como deprimido. Y se sentía el mayor estúpido de la tierra.

Cuando amaneció, Roan guardó sus objetos de aseo y el resto de sus pertenencias. Aurora y él iban a reservar habitaciones en un hotel con intención de quedarse allí y partir a Liverpool al día siguiente.

Tras hacer el equipaje, bajó al comedor. Mercy, George Easton y la propia Aurora estaban desayunando. Prudence no había llegado todavía, pero Roan no preguntó por ella. Se limitó a saludar y a rechazar el plato que Finnegan le ofreció. No tenía hambre. En cambio, su hermana parecía hambrienta.

Minutos más tarde, apareció un criado y dijo:

—Su carruaje acaba de llegar, señorita Matheson.

—Oh, muchas gracias —replicó Aurora, sonriendo—. Será mejor que me vaya. Quiero despedirme de mis amigos.

—¿Cómo? —preguntó Roan.

—La señora Easton ha tenido la amabilidad de pedir que me preparen el carruaje. Pero volveré dentro de poco.

—No, nada de eso. Nos iremos a un hotel esta misma tarde, y partiremos mañana hacia Liverpool. No voy a permitir que te dediques a dar vueltas por toda la ciudad, sin vigilancia alguna.

—No voy a hacer nada malo —le aseguró Aurora—. Además, no me voy sola, sino en compañía de Mercy.

—Por favor, no me niegue la oportunidad de divertirme un poco, señor Matheson —intervino Mercy—. Estoy a punto de ingresar en una escuela de Bellas Artes, y no tendré muchas ocasiones de socializar.

Mercy se levantó, alcanzó sus guantes y añadió:

—¡Hasta luego, Honor! ¡Hasta luego, señor Matheson!

Aurora dio un beso a su hermano en la mejilla.

–Volveré a las dos. Te lo prometo.

Las dos jóvenes salieron del comedor, que se quedó en silencio hasta que Honor preguntó a Roan:

–¿Se van mañana?

–Sí.

–Prudence no me lo había dicho.

–Porque no lo sabe. Pero no se preocupe, señora Easton; su hermana no vendrá conmigo. Y ahora, si me disculpa, tengo muchas cosas que hacer.

Roan inclinó la cabeza y se marchó antes de que Honor lo pudiera interrogar al respecto. Estaba confuso y desorientado. ¿Qué podía hacer? ¿Cómo podría superar su decepción amorosa? Siempre se había considerado un hombre frío, capaz de controlar sus emociones y sus deseos. Por supuesto, había coqueteado con la idea de encontrar el amor, pero solo vagamente. Y ahora que lo había encontrado, descubría que no merecía la pena.

Amar a una mujer era convertirse en un fantasma, en nada más que la sombra de un hombre.

Se dirigió al vestíbulo con intención de salir a toda prisa de la casa; pero, al llegar, vio que Prudence estaba en la entrada del despacho de George. Tenía tan mal aspecto que quiso decir algo que la animara, aunque no lo hizo.

–Por favor, no me odies –dijo ella–. No quería hacerte daño.

Él pensó que sonaba tan frívola como Aurora.

–No te odio, Pru. ¿Cómo podría odiarte, si te amo? Pero tampoco voy a mentir para que tú te sientas mejor. No voy a fingir que no estoy decepcionado.

-Yo tampoco.

Roan la miró en silencio y salió de la casa, cruzando los dedos para superar aquel trance de algún modo, sin recordarla constantemente, sin imaginarla en compañía de Stanhope, haciendo el amor con él.

Dedicó la mañana y parte de la tarde a los asuntos que tenía pendientes. Reservó una suite en un hotel cercano y compró billetes para Liverpool, adonde envió un mensajero para que comprara a su vez los pasajes del barco. Hizo todo lo posible por demorarse, porque no quería volver a Audley Street; pero, al final, llegó el momento de regresar a la mansión de los Easton, recoger sus pertenencias y marcharse.

Todos salieron a despedirse de ellos. Y también salió Prudence, aunque se mantuvo en silencio, como si estuviera en un cortejo fúnebre.

-Espero que sopese la propuesta que le hice anoche -le dijo George, refiriéndose al negocio del algodón-. Si quiere, puedo hablar con mi abogado para que haga una estimación de los posibles beneficios y se la envíe por correo.

Roan le estrechó mano. Su relación no había empezado precisamente con buen pie; pero, por algún motivo, se respetaban el uno al otro.

-Gracias por su hospitalidad -replicó.

Honor se acercó entonces y le puso una mano en el brazo.

-Buen viaje, señor Matheson -dijo-. *Bon voyage*, señorita.

-Sí, espero que haga buen tiempo -declaró Aurora-. Es un trayecto muy largo.

–Cuarenta días, si tenemos suerte –observó Roan.

Mientras Finnegan ayudaba a Aurora a subir a la calesa que los estaba esperando, Roan se giró hacia Prudence. El resto de la familia se apartó hacia el vehículo para concederles un momento de intimidad.

–No tengo palabras –dijo él.

–Te ruego que me perdones –acertó a decir ella, nerviosa–. Me has dado los mejores días de mi vida, y te estaré agradecida siempre. Siempre.

–Oh, Prudence. No quiero tu maldita gratitud.

Roan se metió una mano en el bolsillo de la chaqueta y sacó una carta que había escrito aquella noche. Sabía que sus palabras no cambiarían las cosas, pero era lo único que le podía dar; así que se la puso en la mano y añadió:

–Te amo. Siempre te amaré. Recuérdalo.

Roan era absolutamente consciente de que todo el mundo los estaba mirando, incluido Finnegan. Sin embargo, no le importó lo que pudieran pensar o decir: tomó a Prudence entre sus brazos, la besó con pasión durante unos instantes y luego, tras acariciarle la cara, subió a la calesa y ordenó al cochero que se pusiera en marcha.

El vehículo se alejó y desapareció en una esquina.

–¿Estás bien? –preguntó Aurora a su hermano.

Roan hizo caso omiso de la pregunta. Evidentemente, no se encontraba bien. Y no tenía ganas de hablar.

–No estés triste –continuó ella, poniéndole una mano en la rodilla–. Londres está lleno de caballeros interesantes, que harán cola por conocer a la señorita Cabot. Y, en cuanto a ti, te casarás con Susannah Pratt, como estaba planeado.

Roan apretó los puños. Se sentía como si le hubieran arrancado el corazón.

Capítulo 19

Prudence se habría quedado todo el día en la acera, mirando la calle por donde había desaparecido el carruaje de Roan, si Honor no le hubiera pasado un brazo por encima de los hombros y la hubiera llevado al interior de la casa.

–Ven, vamos a tomar un té.

–No, gracias. Quiero descansar. Anoche no dormí muy bien.

Prudence subió a su habitación y rompió a llorar. Después, vomitó y rompió a llorar otra vez. Aún estaba llorando cuando Honor entró un rato más tarde e intentó animarla; pero ella se acurrucó en la cama e insistió en que dejara cerradas las contraventanas.

–Por Dios, déjame en paz –protestó.

–Solo quiero ayudarte –dijo su hermana.

–No me puedes ayudar. Nadie me puede ayudar –declaró Prudence con irritación–. Déjame en paz de una vez.

Honor se fue al final y, a última hora de la tarde, Prudence encontró el valor necesario para abrir la carta de Roan y leerla. Decía así:

Querida Prudence:

Son las tres de la madrugada, y la vela está a punto de apagarse. Estoy en la cama, sintiendo el frío y vacío espacio que hay junto a mí. Te he escrito mil veces en mi imaginación, y siempre consigo expresar las emociones que me dominan; pero, cuando alcanzo la pluma y el papel, la elegancia de mis pensamientos desaparece.

Soy incapaz de describir la profundidad de mi amor, si es que lo es. Y creo que lo es. Estoy seguro de que lo es. Pero, en cualquier caso, te adoro. Si quisieras que cazara un dragón, lo cazaría y lo pondría a tus pies. Si quisieras que conquistara una nación, la conquistaría y te haría mi reina.

Nunca me ha faltado de nada, Prudence. Mi vida siempre ha estado completa. Pero sé que, a partir de ahora, me faltará algo importante: tú.

Prudence leyó la carta una y otra vez, entre sollozos, lágrimas y momentos de vacío absoluto. Sin saber cómo, logró sobrevivir a la noche y llegar al día siguiente, cuando se vistió y permitió que Honor la arrastrara a la casa de Augustine y Monica.

—¡Cuánto me alegro de verte, Prudence! —dijo Augustine, que la saludó con un abrazo—. Me has hecho el hombre más feliz de mundo. Lord Stanhope ha enviado una nota para informarme de que te ha ofrecido el matrimonio.

–¿Te vas a casar con él? –preguntó Monica, mirándola con curiosidad.

Prudence se encogió de hombros.

–¿Por qué no? Es tan bueno como cualquier hombre.

Augustine soltó una carcajada, y ella se giró hacia la ventana e hizo lo mismo que haría durante los días siguientes: mirar sin ver, encerrada en sus pensamientos.

La vida de los demás volvió a la normalidad anterior. Merryton y Grace tomaron la decisión de marcharse de Londres a finales de semana. Mercy se dedicó a acumular un montón de cosas que, desde su punto de vista, serían esenciales cuando estuviera en Lisson Grove; cosas como jabones, ropa de cama, cintas y medias. Pero la vida de Prudence no podía volver a la normalidad: se había quedado detenida.

Stanhope pasó un par de veces a verla y, como Honor sabía que su hermana no sentía el menor deseo de hablar con él, se lo quitó de encima con la excusa de que se encontraba mal.

–No puedo darle largas eternamente –le dijo a Prudence un día–. ¿Que quieres hacer?

–Ya te lo he dicho. Me casaré con él.

–Mira, Prudence…

–Déjalo ya, Honor. No quiero hablar de ese asunto.

Una tarde, Grace se presentó en la casa; probablemente, a petición de Honor. Intentó animar a

Prudence de todas las formas posibles, pero Prudence no se podía animar. Se acordaba constantemente de Roan. Lo imaginaba en el barco, mirando hacia Inglaterra y pensando en ella como ella pensaba en él.

A pesar de todo, intentó rehacerse y salir de su depresión, aunque solo fuera porque sabía que sus hermanas estaban preocupadas. Sin embargo, su desconsuelo era tan profundo que la dominaba por completo. Se había enamorado de Roan Matheson y, lejos de apagarse con el tiempo, su amor creía y crecía cada vez más.

Poco antes de que Merryton y Grace volvieran a Blackwood Hall, Stanhope se presentó en la casa de Audley Street. Cuando Finnegan fue a buscar a Prudence y le dijo que no había nadie que lo pudiera echar, Prudence suspiró, le pidió que lo llevara a uno de los salones y, acto seguido, fue a reunirse con él.

Aquel día, ni siquiera se había tomado la molestia de recogerse el pelo. Lo llevaba suelto y, por si eso no fuera suficiente, iba descalza. Cuando Stanhope la vio, se quedó sorprendido con su aspecto; pero disimuló su sorpresa y dijo:

—Buenas tardes, querida Prudence. Me informaron de que el yanqui se había marchado a su país, pero no estaba seguro de que fuera cierto. Ahora veo que lo es.

Prudence se quedó en silencio.

—¿Ha reconsiderado mi oferta?

—Por supuesto.

—¿Y qué va a hacer?

—¿Qué quiere que haga? No tengo más remedio qué aceptar.

Él sonrió de un modo casi compasivo.

—Sé que esto es difícil para usted, pero lo superará.

—No —dijo con calma—, no lo superaré, milord. Espero que no tenga que sufrir nunca lo que yo sufro ahora.

—No soy del todo insensible —dijo él—. Comprendo su situación, y estoy dispuesto a darle un tiempo razonable para que llore a su amante.

—Qué amable es usted.

Stanhope la tomó de la mano, se inclinó sobre ella y le dio un beso en la mejilla. Prudence se estremeció, desesperada.

—Seré un buen marido, Prudence. Tendrá todo lo que desee, y será tan feliz como pueda serlo una esposa. Puede estar segura de que me encargaré de ello.

Prudence rio a regañadientes.

—No lo conseguirá.

—Puede que la sorprenda…

—Lo dudo. No estoy enamorada de usted. Y no lo estaré nunca.

Stanhope dio un paso atrás. Su sonrisa anterior había desaparecido.

—Afortunadamente para ambos, el amor no es condición necesaria del matrimonio. Ya he hablado con Beckington, y esta tarde hablaré con Merryton para discutir los términos de nuestro enlace —afirmó—. Por cierto, he visto a Mercy en el exterior de la casa. Parece encantada de ingresar en Lisson Grove. Me alegró por ella.

–Sí, es una joven muy afortunada.

Prudence dio la espalda a lord Stanhope, que se fue sin decir nada más. Los balcones estaban abiertos, y el sonido de la calle llegaba envuelto en una brisa fresca, muy de agradecer. Sin embargo, ella se había sumido de nuevo en sus pensamientos, y no oía ni sentía nada. Tanto era así que ni siquiera oyó la puerta cuando Honor entró a toda prisa en compañía de Grace y exclamó:

–¡Prudence! ¿Es cierto que Stanhope ha estado aquí?

–Sí.

–¿Y qué ha ocurrido?

–Que he aceptado su propuesta.

–Oh, no… –dijo Grace en voz baja, sentándose en una silla–. ¿Qué estás haciendo, Pru? ¿Es que no te importa el amor?

Prudence rio con amargura.

–¿Por qué tendría que importarme? Mucha gente se casa por razones que no tienen nada que ver con el amor.

–No estás hablando en serio –intervino Honor.

–Al contrario. La oferta de Stanhope es la mejor que voy a recibir y, al menos, él sabe la verdad sobre mi persona. ¿Qué queréis que haga? ¿Que siga hundida en la desesperación, llorando a un hombre que está a miles de kilómetros? ¿Qué pierda el tiempo en Beckington House, en Blackwood Hall o aquí mismo mientras espero a que aparezca otro candidato a casarse conmigo? Tengo que hacer algo.

–¡Pero no lo amas! –afirmó Grace, rotunda.

–No seas tan melodramática. Tú tampoco estabas enamorada de Merryton cuando te casaste con él, y ahora lo estás –le recordó Prudence–. Nuestra propia madre se casó con el conde sin amor, y lo acabó queriendo con locura.

–Olvidas que mamá se casó con papá porque lo amaba, y que solo se casó con el conde porque las circunstancias la obligaron a ello –intervino Honor.

Prudence se encogió de hombros.

–Yo también estoy obligada por las circunstancias. Me encuentro en la misma situación que mamá –dijo–. Casarme con Stanhope es lo mejor que puedo hacer, lo más conveniente.

–Pero no es lo que quieres –insistió Honor.

Prudence hizo caso omiso, y Grace perdió la paciencia con su hermana.

–Ya no lo soporto más –bramó–. Vamos, Honor.

–¿Adónde?

–Adonde sea. Esto no tiene sentido. Pru no quiere escuchar.

Grace tomó a Honor de la mano y se la llevó. Prudence se sentó entonces en el sofá, e intentó imaginar su vida con Stanhope. Pero, cuando lo imaginó desnudo y dentro de su cuerpo, se sintió enferma.

–¿Prudence?

Asustada, Prudence se levantó. Era lord Merryton, que acababa de entrar. Estaba tan impecablemente vestido como de costumbre, y su oscuro cabello contrastaba vivamente con el blanco de la camisa.

–Milord...

Merryton cruzó las manos por detrás de la espalda

y dio unos cuantos pasos, pero manteniendo las distancias con ella.

–Estaba muy enfadado contigo, ¿sabes? Me parecía terrible que te hubieras fugado de esa manera.

–Lo sé, y siento que…

Él alzó una mano para que le dejara hablar.

–Estaba enfadado, sí, pero lo comprendía perfectamente. Siempre lo he comprendido –afirmó–. Y ahora, mi esposa está deprimida por tu culpa. Dice que te vas a casar con Stanhope. ¿Es eso cierto?

Prudence asintió.

–Me dijo que hablaría contigo para discutir los términos de la boda.

Merryton sacudió la mano como si eso le pareciera irrelevante.

–¿Estás enamorada del yanqui?

Prudence tragó saliva.

–Con todo mi corazón.

Él entrecerró los ojos.

–Lamento tener que formular esta pregunta, pero no tengo más remedio: ¿Estás completamente segura? ¿No habrás confundido el amor con un deseo juvenil?

–Estoy segura. Lo siento aquí, en el corazón –dijo, dándose un golpe en el pecho–. No había sentido nada igual en toda mi vida. Es como si conociera a Roan desde siempre, como si lo conociera de un modo absoluto, casi imposible.

Merryton guardó silencio.

–Es una emoción desgarradora –continuó ella–. Haber tocado el amor, haber tenido el amor y haberlo perdido… Es como si no pudiera respirar, pero sigo respirando. No sé lo que me pasa. Ni siquiera sé por qué digo estas cosas. Debo de parecer estúpida.

—En absoluto –dijo él–. Has descrito muy bien lo que se siente cuando estás enamorado y no puedes estar con la persona que amas. Mira, Pru… desconozco los detalles de tu relación con ese hombre, pero sé algo que quizá te sea de utilidad: antes de que tu hermana me tendiera aquella trampa, estuve a punto de casarme con una mujer a la que no quería. Y si me hubiera casado con ella, me habría arrepentido eternamente.

Prudence parpadeó, sorprendida. Jamás habría imaginado que Merryton fuera capaz de hablar con tanta franqueza y sensibilidad.

—Si estás enamorada de Matheson, debes casarte con él. Con él, Prudence, no con Stanhope.

—Pero ya se ha ido. ¡Se ha embarcado! No puedo ir en su busca y presentarme en un país extranjero así como así.

Merryton la miró con humor.

—No me digas que ahora te preocupa el decoro –dijo con sorna.

—No, pero tendría que cruzar el Atlántico, y no he estado nunca en alta mar.

—Bueno, tengo entendido que uno de los barcos de George zarpa hacia Nueva York dentro de quince días. Podrías viajar en ese barco. Y nos encargaríamos de que el capitán velara por tu salud.

Prudence no salía de su asombro.

—¡Es demasiado tarde! ¿Qué pasará si llego y resulta que se ha casado? ¿Qué ocurrirá si se ha ido a Canadá y no lo encuentro?

–Si no lo encuentras, o si se ha casado en tan poco tiempo, lo cual me extrañaría, puedes volver a Inglaterra en el mismo barco.

Ella no podía creer que estuviera manteniendo esa conversación con lord Merryton; precisamente, con lord Merryton. Se suponía que era un hombre estricto y conservador, pero acababa de descubrir que no era ninguna de las dos cosas.

–¿Y qué pasará con vosotros? ¿Qué pasará con mis hermanas, mis sobrinos y mi madre? ¡No os puedo abandonar!

–Pasará que te echaremos terriblemente de menos. Pero tienes que afrontar la verdad, Pru. Grace y yo tenemos nuestra propia familia, al igual que Honor y George. Mercy se irá pronto a Lisson Grove y, en cuanto a tu madre, sabes de sobra que ya no nos reconoce –dijo–. Además, Hannah cuidará de ella.

–No, no me puedo ir.

Merryton arqueó una ceja, esperando una explicación.

–Stanhope dijo que…

–¿Sí?

–Dijo que, si no me casaba con él, se encargaría de que Mercy no pudiera entrar en Lisson Grove.

Merryton frunció el ceño.

–¿Cómo?

–Dijo que la escuela se mantiene por las donaciones de su abuelo y que, si él quisiera, Mercy no tendría ninguna posibilidad –contestó–. Pero se comprometió a no hacer nada si aceptaba su oferta de matrimonio.

Él la miró en silencio durante unos instantes y preguntó:

–¿Por qué no nos lo habías dicho?

–Porque no quería que os preocuparais. Además, si Mercy se hubiera enterado…

–No temas, Pru –la interrumpió–. Yo me encargaré de ese asunto.

–No puedes hacer nada.

–¿Que no puedo hacer nada? Por supuesto que puedo –afirmó–. Pero, si ese es el motivo que te empujó a aceptar la oferta de Stanhope y rechazar la de Matheson, sugiero que reconsideres tu decisión.

Merryton dio media vuelta, como si tuviera intención de marcharse. Y, entonces, Prudence cruzó la habitación a toda prisa, le pasó los brazos alrededor del cuello y le estampó un beso en la cara.

–Gracias –dijo–. Muchísimas gracias.

Él la apartó con suavidad y replicó:

–De nada, querida.

Merryton se fue un segundo después, y Prudence se quedó mirando el sitio que había ocupado hasta ese momento. Su corazón latía con tanta fuerza que casi le dolía.

Capítulo 20

Nueva York
Dos meses después

La paciencia del señor Gunderson tenía un límite, que sobrepasó del todo cuando Aurora sufrió un ataque de sinceridad y le dijo que se había retrasado porque había estado a punto de casarse con un francés.

Evidentemente, la reacción del caballero no fue buena. Se quedó blanco como la nieve. Pero su reacción carecía de importancia a esas alturas: durante la larga ausencia de los hermanos Matheson, el señor Gunderson y la señorita Pratt habían iniciado un noviazgo que ahora se iba a convertir en boda. Y, por supuesto, la Matheson Lumber se había quedado fuera de la sociedad empresarial que había planeado el padre de Roan.

–¡Debería expulsarte de esta casa! –le gritó a Aurora, enfadado–. ¡Enviarte a Boston, a casa de tu tía!

Roan se quedó desconcertado. Era la primera vez

que su padre gritaba a Aurora. Y las disculpas de su hermana no sirvieron de nada, porque pedía perdón con tanta frecuencia que nadie la creía.

—¿Por qué le dijiste que te ibas a casar con ese hombre? —preguntó Beck—. Ya estaba enfadado contigo. ¡Y ahora nos odia a todos!

—Me pareció lo más adecuado —respondió—. Quise decirle la verdad y explicarle que había sido un escarceo sin importancia. Tenía intención de mostrarme arrepentida y apelar a su comprensión, pero no me dio la oportunidad.

Roan pensó que su hermana era una causa perdida, pero se sintió en la necesidad de pedir disculpas a Susannah. Y, cuando fue a hablar con ella, se llevó una sorpresa: fue Susannah quien le pidió disculpas a él.

—Lo siento —le dijo—, pero nunca creí que usted me apreciara demasiado.

—Bueno… a decir verdad, no nos conocíamos lo suficiente.

Susannah asintió, y Roan no supo si estaba de acuerdo con él o solo pretendía decir que lo entendía. Definitivamente, no se parecía nada a Prudence, quien no tenía ningún reparo en expresar sus opiniones.

—Le ruego que me perdone, Susannah.

Ella asintió una vez más y lo acompañó a la salida, tan reservada como de costumbre. Luego, Roan salió a montar con sus hermanos y les contó lo sucedido.

—¡Cómo se atreve a decir eso! ¡Claro que la apreciabas! —declaró Aurora—. Me arrepiento de haberla defendido delante de la señorita Cabot.

Roan arqueó una ceja.

—¿Qué has dicho?

—Que la defendí delante de…

Roan agarró las bridas del caballo de su hermana y lo detuvo en seco.

—¿Qué estás haciendo?

—¿Qué es eso de que la defendiste? —bramó—. ¿Cómo se te ocurre?

Aurora parpadeó, nerviosa.

—¡Pensé que era lo correcto! —se defendió—. Yo había complicado las cosas, y no quería que volviéramos a casa y…

—¿De qué estás hablando?

—Tranquilízate, Roan —intervino Beck.

Su hermano hizo caso omiso.

—¿Cuándo hablaste con ella?

—Cuando estábamos en Londres. Le dije que habías dado tu palabra de que te casarías con la señorita Pratt, y que la tenías en alta estima.

—¡Eso es mentira!

—¿Y cómo querías que lo supiera? Estabas dispuesto a casarte con ella, de lo cual deduje que le tenías aprecio —explicó—. Lo hice por el bien de la familia. Pensé que la señorita Cabot necesitaba un empujoncito para alejarse de ti.

Roan la miró con asombro. Su hermana no tenía remedio. Era una insensible que hacía lo que le daba la gana, sin pensar en los sentimientos de los demás. Pero no podía hacer nada al respecto, así que soltó las bridas y se alejó al galope. Necesitaba estar solo.

No sabía con quién estaba más enfadado. ¿Con

Aurora, por meterse donde no la llamaban? ¿O con Prudence, por haber creído a Aurora en lugar de confiar en él? Sin embargo, eso carecía de importancia. Habían pasado dos meses desde su aventura inglesa, y no había un día que no se arrepintiera de haberse marchado. Tendría que haber luchado con más fuerza. Se había rendido con demasiada facilidad. Y ahora se sentía completamente vacío.

Tal como imaginaba, su padre terminó perdonando a Aurora. Un día, cuando estaban cenando, insistió en la idea de enviarla a Boston. Pero ella apeló a su sentido práctico y lo engañó como siempre.

—No me puedo ir a Boston, papá. Susannah Pratt y Sam Gunderson se casan la semana que viene, y nos han invitado. ¿Qué diría la gente si no voy? Creerían que estoy enfadada porque el señor Gunderson prefirió a otra mujer. Sería del todo inapropiado —dijo—. Además, no querrás que el señor Pratt piense que hay mala sangre entre nosotros.

—Eso es cierto. No quiero que el señor Pratt llegue a conclusiones equivocadas. Aún existe la posibilidad de que solventemos nuestras diferencias y hagamos negocios otra vez —replicó—. En ese caso, te quedarás aquí.

Aurora dedicó una sonrisa pícara a Roan y Beck, que la miraron con exasperación. Su hermana manipulaba al patriarca de los Matheson con una facilidad asombrosa.

La boda se iba a celebrar en el City Hotel, el único establecimiento de Nueva York con capacidad para albergar a tantos invitados. Era un acto social de primera categoría, y toda la ciudad quería asistir; toda menos Roan, que habría preferido algo más discreto, que terminara pronto.

Era consciente de que el enlace de Susannah y Gunderson le recordaría a Prudence. A fin de cuentas, habían formado parte involuntaria de su relación con ella. Pero, por otra parte, no necesitaba mucho para castigarse con el recuerdo de su amada. La veía en todas las mujeres que llevaban sombrero. La veía en todas las rubias que se cruzaba por la calle. La veía constantemente.

El día anterior a la boda, se dirigió a la casa de Broadway Street para reunirse con su familia. Tenía intención de asistir al acto, cerrar algunos asuntos pendientes sobre la construcción del canal y marcharse al norte sin más compañía que su rifle, su caballo y uno de sus perros. Era lo que hacía cuando estaba de mal humor. Y, con un poco de suerte, no vería sombreros ni rubias en muchas semanas.

Cuando llegó a la casa, el mayordomo se le acercó para darle una carta que había dejado un tal Lansing.

—¿Lansing? —preguntó Roan, extrañado.

—Es capitán de un navío mercante, señor. Dijo que venía de parte del señor Easton.

—Gracias, Martin.

Roan entró a toda prisa en la biblioteca y abrió la carta con la esperanza de que dijera algo sobre Prudence. Pero se llevó una decepción, porque solo incluía los informes que George Easton le había prometido y unas cuantas palabras amables relativas a su intención de hacer negocios con él.

A la mañana siguiente, asistió a la boda de Susannah Pratt y Sam Gunderson y, por supuesto, a la comida posterior. El City Hotel estaba lleno de ricos y famosos. El acto había reunido a la crema y nata de la ciudad, pero Roan no tenía más interés que marcharse de allí cuanto antes. O, por lo menos, no lo tuvo hasta que se fijó en su hermana.

De algún modo, Aurora había conseguido hacer las paces con los Gunderson y con el propio señor Pratt, que llegó hasta el extremo de dar las gracias a Roan por ser, desde su punto de vista, el máximo responsable de que su hija fuera feliz. Naturalmente, Roan se quedó atónito. Y, tras brindar por los recién casados, pasó un brazo alrededor de la cintura de su hermana y la llevó a la mesa donde iban a comer.

—¿Te ocurre algo? —preguntó Aurora en determinado momento—. Pareces triste.

—No, es que me aburro.

Aurora, que estaba más bella y encantadora que nunca, lo miró con escepticismo.

—¿En serio? Me parece extraño que te aburras en un acto tan divertido.

—Y a mí me parece extraño que tú te diviertas.

—Oh, vamos… Si lo dices por lo que pasó entre el señor Gunderson y yo, es agua pasada. He hablado con él. Le he recordado que siempre seré su amiga, y he reiterado mis disculpas por haber herido sus sentimientos —explicó—. ¿Y sabes lo que ha dicho? Que soy incorregible, pero que ya lo sabía.

—Toda la ciudad lo sabe.

Aurora soltó una carcajada.

—Me alegro mucho por ellos. Son asombrosamente felices. Y, hablando de cosas asombrosas, he visto algo que ha llamado mi atención.

—¿Qué?

—Una joven tan parecida a la señorita Cabot que podría haber sido su hermana gemela. Es increíble, ¿verdad?

—¿Dónde estaba?

—Aquí mismo, en la acera. La he visto hace un momento, por la ventana.

Roan se giró hacia las ventanas del hotel.

—Por Dios, Roan… solo era una mujer que se parecía a ella.

Su hermano no le hizo caso. Se levantó de forma brusca, se abrió paso entre la multitud sin demasiadas contemplaciones y salió a la calle. Miró a la derecha, miró a la izquierda, miró por todas partes. Y, al cabo de un par de minutos, llegó a la conclusión de que su hermana estaba en lo cierto. Prudence no podía haber viajado a Nueva York. Si lo hubiera hecho, George Easton lo habría mencionado en su carta.

Ya se disponía a volver al hotel cuando divisó a una mujer de cabello rubio que llevaba sombrero. Estaba entre la gente y no la veía bien, pero eso no evitó que gritara:

—¡Prudence!

Corrió hacia ella y la cogió del brazo. La mujer se dio la vuelta y lo miró con cara de pocos amigos.

—¿Se puede saber qué pretende?

—Oh, discúlpeme. La he confundido con otra persona.

Derrotado, Roan se giró. Y se encontró delante de la mujer de sus sueños.

–Lo siento. Lo siento mucho –dijo ella, llevándose una mano al pecho.

–¿Pru? ¿Qué estás haciendo aquí?

–No debería haber venido. Me dijeron que estabas en el City Hotel, y pensé que...

–Oh, Pru. ¿Eres tú? ¿Es posible que seas tú? –dijo, maravillado.

–¡He vuelto a meter la pata! Pero no te preocupes... No te molestaré más. Si hubiera sabido que tú... ¿Cómo puedo ser tan estúpida?

Él frunció el ceño.

–¿Estúpida? Tú no eres estúpida.

–Déjalo, Roan. No merezco tu compasión.

–¿De qué estás hablando?

–¡Te he visto por la ventana! ¡Os he visto a ti y a tu mujer!

–¿Mi mujer? Oh, no... –dijo, comprendiendo por fin lo que ocurría–. No, te estás equivocando. Yo no me he casado con Susannah Pratt. Es posible que me hayas visto junto a ella durante el brindis, pero se ha casado con Sam Gunderson.

Prudence parpadeó.

–¿De verdad creías que me iba a casar con ella? –continuó Roan–. ¿Después de lo que pasó en Inglaterra? ¿Después de lo nuestro?

–Pero Aurora dijo que...

–No hagas caso de lo que dice Aurora. No le hagas caso nunca –la interrumpió–. No, Pru, soy el mismo hombre que era cuando me fui de Inglaterra. Siento lo mismo que sentía, o quizá más. Te he echado de menos cada segundo.

Ella sonrió con timidez.

–Entonces, ¿no te importa que haya venido?

–¿Estás bromeando? Te llevo siempre en mi corazón. Me torturaba por haberme marchado con tanta facilidad. He hecho de todo con tal de no pensar que ya estarías casada con Stanhope –declaró con vehemencia–. Y, hablando de Stanhope, ¿dónde está? ¿Ha venido a Nueva York contigo?

–¡No! –dijo, horrorizada–. Oh, tengo cosas que contarte...

–En ese caso, acompáñame –Roan la tomó del brazo y la llevó calle arriba–. Conozco una taberna donde podremos hablar sin que nos interrumpan.

–¿Y la boda?

Él sonrió.

–No me echarán de menos.

Ya en la taberna, Roan pidió dos pintas de cerveza y se sentó con Prudence, quien le contó todo lo sucedido, incluida la amenaza de lord Stanhope.

–¿Por qué no me lo dijiste? –quiso saber.

–Porque no podías hacer nada. Porque pensé que nadie podía hacer nada.

Prudence abrió el bolso y sacó la carta que Roan le había escrito.

–Esto es lo único que ha impedido que me hundiera en la desesperación. La he leído una y otra vez desde que nos separamos –continuó–. Aunque, al final, fue lord Merryton quien me convenció de que viniera a buscarte.

–¿Merryton? –preguntó con incredulidad.

Prudence asintió y le explicó que su cuñado la había obligado a decirle la verdad, y que le había hecho ver que el amor era lo más importante.

–Menos mal que le hiciste caso –dijo Roan–. Pero ¿qué ha pasado con Stanhope?

Ella se encogió de hombros.

–No lo sé con exactitud. Grace me dijo que Merryton compró sus deudas de juego y lo amenazó con meterlo en prisión si no le pagaba. Evidentemente, Stanhope no tenía dinero para pagar y, por lo visto, llegaron a algún tipo de acuerdo.

–¿Y Mercy?

La cara de Prudence se iluminó.

–Cuando me fui, estaba a punto de marcharse a Italia con sus compañeros de clase. Esta muy contenta. Dice que solo quiere pintar y ver mundo.

Prudence le contó entonces lo sucedido desde que subió al barco de George. Al parecer, tuvieron un tiempo tan malo que tardaron cuatro semanas en llegar a los Estados Unidos, una más de lo que esperaba.

–El agente de George me dio tu dirección, adonde pretendía enviarte una nota para avisarte de mi llegada. Pero necesitaba verte en persona; así que, esta mañana, me he plantado en tu casa. Tu mayordomo me ha dicho que te habías ido al City Hotel, pero sin mencionar que estabas en una boda. No puedes imaginar el disgusto que me he llevado cuando te he visto con Susannah Pratt.

Él sacudió la cabeza.

–Oh, Prudence. ¿Cómo me iba a casar con Susannah? No me podía casar con ella. Creía que te había perdido para siempre, pero me di cuenta de que no podía estar con una mujer a la que no amo.

Prudence le acarició el brazo.

–No puedo creer que esté aquí, contigo. Lo siento, Roan. Siento haberte hecho daño.

–Olvídalo, ya no tiene importancia. Pero hay algo que necesito saber.

–¿Qué?

–¿Sigues enamorada de mí?

Ella sonrió de oreja a oreja.

–Por supuesto que sí. Te amo con locura. No sé cómo fui capaz de permitir que te fueras sin decírtelo antes. ¿Y tú? ¿Sigues enamorado de mí?

–Con toda mi alma –respondió con pasión–. ¿Dónde te alojas?

–El capitán Lansing tuvo la amabilidad de reservarme una habitación en el hotel Harsinger. Está cerca de aquí.

–Lo sé.

Roan la tomó de la mano, la sacó de la taberna y la llevó al hotel. El recepcionista les lanzó una mirada desdeñosa, pero se mostró mucho más amable después de que Roan le diera unos cuantos dólares. Al llegar a la habitación, Prudence se quitó el sombrero y la chaqueta y asaltó la boca de su amante, que le acarició los pechos con ansiedad.

–Mi corazón estaba tan muerto que ya no me importaba nada –le dijo él–. Pero ahora estás conmigo. Y me siento como si hubiera vuelto a nacer.

Ella le acarició el cabello.

–Han sido unas semanas espantosas –replicó–. Era tan desdichada… No había sufrido tanto en toda mi vida.

–Sé mi esposa, Pru –dijo Roan de repente–. Cásate conmigo.

–Sí… Oh, sí.

Se desnudaron rápidamente y, cuando Roan la penetró, se sintió dominado por un sentimiento de euforia. No podía creer que estuviera allí, entre sus brazos. No podía creer que hubiera aceptado su oferta de matrimonio. Pero estaba decidido a convertir su vida en una aventura constante.

–Te amo –dijo ella–. Siempre te he amado.

Prudence le dedicó una sonrisa tan pícara como lujuriosa, y él se sintió como si estuviera caminando por las nubes.

Era un hombre feliz. El más feliz del mundo.

Epílogo

Los acontecimientos se sucedieron con una velocidad pasmosa. Roan estaba loco por casarse, y organizó la boda a toda prisa, con ayuda de su padre. A Prudence le pareció divertido que los Matheson no tuvieran tiempo real de acostumbrarse a la idea de que su hijo mayor se iba a casar con una inglesa. Pero no lo tuvieron en absoluto. De hecho, Roan la montó en un caballo y la llevó hacia el norte poco después de que los declararan marido y mujer.

Prudence disfrutó de cada momento. Por suerte, siguió el consejo de Aurora y se puso pantalones para poder montar como un hombre. Jamás habría imaginado que se sentiría tan libre y poderosa. No era una simple cuestión de comodidad. Y, por otra parte, Roan estaba encantado con sus piernas.

Una noche, estando acampados, Prudence lo miró y exclamó:

—¡Es la mejor aventura que he vivido nunca!

Roan arqueó una ceja.

–¿La mejor?

–Bueno, la segunda mejor –replicó, sonriendo.

Volvieron a Nueva York al cabo de un mes, y se encontraron con una noticia sorprendente. Por lo visto, el hermano pequeño del señor Gunderson se había enamorado perdidamente de Aurora, con quien se había casado en Nochevieja. Y Roan y Prudence se alegraron mucho; sobre todo, porque Aurora dio a luz siete meses y medio después, lo cual significaba que había mantenido relaciones prematrimoniales.

En cuanto a ellos, tuvieron su primer hijo ese mismo año: Drake Matheson, un niño grande y sano que se parecía increíblemente a su padre. Prudence lo quería con toda su alma, pero estaba loca por ver a su familia. Y, como Drake era demasiado pequeño para viajar a Inglaterra, Roan y George hicieron los preparativos necesarios para que las Cabot viajaran en grupo a los Estados Unidos.

Y un buen día, aparecieron Honor, George, Grace, Augustine y Monica. Desgraciadamente, Mercy seguía en Italia y Merryton se había tenido que quedar en Inglaterra para cuidar de los niños, pero eso no evitó que fuera un encuentro de lo más feliz.

–De todas formas, mi marido sería incapaz de hacer un viaje tan largo como este –comentó Grace, refiriéndose a sus manías–. Odia los barcos.

–¿Y qué me dices de Mercy? –intervino Honor–. Cualquiera diría que tiene intención de quedarse a vivir en Italia.

–¿Y eso? –preguntó Prudence, sorprendida.

—Tengo la impresión de que se ha echado novio —comentó Grace entre risas.

Durante la cena, Grace les informó de que Mercy estaba radiante de alegría porque había vendido uno de sus cuadros por una suma relativamente importante.

—¡No me lo puedo creer! —declaró Prudence, orgullosa de su hermana pequeña.

George miró a las tres hermanas y dijo con humor:

—Nadie puede decir que las Cabot no luchan por lo que quieren.

Desgraciadamente, las Cabot habían sufrido una pérdida irreparable. Su madre había fallecido durante el invierno, y Prudence se deprimió mucho cuando lo supo. Pero también fue un alivio en cierto sentido. La salud de lady Beckington había empeorado tanto durante los meses anteriores que ya no era ni una sombra de sí misma. No reconocía a nadie. No reconocía a sus hijas. Y, al final, ni siquiera reconocía a la propia Hannah.

Honor era portadora de otras noticias, menos importantes. Una tarde, salió a pasear con Prudence y le habló de Stanhope, quien por lo visto se encontraba en una situación de lo más problemática.

—Tengo entendido que lo está pasando muy mal, y que podría perder todas sus propiedades. Sus deudas no paran de crecer —dijo.

—Me alegro de no haber aceptado su oferta...

Aquella noche, Prudence se lo contó a Roan, que declaró con desprecio:

—Así aprenderá la lección. Además, tampoco es tan grave que pierda sus propiedades. Que se busque un trabajo, como todos.

Prudence rompió a reír.

—¿De qué te ríes? —preguntó él.

—Lo aristócratas ingleses no trabajan. Esa es la gracia del asunto.

—¿Lo ves? Ya sabía yo que había algo malo en vuestra estructura social.

Las Cabot vieron Nueva York de arriba abajo y, aunque dijeron que la ciudad era más pequeña de lo que habían imaginado, les gustó mucho. Cuando llegó el día de volver a Inglaterra, las Cabot derramaron un mar de lágrimas mientras George y Roan intentaban animarlas y Augustine y Monica daban un paseo por los jardines de los Matheson.

Ya de noche, Roan y Prudence cenaron a solas en Broadway Street. Drake estaba con su niñera, así que fue una cena bastante tranquila. Y, en determinado momento, él se inclinó y le acarició la cara.

—¿Estás bien?

—Sí, claro —dijo con una sonrisa triste.

—Sé que las echarás mucho de menos.

—Terriblemente —admitió.

—¿Te arrepientes de haberte quedado a vivir en Nueva York?

Ella se levantó, caminó hacia él y se sentó sobre sus piernas, a horcajadas.

—Nunca. No me he arrepentido nunca, y nunca me arrepentiré. Estoy donde quiero estar.

Prudence se frotó contra Roan, arrancándole una carcajada.

—Eres una diablesa —dijo.

Ella le pasó los brazos alrededor del cuello.

—Lo habré aprendido de ti, bribón.

—Te advertí contra los bribones, pero no me hiciste caso.

Prudence se acordó del día en que decidió subirse a la diligencia donde viajaba Roan Matheson. Aún no podía creer que una jovencita obediente, que siempre se había comportado con decoro, hubiera hecho algo tan descarado.

—Creo que me sentiría mejor si me bañara —dijo ella, besándole la comisura de los labios—. ¿Te apetece lavarme el pelo?

Roan le mordió el labio inferior.

—Si dejas que me meta contigo en la bañera...

—Trato hecho. Pero solo si puedo poner los pies donde me apetezca —dijo con picardía.

El cerró la mano sobre uno de sus senos y replicó:

—¿Y yo podré poner la boca donde me apetezca?

—Si insistes, sí.

—Definitivamente, eres una diablesa. No sabes cuánto te quiero.

—Pues demuéstramelo, bribón.

Roan se lo demostró minutos después. Y fue una demostración tan apasionada que, un mes más tarde, Prudence supo que se había quedado embarazada de su segundo hijo.